MAGNUS MILLION
ET LE DORTOIR
DES CAUCHEMARS

Jean-Philippe Arrou-Vignod

MAGNUS MILLION ET LE DORTOIR DES CAUCHEMARS

Illustration de couverture : Karim Friha

GALLIMARD JEUNESSE

Pour Patricia, toujours.
Pour Aurélien et Camille.
Pour Aurélie, qui a sur mes livres
l'œil de l'oiseau de Minerve.

Au moment où commence cette histoire, minuit sonne au clocher du lycée des sciences de Friecke.

Minuit, c'est l'heure où Totem le hibou entame sa ronde.

Au douzième coup, exactement. Totem est un hibou vieux garçon, aux habitudes rangées et invariables. J'allais dire : réglées comme un coucou, mais Totem, grand seigneur de la vie nocturne, détesterait cette comparaison.

Avec ses sourcils en broussaille, son plumage qui commence à blanchir, Totem est sans doute le plus vieil habitant du lycée des sciences de Friecke. En plus d'un demi-siècle, il a appris à en connaître tous les toits (soixante-sept exactement), les clochetons, les poivrières. Le parc et ses arbres centenaires n'ont plus de secrets pour lui.

Quant à son nom, nul ne sait d'où il le tient. Peut-être du blason moussu qui orne le fronton de l'entrée. On y voit un hibou, ailes déployées, tenant dans ses serres un étendard où flotte la devise du lycée : Et nunc erudite.

Ce qui signifie à peu près : « Et maintenant, étudiez ! »

Sans doute est-ce pour cela que cette devise est écrite en latin. Aucun nouvel élève entrant ici pour la première fois ne pourrait la lire sans trembler.

Mais pour l'heure, tandis que le dernier grelottement de la cloche de bronze s'élève dans l'air glacé, le lycée semble vide. Presque mort. Pas une lumière aux fenêtres de l'aile nord abritant le pensionnat. Pas âme qui vive non plus dans le bâtiment principal où logent le proviseur et les maîtres.

La neige qui recouvre les toits luit doucement sous la lune, en soulignant la succession compliquée, étouffant tous les bruits sous une épaisseur de feutre.

En équilibre sur la corniche du bâtiment est, Totem guette. Ses yeux ronds et jaunes clignotent dans la nuit comme ceux d'une poupée mécanique. Cette fois, il lui a fallu de gros efforts pour quitter la tiédeur de son abri sous les combles.

À l'horizon, au-dessus du complexe industriel, flotte une étrange lueur verdâtre. Avec les menaces de guerre qui pèsent sur le pays, les usines tournent à plein régime, le jour comme la nuit, emplissant l'air d'une permanente odeur de soufre et de brouillard.

Totem frissonne. Il déteste l'hiver : peu de lièvres, de souris, de mulots à se mettre sous le bec. L'hiver n'est pas la saison des hiboux. Certes, les jours sont courts, ce qui n'est pas sans avantages pour un oiseau nocturne et toujours affamé de son espèce. Seulement voilà : avec l'âge, Totem est devenu insomniaque. Impossible de fermer l'œil !

C'est à peine si, rentrant de ses longues chasses de nuit, l'estomac vide, il parvient à s'assoupir quelques secondes. Mais c'est en général l'instant précis que choisit le maître d'internat pour sonner à toute volée la cloche du matin, ou la camionnette du laitier pour pétarader joyeusement dans la cour.

Réveillé en sursaut, Totem bascule de son perchoir, battant des ailes et lâchant des bordées de gros mots qui feraient frémir d'horreur le professeur de morale s'il comprenait un tant soit peu le langage des hiboux. Jusqu'au soir, le lycée va retentir d'un brouhaha de cris d'élèves, de portes qui claquent, de chaises raclées bruyamment sur le plancher des salles de classe.

La journée de Totem est fichue, il ne se rendormira plus. Jusqu'à la nuit, il va tourner en rond dans son repaire, l'estomac criant famine, bâillant et ronchonnant contre le sort qui a fait de lui le plus vieil habitant du lycée des sciences de Friecke.

Quelle idée aussi de prendre sa retraite dans les combles du vieil établissement d'enseignement! Mais Totem a toujours habité là. Pourquoi changerait-il avec l'âge? Il aime son grenier poussiéreux, un vaste débarras encombré de grammaires hors d'usage, de recueils de versions latines, de dictionnaires sans couverture, de cahiers de géométrie couverts de figures à l'encre violette. Totem a aménagé son gîte entre les piles instables, une cache tiède qui menace de s'écrouler au moindre éternuement, au moindre mouvement d'aile, mais où il fait bon se réfugier, dans une odeur de vieux papier, d'amande et de colle sèche. Lui seul connaît l'entrée de ce labyrinthe et personne ne songerait à le déranger là.

Un gros œil-de-bœuf y sert de lucarne. C'est par là qu'il se glisse au-dehors, patinant sur le plomb gelé du toit jusqu'à la gouttière où il se poste, maugréant contre l'hiver et la crainte de rentrer bredouille.

Mais cette nuit ne ressemble pas aux autres nuits.

Alors que le dernier écho du dernier coup de minuit se disperse au clocher du lycée, un petit bruit se fait entendre.

Cratch… Cratch…

Craquement ? Frôlement ?

Cratch… Cratch…

Totem a dressé ses oreilles pointues de hibou.

Cratch… Cratch…

La neige molle a beau étouffer les pas comme un chausson, il en faut plus pour tromper les sens exercés du vieux Totem. Quelque chose se déplace dans les allées du parc, à petits bonds comptés, précautionneux…

Cratch… Cratch…

Une musaraigne ? Un campagnol ? Mieux peut-être : un tendre lapereau nouveau-né, imprudemment sorti de son terrier ! Totem en a l'eau au bec, le cœur qui s'accélère déjà de gourmandise.

Déployant ses ailes engourdies, il plonge du toit, rasant la cime noire des arbres, silencieux et furtif tel un fantôme.

Cratch… Cratch…

Totem survole le parc à petits cercles concentriques. Ses yeux perçants s'enfoncent comme un ciseau dans le fouillis des branches et des buissons. Il se sait invisible, veillant à mêler son ombre à celle des épaisses ramures, son radar intérieur en alerte maximale. Sa proie ne peut lui échapper. Le moindre mouvement, de fuite ou de stupeur, et il fondra sans pitié sur le téméraire, bec et griffes dehors.

Cratch… Cratch…

Mais l'imprudente créature est plus maligne que Totem ne le pense : elle trottine à couvert, sautillant de buissons en buissons et ménageant de longues haltes. Comme si l'on pouvait tromper un hibou affamé par plusieurs semaines de jeûne… Pour dénicher sa proie, il suffit à Totem de remonter le sentier de minuscules empreintes qu'elle a laissées dans la neige vierge du parc, comme on suit du doigt une ligne sur la page.

La piste s'arrête sous les branches basses d'un orme centenaire. Dix bons mètres séparent cet abri du prochain, estime rapidement le hibou. Sur cette distance, aucun rongeur n'a une chance contre lui. Il suffit seulement d'attendre que l'imbécile pointe le museau en terrain dégagé. Resserrant son vol, il entame lentement sa descente, les battements de son cœur comptant déjà les secondes qui le rapprochent de la curée.

Orgueil ? Inconscience de vieux hibou dont l'âge vénérable a fini par endormir la méfiance ? Depuis le temps qu'il règne sur le parc du lycée des sciences de Friecke, Totem n'a jamais eu de vrai rival. Ses serres impressionnent, sa sagesse dissuade les plus hardis. Nul ne songerait à se frotter à lui.

Pourtant, un autre chasseur est sur la piste. Autrement terrifiant par la taille, par l'apparence, par son aptitude surnaturelle à se déplacer en silence…

Nul ne l'a vu pénétrer dans le parc, enjambant d'un bond rageur la partie éboulée de l'enceinte. Aucune empreinte non plus dans la neige fraîche des allées. Seul un observateur avisé

– chose bien improbable à cette heure tardive de la nuit, alors qu'il gèle à pierre fendre – aurait pu remarquer, pendus aux branches comme d'étranges toiles d'araignée liquides, les filets de bave phosphorescents qu'il a laissés sur son passage.

Ignorant tout de la menace qui le guette, Totem s'apprête à passer à l'action.

Cratch… Cratch… *Ça y est : son dîner vient de sortir de son abri. C'est bien un lapereau, une délicate boule de poils qui s'ébroue dans la neige en mâchonnant un brin d'herbe givrée. Son pelage couleur de neige lui donne peut-être l'illusion d'être invisible, qui sait ?*

Soudain, la pauvre bestiole s'immobilise, pétrifiée par la tache d'ombre qui fond sur elle.

Totem a plongé, bec en avant, ailes repliées.

À l'instant où il va refermer ses serres sur la frêle échine de sa proie, son sixième sens l'avertit. Quelque chose ne va pas. Danger ! Danger ! Repli immédiat ! Menace de mort !

Au même moment, un rugissement de fureur déchire la nuit du parc. Un cri rauque à vous glacer les sangs, comme produit par plusieurs gorges qui hurleraient ensemble.

Toutes les plumes de Totem se hérissent d'un coup. Dans un effort désespéré, il tente de freiner sa chute, battant des ailes dans un réflexe de survie pitoyable.

Peine perdue. La créature est déjà sur lui, sortie d'on ne sait où. Un chien. Un molosse. Un dogue d'une taille colossale, la robe couleur de suie, le poitrail étoilé de filaments de bave qui luisent dans la clarté bleuâtre de la lune.

Même chez les hiboux, on dit que, dans les ultimes secondes qui nous séparent de la mort, le temps semble s'arrêter. Comme au ralenti, Totem aperçoit une gueule écumante se refermer sur le lapereau pétrifié dont elle ne fait qu'une bouchée.

Un millième de seconde, l'espoir traverse le vieux hibou de profiter de cette diversion pour s'échapper.

Mais c'est compter sans l'autre gueule dont il entend au même moment claquer les crocs derrière lui.

Oui, l'autre gueule, *si incroyable que cela puisse être de l'écrire : car, montées sur ce torse puissant, ce sont non pas une mais* deux, *non,* trois *gueules écumantes qu'agite en tous sens le monstre sorti des Enfers !*

Totem, d'un ultime battement d'ailes, parvient à échapper à la deuxième mâchoire.

Sauvé ? Non. Car, surgie d'on ne sait où, la troisième gueule se referme avec un claquement prodigieux.

Le silence est retombé sur le parc du vieux lycée des sciences de Friecke.

Dans les bâtiments, rien n'a bougé. Aucune lumière ne s'est allumée aux fenêtres de l'aile nord, ni dans les chambres des professeurs. Seuls peut-être quelques dormeurs se sont-ils retournés en maugréant dans leur lit, comme on se débat contre un mauvais rêve passager, quand l'ultime hurlement de la bête a retenti.

Dans le parc, au fond des trous et des terriers, musaraignes, écureuils, lapins, mulots se sont serrés frileusement les uns contre les autres, brutalement tirés de leur hibernation par ce cri sauvage.

Un hurlement de rage et de frustration à la fois, poussé simultanément par trois gorges en un terrifiant accord parfait.

Quelle créature peut-elle pousser semblable plainte ? Nul ne s'est risqué à pointer le museau dehors pour le savoir.

D'ailleurs, la scène n'a duré qu'une fraction de seconde – le temps d'un cauchemar, dont il ne reste sur la neige qu'un petit tas de plumes ensanglantées.

1
Les douze réveils de Magnus Million

Il est grand temps de faire connaissance avec le vrai héros de cette histoire.

Il s'appelle Magnus. Il a quatorze ans. De lui, on ne devine encore qu'une chevelure de rouquin impossible à coiffer, plus un bras vêtu d'un pyjama à rayures. Le reste de sa personne disparaît entièrement sous un épais édredon brodé qui monte et descend au rythme de ses ronflements. Autour de lui, dans la pénombre de la chambre, tictaquent et craquettent douze réveille-matin qui, dans une minute et dix secondes exactement, vont se mettre à sonner tous ensemble.

S'il savait dans quelles aventures ces douze réveils vont bientôt le projeter, Magnus refuserait de se réveiller. C'est qu'il n'a rien d'un héros. De l'avis général, c'est même un garçon très ordinaire. Plus grand et plus fort que les autres, sans doute – *très très* fort et *très très* grand pour son âge, en réalité –, et très riche aussi, *très très* riche, au point que son nom même, Magnus Million, semble le destiner à l'avenir le plus grandiose.

En réalité, Magnus Million est un garçon plutôt timide, un rien froussard aussi. Le contraire de ce que son nom laisse présager, et des qualités qu'on attend d'un futur héros.

C'est surtout un prodigieux dormeur, au sommeil si profond qu'il faut bien douze réveils pour l'en sortir chaque matin.

Des réveils, il y en a de toutes les tailles, de toutes les formes, disposés aux quatre coins de la chambre : des ronds, des ovales, des carrés et même, pendu au-dessus du bureau, un antique coucou au mécanisme grinçant… La quasi-totalité de ce que Friecke, capitale d'un pays célèbre pour la précision de ses mécanismes d'horlogerie, a pu inventer en matière de réveils monte la garde au chevet du jeune Magnus Million.

Douze réveille-matin qui cliquettent tous en chœur comme autant de petites bombes prêtes à exploser.

On est jeudi. Pas question d'être en retard ce matin, car c'est le jour où commencent, au lycée des sciences de Friecke, les compositions du premier trimestre.

Plus que vingt-trois secondes… Déjà, quelque part, le premier réveil (une antiquité à boîtier métallique) se racle la gorge d'impatience. Les ressorts tendus à bloc retiennent encore leur souffle, comme si aucun n'osait se lancer le premier.

Déjà, les portes du petit chalet de bois se sont ouvertes, et le coucou s'apprête à jaillir au bout de sa tige. Façon de dire, car l'oiseau a disparu depuis longtemps. Malgré cela, Magnus ne s'est jamais résolu à s'en séparer : il tient ce cadeau de sa mère, tragiquement disparue quand il avait sept ans, et jeter ce coucou sans coucou serait pour lui comme laisser son souvenir disparaître définitivement dans l'obscurité de l'ultime royaume.

Il est 7 heures pétantes quand la petite musique aigrelette retentit, aussitôt couverte par le tintamarre des onze autres réveils qui se déchaînent en même temps.

DRING!!

BRRR!!

COUCOU, COUCOU!!

Ça corne, ça vibre, ça carillonne dans une cacophonie terrifiante. Chacun y va de sa note tonitruante comme s'il voulait prendre le dessus sur son voisin.

Le visage effaré de Magnus jaillit de l'édredon. Papillonnant des yeux, il tâtonne fébrilement vers le réveil le plus proche, prêt à l'écraser d'un coup de poing, mais il manque la table de nuit et bascule, pieds par-dessus tête, vers la descente de lit.

Il n'est pas tombé d'assez haut, malheureusement. Car, au lieu de se réveiller sous le choc, il se roule au contraire frileusement en boule et – tandis que le concert des douze réveils atteint son point culminant, un crescendo qui ranimerait un mort – il se rendort aussitôt, lové autour du polochon qu'il a entraîné avec lui dans sa chute…

À part Magnus Million, personne au monde ne peut survivre à l'épreuve des douze réveils.

Peut-être est-ce pour cela qu'on l'a exilé loin du cœur de la maison. La demeure des Million est l'une des plus grosses de Friecke, l'une des plus anciennes aussi. La bâtisse ne compte pas moins de quarante-trois chambres, ce qui est beaucoup pour un garçon qui vit seul avec son père et une poignée de domestiques.

Que faire d'autant de chambres, pompeusement baptisées « chambres d'amis » ? Les Million, de génération en génération, n'ont jamais eu d'amis. Quelques invités de marque tout au plus, banquiers, ambassadeurs ou chefs d'État avec qui le père de Magnus signe de juteux contrats, mais des amis, au sens où nous l'entendons, non, pas un seul depuis la mort de la maîtresse de maison.

Magnus habite précisément dans la partie non chauffée réservée aux visiteurs, loin des confortables appartements privés de son père. Une enfilade sans fin de pièces humides et hautes de plafond, aux mêmes tapis élimés, aux mêmes lustres poussiéreux auxquels il manque une ampoule sur deux. Seuls diffèrent le ton passé des papiers peints, bleu pâle ici, mauve là, ou les tableaux d'ancêtres illustres qui trônent au-dessus des cheminées.

Magnus est un garçon désordonné et extrêmement paresseux. Alors, plutôt que de ranger sa chambre (ce que les bonnes peuvent très bien faire à sa place, après tout), il préfère *changer* de chambre : lorsque le lit déborde de vêtements sales par exemple, ou quand on ne peut plus poser un pied sur le parquet sans écraser quelque chose.

Du moins le faisait-il avant. Désormais, il a une chambre attitrée et l'obligation formelle de la ranger au moins une fois par semaine, avant l'inspection de Mme Carlsen, cuisinière et gouvernante des Million, qui a entrepris la tâche presque impossible de donner un semblant d'éducation à ce garçon trop gâté.

Trop gâté matériellement, faudrait-il préciser : une maison de quarante-trois chambres, des bonnes et une cuisinière qui vous prépare le petit déjeuner chaque matin ne remplacent pas l'affection d'une mère ou la présence d'un père quand on a quatorze ans.

Depuis une heure déjà, Richard Million, son paternel, a quitté la maison. Comme tous les matins, le chauffeur l'a déposé à son club, où il fume l'un de ses énormes cigares en finissant son *breakfast*, les journaux du jour étalés devant sa prodigieuse bedaine.

Magnus serait bien étonné d'apprendre que certains pères jouent avec leurs enfants. Que d'autres emmènent leurs fils aux matchs de football ou que, chose plus incroyable encore, il leur arrive de *rire* ensemble !

Pour Magnus, un père est un gros homme débordé et quasi invisible à qui, chaque vendredi soir, le majordome présente votre bulletin à signer dans le parapheur en cuir qui contient les factures de la semaine. Le dimanche, jour familial par tradition, Magnus et son père prennent leur seul déjeuner en tête à tête, mais aux deux bouts d'une table si longue qu'on y a fait installer un téléphone.

Grâce à cet appareil, certains dimanches, la conversation va bon train :

– Allô, père ?

– Grumpf…

– Pourriez-vous me passer la sauce, je vous prie ?

– Slurp…

– Merci, père.

Chacun a pris l'habitude d'y apporter de la lecture : Richard Million, les palpitants cours de la Bourse, et son fils, d'étranges petits ouvrages empruntés à la bibliothèque de sa mère, conservée intacte depuis sa mort, et qu'il appelle des romans.

– Des histoires imaginaires, frissonne Richard Million, alors que tu pourrais faire ton profit de livres de comptes ou du catalogue des armes Million ! Tu as vraiment pris tous les défauts de ta mère, Magnus, permets-moi de te le dire…

Décidément, il ne comprendra jamais rien aux enfants, et encore moins au sien.

Se rappelle-t-il toujours qu'ils vivent sous le même toit ? On pourrait en douter parfois. Une nuit, chacun s'étant levé pour chercher un verre d'eau, le père et le fils étaient tombés l'un sur l'autre dans la cuisine glaciale.

– Qui êtes-vous ? s'était exclamé Richard Million, hagard, en reculant d'un pas.

– C'est moi, père. Magnus…

– Magnus ?

– Père, enfin, c'est moi, votre fils !

– Mon fils ? avait grommelé son paternel, rassuré peut-être

par le fait qu'ils portaient tous deux le même pyjama de soie. Oui, bien sûr... Enchanté! avait-il ajouté en lui tendant une main flottante de somnambule. Je me présente : Richard Million. Je suis le propriétaire de cette maison.

Ceci pour expliquer les événements qui vont suivre.

S'il n'était pas livré à lui-même dans une maison assez grande pour accueillir tout un régiment d'infanterie, Magnus Million n'ouvrirait pas un œil hébété à 8 h 27 ce matin-là, tiré enfin du sommeil par le courant d'air glacé qui court au ras des parquets.

Il a fait un cauchemar cette nuit, dont il ne se souvient pas, mais qui continue de le poursuivre.

Un gigantesque éternuement, puis un deuxième lui rendent brusquement la conscience. Catastrophe! Les compositions! Il lui reste exactement trente-trois minutes pour être à l'heure au lycée.

– Flûte et reflûte!

Par chance, les garçons se lavent peu à cet âge. Magnus a déjà sauté dans ses vêtements de la veille, aplati à l'eau froide quelques épis sur son crâne et il lace maintenant ses chaussures, la brosse à dents coincée dans la bouche.

– Flûpte et reflûpte! répète-t-il à travers les bulles de dentifrice.

Il ne doit pas s'énerver, il le sait, pas céder à la panique. L'excitation a sur lui des conséquences imprévisibles dont nous reparlerons plus tard, quand nous aurons le temps. Pour l'instant, le compte à rebours est déclenché. Plus que trente minutes. C'est bien peu, surtout qu'il n'est pas question pour Magnus de quitter la maison l'estomac vide.

Il fonce maintenant vers la cuisine en pédalant aussi vite qu'il peut. Oui, en pédalant, malgré l'interdiction formelle de la rétrograde Mme Carlsen. Mais n'en déplaise à la gouvernante, un vélo est encore le moyen de déplacement le plus rapide qu'on ait trouvé quand on habite une demeure de quarante-trois chambres et de plusieurs kilomètres de couloirs.

Ses pneus laissent de méchantes marques de gomme sur le parquet ciré. Un ultime dérapage et, abandonnant sa monture dans le vestibule, il fait irruption dans la cuisine où l'attend une cruelle désillusion : son porridge a refroidi et une peau épaisse s'est formée sur son bol de chocolat.

– Je vais te le réchauffer, soupire la bonne Mme Carlsen qui déteste les imprévus et qu'on dérange sa cuisine.

– Pas le temps, grogne Magnus en trempant ses lèvres dans son bol. J'ai une composition dans vingt-trois minutes.

Dans sa tête, les plans se bousculent. Le tramway ? Trop lent. Le vélo ? Trop de neige. Quant à y aller à pied…

– Vingt-trois minutes ? Tu ne seras jamais à l'heure !

Mme Carlsen, la cuisinière, est la femme de M. Carlsen, le chauffeur. Mais impossible de compter sur lui : en ce moment, Léo Carlsen brique la carrosserie de la limousine devant l'entrée du Richman Club, en attendant que son patron ait fini son dernier scone.

Il faut trouver un autre moyen, mais lequel ?

Soudain, Magnus a une illumination. Pourquoi n'y a-t-il

pas pensé plus tôt ? Le minutage est serré, mais ça vaut le coup d'essayer.

– Ne va pas tenter quelque sottise, surtout, avertit la cuisinière, soudain affolée par son air résolu.

– Soyez sans crainte, madame Carlsen. Je serai à l'heure, foi de Magnus !

Ce qui n'est pas pour rassurer la brave femme : depuis des années que le couple est au service des Million, elle connaît son Magnus par cœur. Impossible de lui faire entendre raison quand il a décidé quelque chose.

– Et comment comptes-tu t'y prendre ?

– Le Dragon, madame Carlsen ! lance Magnus triomphalement devant son air incrédule. Le Dragon !

Et sur ce propos énigmatique, il lui colle un baiser sonore sur le front, laissant au passage une belle empreinte de cacao sur sa coiffe immaculée.

– Avale au moins une tartine ! proteste la brave femme.

Trop tard.

La porte a claqué si violemment derrière Magnus que la pauvre Mme Carlsen en a les jambes coupées, tandis qu'assiettes suspendues, ustensiles en cuivre et pots de confiture se mettent à tinter dangereusement dans toute la cuisine, comme sous le coup d'un tremblement de terre de moyenne amplitude.

Depuis qu'il est tout petit, Magnus Million – c'est l'un de ses moindres défauts – ne connaît pas sa force.

2
Le Dragon

Comme un fait exprès, ce matin où commencent les compositions au lycée des sciences de Friecke est l'un des plus froids qu'ait connus le pays. Il a gelé toute la nuit ; des guirlandes de stalactites pendent aux corniches des maisons et, sur les trottoirs, la neige est si dure que les dignes hommes d'affaires à chapeau et col d'astrakan qui se hâtent vers leur travail semblent se livrer à un concours de glissades.

Magnus, épaules rentrées, son sac de classe ballottant sur le dos, fonce au milieu de la foule comme un attaquant de hockey. La course enflamme ses joues, l'air glacé brûle ses poumons. Tant pis pour les malheureux qui croisent son chemin : une fois lancés, rien ne peut arrêter les quatre-vingts kilos de Magnus Million.

Rien, sinon la silhouette fantomatique du Dragon qui apparaît soudain entre les troncs décharnés du parc bordant les remparts.

Magnus ralentit instinctivement le pas. Le Dragon est encore plus effrayant que dans son souvenir. Dans la brume noyant les alentours, les tubulures rouillées de la vieille attraction évoquent irrésistiblement le corps annelé de quelque monstre de cauchemar flottant au-dessus de la ville.

Pour ceux qui, comme Magnus, détestent les montagnes russes, les grands huit et autres machines diaboliques de cet acabit, le Dragon est bien un monstre. « Le plus long toboggan d'Europe ! promet l'enseigne rouge sang de la baraque foraine. La descente de la mort ! Une expérience inoubliable ! » Trois cents mètres de rails métalliques dégringolant vers la Ville Basse en un entrelacs vertigineux… Soixante-trois virages en épingle à cheveux… Cinq loopings, dont un triple, le clou de la descente… Des wagonnets capables d'atteindre la vitesse faramineuse d'une balle dans le canon d'un revolver…

Je l'ai dit, Magnus a beau être un gros garçon très très costaud pour son âge, le courage n'est pas son fort. Contrairement à ses camarades, il ne s'est jamais risqué sur l'attraction qui relie la Ville Haute à la Ville Basse. En découvrant l'entrelacs compliqué de rails et de poutrelles qui s'enfoncent dans la brume, son plan, soudain, ne lui paraît plus génial du tout.

D'autant qu'il a oublié un détail. Un minuscule détail, mais qui a son importance : le Dragon fait relâche pour l'hiver. Le kiosque à billets est fermé, l'accès au manège condamné par une grossière barrière de bois. *ENTRÉE INTERDITE, DANGER*, précise un panneau. Et, durant une seconde, Magnus en est presque soulagé, comme le sont les peureux quand un obstacle inattendu les dispense de se jeter dans l'inconnu.

Mais a-t-il seulement le choix ? Quatorze minutes, c'est tout ce qui reste avant le début des compositions. Et un Million ratant ses examens, ça ne s'est jamais vu. Ce n'est même pas *imaginable*, si l'on se souvient que le fondateur du lycée des sciences de Friecke n'est autre que Maximus Million, banquier et bienfaiteur de la ville, l'arrière-arrière-grand-père de Magnus.

Ce n'est pas le courage qui l'emporte finalement, mais une peur plus grande : celle de fâcher son père. Enjambant la barrière de protection, Magnus s'aventure entre les baraquements.

Les wagonnets ont été remisés pour l'hiver dans une sorte de hangar fermé d'une chaîne à gros cadenas. Un regard suffit à Magnus pour comprendre qu'il ne pourra le forcer. Par le vasistas givré, les voitures sous leur bâche ressemblent à une énorme chenille paisible mais vaguement malveillante, hibernant au fond de son trou dans l'attente du printemps.

Le découragement gagne Magnus. Douze minutes… Déjà, il voit en imagination se profiler devant lui la silhouette émaciée et le lorgnon de M. le proviseur du lycée des sciences de Friecke. L'homme le plus ponctuel du pays sans doute, d'une ponctualité tellement maniaque que la montre qui dépasse de son gousset n'est autre qu'un chronomètre de précision, gradué au dixième de seconde. Avec lui, tous les élèves le savent, être à l'heure, c'est déjà être en retard, surtout un jour de composition.

Soudain, Magnus avise quelque chose derrière le hangar : un chariot rouillé, à demi recouvert de neige, qui doit servir à l'entretien du circuit et qui gît, roues en l'air, comme un gros insecte abattu.

C'est la dernière chance de Magnus. En trois enjambées, il court au chariot, le remet d'un coup de reins sur ses rails. Le véhicule est rudimentaire – une banquette montée sur un châssis de bois, sans arceau de protection ni autre système de sécurité qu'une vague sangle de cuir à demi rongée. Devant, une manivelle sert de frein à bras, ce qui rassure un peu Magnus. Il devrait être facile de contrôler la vitesse de l'engin, chose parfaitement impossible sur les wagons ordinaires.

Reste à le pousser jusqu'à l'aire de départ. Le chariot est lourd, la neige accumulée sur les rails épaisse et collante. Mais l'engin, entraîné par son propre poids, finit par prendre de la vitesse. Une ultime poussée et Magnus saute à bord, nouant frénétiquement la sangle de sécurité autour de sa taille pour ne pas voir le vide qui se rue à sa rencontre.

Imaginez-vous logé dans la culasse d'un revolver, une arme de précision des usines Million par exemple, et vous aurez une idée de ce que Magnus éprouve en cet instant. Se cramponnant au frein à bras, il ferme les yeux et lâche un couinement de terreur au moment où le chariot bascule pour entamer sa descente.

Les mâchoires du frein crissent à fendre l'âme, les rails tanguent de droite et de gauche, comme surpris par ce poids soudain.

Magnus a bloqué sa respiration, le cœur bondissant dans la

poitrine à la façon d'un ballon libéré de ses amarres. Quand il se risque enfin à rouvrir les yeux, il file à travers un épais matelas de brume. Impossible d'évaluer la vitesse ou d'apercevoir le vide en contrebas.

Ouf! songe-t-il. Rien de si terrible, finalement. C'est un peu comme de voler en rêve, à condition de ne pas se pencher par-dessus bord.

Mais l'illusion est de courte durée. Soudain, une force prodigieuse plaque Magnus au fond de la banquette. Il pousse un hurlement, se cramponne comme il peut, mais un autre virage manque cette fois de l'arracher de son siège. Il a à peine le temps de rattraper son sac au vol que le chariot bascule encore. Plus question d'agir sur le frein. Est-ce qu'il fonctionne d'ailleurs? Jeté d'un bord à l'autre du chariot, Magnus lutte seulement pour ne pas être éjecté.

Puis tout se rétablit brusquement. Le chariot retrouve miraculeusement son équilibre, tandis qu'au même instant, comme sous l'effet de la vitesse, la brume se déchire et la Ville Basse apparaît tout entière : de minuscules toits enneigés serrés les uns contre les autres, un dédale de ruelles misérables, de culs-de-sac, de petits ponts... Plus loin se dresse le lycée des sciences, gros bâtiment austère aux allures de caserne militaire protégée derrière les murs d'un parc. Magnus en éprouve un choc comme s'il découvrait la Ville Basse pour la première fois : des gens, des êtres humains, et non des taupes ou des farfadets, vivent donc *réellement* ici, dans ces boyaux noirâtres et insalubres?

Il n'a pas le temps d'y réfléchir plus avant. Le chariot a

plongé subitement, tête la première. Une chute en piqué qui donne à Magnus l'impression que son cerveau va s'échapper par ses oreilles. Puis, dans un bruit de tonnerre, il remonte à la verticale, et le temps d'une longue, très longue pirouette, le ciel blanc et la Ville Basse semblent échanger leur place.

C'est le premier des cinq loopings promis par le Dragon, mais Magnus, la tête en bas et le cœur au bord des lèvres, a perdu le compte des figures. Doubles boucles, retournements, tonneaux se succèdent désormais à un rythme infernal. Propulsé de droite, de gauche, il n'est plus qu'un jouet malmené par la loi de la gravitation. La moitié de son visage est devenue insensible, les larmes lui jaillissent des yeux sous l'effet de l'air glacé.

Mais il n'est pas encore au bout de ses émotions, loin s'en faut. Ce qu'il découvre soudain, alors qu'un brusque U l'a propulsé violemment au point le plus haut du grand huit, finit de hérisser les cheveux sur son crâne.

La vieille attraction de bois et d'acier n'a pas été fermée pour rien : au sortir du dernier virage, les rails s'achèvent en moignon, tranchés net au-dessus du vide. L'arrivée du grand huit n'est plus qu'un mikado de poutrelles rouillées, éparpillées dans la neige plus de trente mètres plus bas, transformant le toboggan en une formidable rampe de lancement !

– AAAAAH ! hurle Magnus.

Il a beau s'arc-bouter sur le frein à bras, impossible de ralentir le chariot lancé à pleine allure.

– AAAAAH !

Ce qui doit arriver arrive. Fatalement, et au pire moment.

Soudain, tout se brouille dans l'esprit de Magnus. Ses oreilles se mettent à bourdonner, ses yeux s'embuent. Autour de lui, tout devient mou, cotonneux.

– NON ! gémit-il. PAS MAINTENANT !

Mais il connaît trop bien ces symptômes. Inutile de lutter, il ne pourra éviter la crise qui le gagne. Déjà sa tête dodeline, ses pensées s'emmêlent, ses paupières pèsent des tonnes.

– PAS… MAINTENANT, répète-t-il dans un bâillement. Non… pas… main… tenant…

À l'instant précis où le chariot quitte les rails, propulsé dans les airs tel un boulet de canon, Magnus s'endort.

D'un seul coup, à la façon d'une lumière qui s'éteint.

Indifférent à la catastrophe qui s'annonce, il ronfle comme un bienheureux, traversant le ciel glacé en une courbe parfaite.

3
À vos marques…

Au lycée des sciences de Friecke, l'heure fatidique approche : 8 heures 59 minutes et 36 secondes, affiche le chronomètre de précision de M. le proviseur. Dans moins d'une demi-minute maintenant vont commencer les compositions du premier trimestre. Un événement majeur dans la vie morne du lycée – surtout pour M. le proviseur qui surveille avec sévérité la marche des aiguilles, pointant vers le plafond un pistolet de starter rouillé, le doigt crispé sur la détente comme s'il avait craint qu'il ne lui saute au visage.

– Messieurs, à vos stylographes ! prévient-il de sa voix caverneuse.

Devant lui, impeccablement alignées à l'aplomb des globes d'où tombe une lumière jaunâtre, trois interminables rangées de pupitres. Sur chacun, un flacon d'encre débouché et une copie double, prête à être recouverte de divisions à retenues et autres formules cabalistiques aussitôt les sujets distribués.

Les élèves ont été rassemblés pour l'occasion dans l'immense réfectoire mal chauffé qui occupe la galerie nord du bâtiment principal. Il y fait si froid que la plupart des candidats ont gardé leur manteau et leurs gants, chose peu commode pour écrire son nom dans la marge avec les pleins et les déliés d'usage.

La réputation de pingrerie du proviseur est loin d'être une légende. D'ailleurs, lui-même n'a jamais froid, quoi que suggère la goutte qui pend au bout de son nez. Son long visage émerge d'une épaisse écharpe noire, et il arbore l'éternel costume sombre à fines rayures qui lui a valu le surnom de Croque-mort chez des générations de lycéens.

Dans les allées, les pions veillent, prêts à distribuer les sujets contenus dans des enveloppes scellées. On les sent nerveux, aux aguets, et les nuques ploient craintivement à leur passage.

Il faut dire que M. le proviseur, pour aiguiser leur vigilance, a privé les pions de toute nourriture solide depuis la veille, comme on le fait pour les chiens de chasse. Malheur à qui oserait jeter un œil par-dessus l'épaule d'un voisin, ou tirer de sa manche une antisèche ! La curée serait immédiate, le misérable traîné par les pieds vers la sortie sous le regard glacial du Croque-mort.

Ordre et discipline, tels sont les maîtres mots sur lesquels est fondée la réputation du lycée des sciences de Friecke depuis que M. le proviseur en a pris la direction. Et nul, sauf les inconscients ou les désespérés, n'oserait y contrevenir.

Un détail jure pourtant dans la belle ordonnance du

réfectoire : une place vide au treizième rang de la troisième rangée, et qui attire l'œil comme un aimant.

Un absent? Pire encore, un retardataire? Le crime serait énorme, impensable! Dans l'échelle des infractions en vigueur au lycée des sciences, manquer une composition trimestrielle est à peu près aussi grave que de faire irruption tout nu sur le terrain de rugby le jour de la finale interacadémique... On a même frôlé un début de désordre au moment de l'installation. « T'as vu ? » faisaient les uns en se poussant du coude. « C'est qui, tu crois ? » faisaient les autres, avant que le bruit ne se répande, courant de table en table comme une traînée de poudre : « Magnus ! C'est Magnus ! » « Mince alors ! Magnus Million sèche la compo ! »

« Silence ! a aboyé le proviseur. Le premier qui parle aura cent lignes ! » « Cent lignes ! » ont répété les pions en écho, comme pour venger à l'avance leur estomac qui les tenaille. « Le premier qui parle aura cent lignes ! »

Chacun désormais retient son souffle. Sur la grosse horloge du réfectoire, au-dessus de la tête du Croque-mort, la grande aiguille est presque verticale. Une ultime oscillation et il sera 9 heures.

– Attention ! prévient-il, l'œil rivé sur son chronomètre. Pour la distribution des sujets, à vos marques, prêts...

Il n'a pas le temps de dire « partez ».

À l'instant où son index presse la détente, une explosion secoue le réfectoire.

L'une des hautes fenêtres a crevé, projetant à l'intérieur de la salle une pluie d'éclats de bois, de verre et de lambeaux d'étoffe déchiquetée. Figés par la surprise, bouche ouverte, les élèves du lycée des sciences voient passer au-dessus de leurs têtes un étrange objet volant – de la taille approximative d'un chariot de grand huit, diront plus tard les plus observateurs.

Freinée dans sa chute par le long rideau poussiéreux qui forme derrière elle comme la queue d'une météorite, la machine volante paraît planer un instant au-dessus des visages hébétés, avant de s'abattre précisément sur le pupitre inoccupé qu'elle écrabouille telle une vulgaire coquille de noix.

Un millième de seconde avant que, dans le silence assourdissant qui suit cet atterrissage, ne retentisse le pistolet de M. le proviseur.

Ceux qui ont vécu ce moment se souviendront toujours du mélange d'incrédulité et d'effroi qui suivit.

Parmi les images marquantes, celle de la grande fenêtre dont les panneaux démantibulés pendent à l'intérieur, comme fracassés par un énorme ballon de football, tandis que retombe doucement sur les spectateurs immobiles un nuage scintillant de poussière et de poudre de verre. Les élèves à leur pupitre, les pions et même M. le proviseur, tous semblent pétrifiés, contemplant d'un œil rond le cratère creusé dans le bel alignement des tables – sans blesser personne, heureusement – par l'engin volant.

Une fraction de seconde, l'idée d'une bombe traverse les esprits : un obus gigantesque tiré par l'ennemi héréditaire, la Transillyrie, en guise de déclaration de guerre et qui, par chance, n'aurait pas explosé. Mais quel canon, même démesuré, pourrait vomir un obus en forme de wagonnet et, qui plus est, un obus *habité ?*

Car une petite toux vient de se faire entendre sous l'enchevêtrement de rideaux qui recouvrent l'engin. Puis une tête apparaît, clignant des paupières et bâillant à s'en décrocher la mâchoire.

Ce rouquin à la tignasse blanche de plâtre… Cet air ahuri…

– Magnus ! C'est Magnus Million !

Le cri a fusé dans le réfectoire, comme jailli d'une seule et même bouche. Oubliant toute retenue, tous se précipitent vers lui, jouant des coudes et bousculant les tables. « MAGNUS ! MA-GNUS ! » Le nom de l'aéronaute est scandé en ovation tandis qu'un cercle incrédule se forme autour de lui.

– À vos places, à vos places ! s'époumone le proviseur.

Ses coups de sifflet stridents ne font qu'ajouter à la confusion générale. Déjà, des mains se tendent pour toucher le héros du jour, l'empoigner et le porter en triomphe comme un trophée interacadémique.

– MA-GNUS ! MA-GNUS !

– Merci, bredouille ce dernier qui n'a pas l'air de comprendre ce qui lui arrive. Merci.

C'est bien la première fois qu'on scande son nom depuis des mois. Très exactement depuis que le diagnostic de son étrange maladie du sommeil l'a éloigné des terrains de rugby, sport dans lequel son gabarit faisait merveille. Mais aujourd'hui, son triomphe est total : internes et externes, petits et grands, camarades et ennemis jurés, tous crient son nom, le félicitent, veulent toucher sa personne et grimper à leur tour dans la machine volante dont la carcasse, posée au beau milieu du réfectoire, semble un vestige de véhicule extraterrestre.

Mais à mesure que le chahut enfle, la mémoire revient par bribes à Magnus : la composition, sa peur d'être en retard... Le Dragon, la folle descente, sa terreur à l'instant où il a découvert le rail brisé au-dessus du vide...

Ce qui est arrivé après – le wagonnet projeté dans le ciel au maximum de sa vitesse et finissant sa course en plein dans la fenêtre du réfectoire –, il ne peut que l'imaginer. Par quel miracle il ne s'est pas brisé les os, Magnus n'en a aucune idée. Mais ce qu'il comprend, en revanche, c'est qu'il vient de commettre sans le vouloir une grosse, une énorme, une phénoménale boulette !

Dans la salle d'examen, la confusion est à son comble. Les encriers volent, les tables se renversent, les copies doubles deviennent des avions en papier qu'on se jette au visage. De mémoire de lycéens, on n'a jamais connu semblable chambard. Appelés en renfort, des professeurs en toge ont envahi le réfectoire et tentent en vain de ramener un peu d'ordre.

Les pions dépassés, le proviseur qui s'époumone sur son estrade, les bonnets qui s'envolent par la fenêtre dévastée – c'est lui, Magnus Million, réalise-t-il avec horreur, l'unique responsable de ce chahut d'anthologie !

4
Une sanction bien méritée

Comme le notera plus tard M. le proviseur :

– Techniquement parlant, Million, et pour être tout à fait impartial, on ne peut vous reprocher d'être arrivé en retard à la composition de ce matin…

Trois cents témoins peuvent en effet confirmer que le pistolet du Croque-mort n'a retenti qu'*après* l'arrivée remarquable de Magnus dans la salle d'examen.

– Et ce pour l'excellente raison, continue le proviseur d'une voix qui semble remonter tout droit des profondeurs d'une glacière, qu'il n'y a *pas* eu de composition.

Debout au milieu du bureau, Magnus ne peut qu'acquiescer d'un imperceptible battement de paupières. Il a fallu plus d'une heure aux professeurs et aux pions pour reprendre le contrôle du réfectoire ; l'ordre règne à nouveau sur le lycée des sciences de Friecke. Les élèves ont réintégré les salles de classe, à l'exception de quelques malheureux condamnés à ramasser les copies inutilisables qui jonchent la cour comme un tapis de feuilles mortes. Et dans le silence revenu, le frottement de leurs balais a quelque chose de lugubre et de menaçant.

– Vous ne serez donc pas éliminé des épreuves, Million, poursuit le proviseur. Un bon point pour vous.

Un soulagement fugace traverse Magnus, même s'il se doute bien que le Croque-mort ne l'a pas fait conduire dans son bureau par deux pions à figures de rottweiler pour le seul plaisir de le féliciter. C'est la première fois qu'il entre dans ce sanctuaire redouté, sur lequel circulent les bruits les plus farfelus et les plus invérifiables. On raconte que certains élèves n'en sont pas ressortis, que M. le proviseur, depuis son fauteuil, commande l'ouverture d'une trappe cachée sous un tapis. Que cette trappe ouvre directement sur les eaux noires et boueuses de l'Acheros dans lesquelles ont disparu corps et âme nombre d'esprits récalcitrants.

Rumeurs ou pas, Magnus n'en mène pas large. La pièce, tout en longueur, est tapissée jusqu'aux plafonds de gros volumes aux dos jaunis qui répandent dans la pièce une puissante odeur de moisi. En plissant les yeux, on peut en lire les titres : *Textes et règlements à l'usage du lycée. Recueil des obligations et devoirs de l'élève. Code des châtiments et sanctions*, et une multitude d'autres ouvrages du même acabit… C'est la collection personnelle de M. le proviseur, sa seule passion connue d'ailleurs, si l'on exclut les chronomètres de précision et l'éducation des jeunes cervelles stupides du genre de celle de Magnus Million.

– Vous ne nous aviez pas habitués à une telle ponctualité, jeune homme. Permettez-moi de saluer cet effort inattendu.

Magnus n'en croit pas ses oreilles. La sévérité du Croque-mort ne serait-elle qu'une légende, elle aussi ?

– Votre souci de bien faire, j'imagine que cela ne vous a pas échappé, vous a conduit toutefois à vous livrer à quelques écarts envers le règlement. Oh ! trois fois rien, je vous rassure : d'innocentes peccadilles dont je me suis permis de faire le relevé.

Le bruit d'un élastique qui claque peut-il vous couper les jambes ? Oui, s'il s'agit de celui que le Croque-mort vient de faire sauter d'un mouvement d'ongle pour ouvrir son petit carnet noir à la couverture tachée.

Vous croyiez pouvoir faire vos petites bêtises dans votre coin, à l'abri des regards ? Erreur. Quand cet élastique claque brusquement dans votre dos, il est déjà trop tard : le proviseur, que nul n'a vu venir, s'éloigne déjà avec gourmandise, votre incartade dûment enregistrée dans son carnet de sa fine écriture griffue et illisible.

– Ah ! voici ma petite liste, reprend-il avec satisfaction. « Survol non autorisé de l'établissement… Entrée en salle d'examen par un accès interdit… Détérioration d'un édifice classé… »

À chaque nouveau chef d'accusation, Magnus baisse un peu plus la tête, comme écrasé par le poids de sa propre noirceur.

– « Destruction de mobilier scolaire… Introduction d'engin illicite dans l'établissement… Mise en danger de vos condisciples… Incitation au chahut et à la rébellion… Refus d'obéir… »

– Je… C'est-à-dire…, tente bien de bredouiller Magnus. Mais pour dire quoi ? Qu'il est victime d'un malencontreux enchaînement de circonstances ? Que ce n'est tout de même pas de sa faute si l'arrivée du Dragon est démontée pour l'hiver, son rail pointé en plein sur la fenêtre du réfectoire ?

– Sans oublier, naturellement, le bouquet de ce feu d'artifice, poursuit le proviseur en posant sur Magnus un regard aussi dégoûté que s'il contemplait une crotte de souris trônant en évidence sur le tapis de son bureau. Du fait de votre comportement inqualifiable, et pour la première fois depuis la création de cet établissement, les compositions d'hiver commenceront cette année avec un jour de retard…

Sa voix a déraillé en disant cela, comme traversée par un frisson d'horreur.

– *Un jour de retard !* répète-t-il en hurlant. Vous rendez-vous compte de l'énormité de la chose, Million ?

Brusquement hors de lui, il tape du poing sur le cuir de son bureau, faisant sauter d'un même élan sa lampe de cuivre, son encrier de cristal et diverses liasses de documents qui en profitent pour s'échapper jusqu'à terre.

Magnus se jette à genoux pour ramasser ce qu'il peut. Il a juste le temps d'apercevoir, sur l'un des feuillets, l'en-tête de la chancellerie et le mot CONFIDENTIEL barrant toute la page. Le proviseur le lui a déjà arraché des mains. La fureur a fait sauter de son nez son lorgnon, qui se tortille au bout de son cordon comme un poisson pris à l'hameçon.

– Ne touchez pas à ça ! Des papiers de la plus haute importance ! Je ne vous permets pas !

– Désolé, bredouille Magnus, désarçonné par cet accès de fureur inexplicable. J'essayais seulement…

Mais il sera dit qu'il ne pourra finir une phrase ce matin-là.

– N'essayez rien de plus, Million ! l'interrompt le Croque-mort en mettant à l'abri ses précieux documents. La liste de vos crimes est bien suffisante pour aujourd'hui.

Au-dessus de sa tête, telle une menace, trône le portrait d'un auguste personnage à col dur et chapeau haut de forme. Magnus connaît bien ce visage large et sanguin, ces yeux froids, ces rouflaquettes triomphantes : il veille au-dessus de la cheminée, dans la salle à manger des Million, prêt à foudroyer du regard l'imprudent qui se risquerait à jouer avec son pain ou à ne pas finir son assiette. C'est Maximus Million, arrière-arrière-grand-père de Magnus et fondateur du lycée des sciences de Friecke.

– Chacun des crimes que je viens d'énumérer vous vaudrait la porte à lui seul, Million, reprend le proviseur qui a retrouvé le contrôle de ses nerfs. Mais leur addition défie l'entendement. Vous êtes un délinquant hors norme, Million, un phénomène comme on n'en voit pas un par siècle !

Tout en parlant, il a tiré de la bibliothèque un grand volume jaune, dont il se met à tourner fiévreusement les pages en se mouillant l'index.

– De crainte de céder à une juste colère, je me suis plongé dans la bible de cet établissement : le *Code des châtiments et sanctions.* Un ouvrage admirable, d'une lecture délicieuse et toujours rafraîchissante. Même si l'abolition des châtiments corporels – que je déplore, personnellement – en a supprimé les meilleurs chapitres, comme ceux consacrés à l'emploi de la canne, du martinet ou du chat à neuf queues...

Derrière son lorgnon, ses pupilles semblent prises sous une mince pellicule de glace.

– Il m'a été impossible d'y trouver une sanction à la hauteur de vos fautes, Million ; sinon un renvoi immédiat, définitif et sans appel.

Les oreilles de Magnus se mettent à bourdonner. D'étranges fantômes blancs passent devant ses yeux. Un instant, il se voit conduit jusqu'au portail du lycée par les deux pions à figures de rottweiler et jeté dehors d'un coup de pied aux fesses. Renvoyé ? Il va être renvoyé ?

La tête lui tourne et il doit se pincer la cuisse, sentant monter une nouvelle crise de sommeil. Non, pas maintenant, pas une fois de plus, et au pire moment ! Il ne peut pas faire ce plaisir à M. le proviseur, ni aux deux pions qui attendent dans l'ombre, prêts à se jeter sur lui.

– Cependant, continue le Croque-mort dont la silhouette commence à devenir floue, je n'oublie pas que votre ancêtre, le distingué Maximus Million, fait partie des pères fondateurs de cette vénérable institution. (Il s'incline avec complaisance vers le portrait dans son cadre avant de poursuivre.) Ni que votre père, l'honorable Richard Million, en tant qu'ancien élève et principal bienfaiteur du lycée, est l'un des membres les plus éminents de notre conseil d'administration. Aussi, par respect pour eux et pour un nom dont vous avez flétri la dignité, j'ai décidé de surseoir à votre exclusion...

La torpeur qui envahissait Magnus se dissipe brusquement. Surseoir à son exclusion ? Cela veut-il dire qu'il ne sera *pas* renvoyé ?

– … et de commuer votre peine en simples heures de retenue, achève le proviseur en refermant bruyamment le volumineux *Code des châtiments et sanctions.*

– Me… merci, monsieur le proviseur, balbutie Magnus, tout à fait réveillé cette fois.

– Ne me remerciez pas, ricane ce dernier. Je ne fais qu'appliquer strictement le règlement intérieur. Selon mes calculs, Million, vous écopez de 1 341 heures de retenue.

– 1 341 ? répète Magnus avec incrédulité.

– Que j'arrondis par indulgence à 1 340.

– D'ici à… à la fin de l'année ? Mais ça fait plus de…

– Sept heures par jour, Million ; 7,75 exactement. Aussi ne puis-je que vous suggérer de prendre dès ce soir vos quartiers au dortoir des punitions.

Magnus reçoit ce dernier coup tel un boxeur cueilli au foie. Le dortoir des punitions ? Mieux vaut encore être précipité par la trappe secrète du proviseur dans les profondeurs écumantes de l'Acheros !

– Allez, en termine le proviseur avec un geste théâtral en direction de la porte. Disparaissez de ma vue. Et plus d'incartades ou je vous jure qu'il vous en cuira. Sortez, Million.

Ce que fait Magnus, la tête basse, poursuivi par le ricanement étouffé des deux rottweilers qui se bourrent mutuellement les côtes comme s'ils venaient de se raconter une histoire drôle.

5
Pendant ce temps, au Richman Club…

– Agaçant, Harald ! Proprement agaçant !

L'exclamation vient de fuser des profondeurs d'un épais fauteuil de cuir. L'homme qui l'a poussée tient devant lui un journal déplié, au-dessus duquel s'échappent des nuages de fumée bleue.

– La guerre, toujours la guerre… Ces fieffés journalistes n'ont donc plus que ce mot à la bouche ?

Son interlocuteur, dissimulé lui aussi derrière un journal, n'a pas l'air de s'émouvoir de ces grognements. Pas plus d'ailleurs que le majordome silencieux qui remplit les tasses disposées entre les deux hommes.

Il est vrai que l'impassibilité est une qualité indispensable pour quiconque fréquente le très sélect et très privé Richman Club. Comme son nom l'indique, le Richman Club accueille depuis 1835 les hommes les plus fortunés de Friecke. Le vieux bâtiment n'a guère changé depuis sa fondation. Tapis, moulures, fauteuils, tout est resté semblable. On n'aime guère le changement entre gens riches.

Est-ce parce qu'il est assuré d'y déguster les mêmes scones bourratifs et la même marmelade d'oranges que ses ancêtres (gens déjà fort riches et déjà ennemis de tout changement) que Richard Million, depuis la disparition de sa femme, prend tous ses petits déjeuners dans les salons du Club ? Ou pour pouvoir fumer dès le matin ses énormes cigares en parcourant la presse sans que personne ne le dérange ?

Richard Million, père de Magnus Million, est assurément un personnage considérable : la plus grosse fortune du grand-duché de Sillyrie, comme l'ont été son père et son grand-père avant lui. La quasi-totalité des usines de Friecke lui appartient, ainsi que la banque Million, bien sûr, sans compter une multitude d'intérêts secondaires, tant ici qu'à l'étranger. Sa vie est on ne peut plus simple : il dirige, commande, achète et vend chaque minute de chaque journée. Ses affaires ne connaissent ni dimanche ni vacances. Ce serait une perte de temps – pire, une perte d'argent. Et dans la vie de Richard Million, rien n'est plus important que l'argent.

D'habitude, Richard Million ne lit que les pages économiques des journaux. Mais elles aussi n'ont que ce mot à la bouche : la guerre, la guerre, la guerre...

– La Bourse va finir par plonger, vous verrez. Quand vous déciderez-vous à interdire la presse, Harald ?

Harald Cragganmore, chancelier du grand-duché, dissipe discrètement de la main le nuage de fumée nauséabond que son interlocuteur lui souffle au visage. C'est un homme de haute taille, au profil aigu et long, à l'œil dur et perçant. Détail étrange : l'un de ses épais sourcils est blanc comme neige tandis que l'autre est plus noir que de la suie.

– Je vous rappelle que les trois quarts des journaux de ce pays vous appartiennent, Richard.

– C'est vrai. Faites-moi penser à renvoyer leurs rédacteurs en chef sur-le-champ. Et sans indemnités, naturellement.

– Que craignez-vous donc ? Vos quotidiens ne se sont jamais mieux vendus que depuis que la guerre menace.

– La contagion, Harald, la contagion ! À trop alarmer l'opinion, on renforce les positions de ces maudits pacifistes. Une bande de dégénérés, qui croient encore que la guerre est une calamité !

Le triple menton de Richard Million en tremble d'indignation.

– Je suis un homme riche, Harald, vous le savez. Grâce à la guerre, je le deviendrai cent fois plus, mille fois plus ! Avez-vous une idée de ce qu'il en coûterait aux usines d'armement Million si, par malheur, la paix devait triompher ?

– Au prix auquel vous vendez vos canons, en effet...

– Nous sommes un petit État, Harald. Tout juste une crotte de nez sur la carte de l'Europe. Comment nous défendre sans l'armement dernier cri sorti tout droit des usines Million ?

– Votre patriotisme vous honore, Richard.

L'industriel rosit modestement avant d'avaler son scone d'une seule bouchée, comme s'il s'agissait d'une des nombreuses entreprises que son groupe absorbe quotidiennement.

– Savez-vous ce que je crois, Harald ? La guerre est une bénédiction : elle extermine les plus faibles et rend les puissants plus puissants encore. N'est-ce pas la définition même du progrès ? Il serait vraiment temps que les pauvres le comprennent et cessent d'empêcher les honnêtes gens de s'enrichir.

Il y a un long moment de silence durant lequel le chancelier Cragganmore considère Richard Million de ses yeux froids, son unique sourcil blanc arrondi en point d'interrogation.

– Vos pacifistes ne représentent aucun danger, finit-il par murmurer. Une petite poignée d'agitateurs cantonnés dans la Ville Basse, tout au plus. Ma police secrète les tient à l'œil. Mais si vous me parliez plutôt de ce nouveau gisement que vos ingénieurs ont découvert ?

– Le forage a commencé, Harald. Mais ce gaz se révèle très délicat à extraire dans ces terrains marécageux. Pour un modeste industriel comme moi, l'investissement est énorme, même si les bénéfices promettent d'être faramineux. Vous rendez-vous compte, Harald, un gaz inconnu ? s'extasie Richard Million en baissant la voix et en se penchant vers son interlocuteur. Tout cela reste entre nous, n'est-ce pas ?

– Bien entendu.

– Ce gaz nouveau, quand nous le maîtriserons, pourrait nous donner un avantage décisif sur notre grand voisin. En plus d'ajouter quelques milliards de slopjis à ma fortune personnelle, bien sûr.

– D'autant que vous avez le monopole de son exploitation, approuve le chancelier en hochant la tête. Félicitations,

Richard. Vous savez que je ferai tout ce qui est en mon pouvoir pour vous aider.

– Fournissez-moi de la main-d'œuvre, Harald, que nous puissions accélérer les travaux. Mais au moindre coût, naturellement.

– J'ai déjà donné des ordres. Quelques semaines de patience encore et vous aurez vos ouvriers.

– Le mieux serait encore qu'ils ne me coûtent rien. Pas un seul slopji, vous me comprenez.

– Tout sera fait comme d'habitude, soyez sans crainte.

Un toussotement discret interrompt le conciliabule des deux hommes. Le majordome se tient au garde-à-vous, portant sur un plateau un antique téléphone à cadran et fourche plaqués or.

– Que Monsieur me pardonne, murmure-t-il en s'inclinant vers Richard Million. Un appel pour Monsieur.

– Vous savez bien que je déteste être dérangé pendant mon premier cigare ! s'emporte le magnat, enveloppant le domestique d'un nuage bleuté comme on enfume un insecte malfaisant.

– Votre fils, Monsieur, poursuit le majordome sans se troubler. Il semble que cela soit urgent.

– Mon fils ?

– Magnus, Monsieur.

– Ce garçon a-t-il une idée de ce que coûte une communication téléphonique ? grommelle le magnat. Veut-il me ruiner avec ses agissements irréfléchis, m'acculer à la banqueroute, au désespoir ?

– Il appelle du lycée. Il semble qu'il se soit mis en mauvaise posture, Monsieur, et qu'il sollicite votre aide.

– Mon aide ? Ce jeune homme n'a tout de même pas l'audace de me demander quelque chose, tout de même ? Ce serait trop fort !

Se tournant vers Cragganmore, il s'étouffe à moitié :

– Vous entendez cela, Harald ? Mon aide, alors que chaque minute perdue de mon précieux temps me coûte une fortune ?

– Répondez, Richard, conseille Cragganmore en se levant d'un mouvement élastique. C'est votre fils, après tout. Même si – vous avez tout à fait raison sur ce point – cela ne lui donne pas le droit de gâcher votre cigare.

Richard Million, avec un soupir de résignation, arrache presque le combiné des mains du majordome.

– C'est bien pour vous faire plaisir, Harald... Vous partez déjà ?

– Les affaires du grand-duché n'attendent pas. Les vôtres non plus, d'ailleurs. Vous me tiendrez au courant ?

– Pour quoi ?

– Pour votre fils. Rien de grave, j'espère.

Richard Million a un haussement d'épaules qui fait rouler des copeaux de cendre sur son plastron.

– Bah ! fait-il avec une grimace. Je me demande ce que cet animal a encore bien pu inventer comme sottise. Allô ? Allô ?

6
Le dortoir des punitions

Installé dans l'aile est du lycée, le dortoir des punitions porte bien son nom.

Imaginez une grande salle humide et basse de plafond, divisée par deux rangées de cloisons en bois comme les stalles d'une écurie. Chaque pensionnaire y dispose en tout et pour tout d'un lit, d'une tablette et d'une armoire en fer, isolés de l'allée centrale par un rideau verdâtre dans lequel semblent s'être mouchées plusieurs générations d'internes et de surveillants.

Le dortoir des punitions est à part du reste du pensionnat. C'est là qu'on expédie durs à cuire et récidivistes, sous la surveillance de M. Pribilitz, le maître d'internat : un homme de petite taille, au visage pâle et fiévreux, mais capable de faire se dresser les cheveux sur la tête des dormeurs, la nuit, simplement en faisant craquer ses phalanges tandis qu'il accomplit sa ronde.

Gladz et Pretzl, les deux pions à figures de rottweiler, occupent au milieu du dortoir une petite loge vitrée dont la lumière ne s'éteint jamais. Ils ne dorment que d'un œil, prêts à bondir au moindre bruit pour déchirer le coupable à belles dents.

C'est du moins l'impression de Magnus cette première nuit, tandis qu'il se tourne et se retourne dans son lit étroit sans parvenir à trouver le sommeil.

Des sommiers grincent, des quintes de toux déchirent l'obscurité, on entend geindre des dormeurs qui se disputent en rêve.

– Vous verrez, Million, a aimablement expliqué M. Pribilitz, quelques heures plus tôt, en lui remettant son paquetage de pensionnaire. Ici, nous faisons notre affaire des fortes têtes.

Une paire de draps, une maigre couverture roulée et un quart en fer-blanc pour le café du matin. Après avoir signé dans le registre de l'intendance, Magnus a suivi le maître d'internat le long d'un escalier en colimaçon, ses affaires sous le bras. Son sac a été fouillé minutieusement : au dortoir des punitions, chaque élève a droit à un vêtement de rechange, deux slips, deux paires de chaussettes, un pyjama et une brosse à dents; point final. Tout objet personnel (livre, couteau de poche, photographie de cousine en maillot de bain ou rouleau de réglisse mâchonné) est strictement interdit.

– Oubliez le confort, Million, a résumé M. Pribilitz. Et pour commencer, remettez-moi donc ce que vous cachez si maladroitement.

Penaud, Magnus lui a tendu le sachet de caramels maison que la bonne Mme Carlsen a fourré presque de force dans ses poches au moment de le quitter.

– Vous apprendrez vite que rien ne m'échappe, a fait le maître d'internat avec un petit rire satisfait. N'est-ce pas, Jed ?

À ce nom, quelque chose a surgi sur l'épaule de M. Pribilitz, provoquant chez Magnus un mouvement de recul apeuré.

La chose doit mesurer une vingtaine de centimètres de long. Une queue en goupillon, des pattes griffues, une tête plate et triangulaire qui fixe férocement Magnus de ses petits yeux luisants. Un furet, a reconnu le garçon avec ahurissement. D'où est-il sorti ? De la redingote miteuse de M. Pribilitz ?

– Jed adore les douceurs, a remarqué le maître d'internat, ravi de son petit effet, en déballant un caramel.

Aussitôt la bestiole s'est jetée sur la friandise, toutes dents dehors.

– Doucement, mon beau, doucement, a ri son maître. Tu sais bien que le sucre n'est pas bon pour toi.

Il a remballé le caramel, sans se soucier des couinements de frustration de Jed.

– Je pardonne à votre ignorance, Million, a-t-il observé. Mais c'est la première et la dernière fois. Quand vous serez installé, filez vous laver les mains et rejoignez vos camarades pour le dîner.

Sur un dernier regard circulaire, il est sorti du box de Magnus et s'est éloigné dans l'allée centrale, le furet crachant de fureur sur son épaule.

Quelques secondes plus tard, des grognements et un bruit de lutte ont secoué la loge des pions : c'était Gladz et Pretzl se battant pour les caramels que leur a lancés M. Pribilitz, Magnus l'aurait parié – même s'il ignore encore qui, de Jed ou de ces deux-là, le terrifie le plus.

Dans le lit qui gémit et se plaint, il n'en mène pas large.

Il s'est pourtant promis de faire face avec vaillance. Son père, naturellement, n'a pas levé le petit doigt pour lui venir en aide, se contentant de vociférer au téléphone que cela lui ferait les pieds et que Magnus rembourserait jusqu'au dernier slopji les dépenses occasionnées par les destructions qu'il avait causées.

Être expédié au dortoir des punitions était peut-être un bien, après tout, l'occasion pour Magnus d'échapper à son quotidien morne et solitaire.

Les fils uniques comprendront de quoi je parle. Magnus a souvent envié les internes qui remontent ensemble dans leurs quartiers après les cours, rigolant et chahutant comme de jeunes chiens. Il aurait donné cher certains soirs pour se joindre à eux plutôt que de retrouver le chauffeur à casquette et la limousine qui le ramènent à la maison ; cher aussi pour échapper à la compagnie des bonnes et aux dîners pris tout seul dans la grande salle à manger familiale.

Maintenant qu'il en est privé, l'immense et froide demeure des Million, avec ses enfilades de pièces inhabitées, ses cheminées sans feu et ses lustres éteints, lui semble incroyablement chaleureuse tout à coup. Il ne peut fermer les paupières sans revoir, comme une tache de lumière rassurante et parfumée, la cuisine briquée de Mme Carlsen – si loin désormais, un point qui reflue et disparaît dans la nuit, lui mettant presque les larmes aux yeux.

Si seulement sa mère était encore en vie. Jamais elle ne l'aurait laissé punir sans se battre.

En quittant la maison, il a emporté un petit médaillon trouvé dans ses bijoux. L'objet a la forme d'un minuscule livre d'or à fermoir. À l'intérieur, une photo sépia de la taille d'un timbre-poste sur laquelle elle pose, les cheveux en désordre et le regard intense. Magnus a caché le minuscule portrait dans la doublure décousue de son blouson, comme une sorte de talisman, que seule la crainte d'être découvert l'empêche de sortir pour se donner du courage.

Son premier dîner de pensionnaire a été sinistre : quelques restes de plats avalés en bout de table, sous le regard hostile et ricanant de ses nouveaux camarades. Par chance, les événements de la journée lui ont coupé l'appétit, ce qui est rare. Mais ce n'est pas tous les jours qu'on décolle dans un chariot de grand huit, qu'on révolutionne un lycée tout entier et qu'on prend sur la cafetière 1 341 heures de colle. Il y a de quoi assommer plus résistant que lui.

À peine sorti de table, il s'est dépêché de se réfugier dans son box, derrière l'illusoire protection du rideau verdâtre. Il s'est couché tout habillé, la couverture remontée jusqu'au menton, attendant avec angoisse la fin de la tournée de M. Pribilitz et l'extinction des feux.

Comble d'ironie, il ne parvient pas à trouver le sommeil,

lui, Magnus Million, dont la maladie rare est un objet de curiosité dans tout le lycée !

On l'appelle « narcolepsie », mot savant qui veut dire à peu près « maladie du sommeil ». Ceux qui, comme Magnus, en sont atteints ne peuvent contrôler leur envie de dormir : ils sombrent dans la plus profonde léthargie aussi vite qu'une bougie qu'on souffle. *Pfuut !* Et ce n'importe quand et n'importe où – même dans un chariot de grand huit comme on l'a vu tout à l'heure. Plus l'émotion est forte, plus les risques de crise sont grands. Magnus le sait et, depuis que la médecine a donné un nom à ce qui passait jusqu'alors pour une colossale flemmardise, il évite tout ce qui pourrait éprouver ses nerfs – y compris le travail de classe, cela va sans dire.

Mais là, rien. L'insomnie complète. Son corps épuisé pèse lourd sur le matelas mais son esprit volette autour de lui comme une chauve-souris, sensible au moindre craquement dans l'ombre et se cognant aux murs.

Il n'a pas le temps de les entendre arriver pourtant.

En une seconde, surgis d'on ne sait où, ils ont pris d'assaut son box et réduit Magnus à l'impuissance.

– Ta gueule ou on te fait la peau, murmure une voix à son oreille.

Précaution inutile : la dernière idée de Magnus serait de réveiller les pions à figures de rottweiler.

Ils sont une dizaine ; deux assis sur sa poitrine, deux sur ses jambes pour l'empêcher de bouger. Les autres ont ouvert l'étroite armoire de fer, retourné son sac sur le lit et fouillent sans vergogne dans ses affaires. Pourvu qu'ils ne trouvent pas le médaillon, se dit Magnus avec angoisse. Avec leurs tignasses en bataille, leurs pyjamas froissés dont les boutons manquent, on dirait une poignée de pirates maigres et affamés mettant une cambuse au pillage.

– Eh ! proteste-t-il. Touchez pas à...

– Ta gueule, répète la voix. À qui tu crois parler ?

Un coup de poing dans les côtes le dissuade d'insister.

Le chef est un garçon de taille moyenne, aux traits sournois et à la pomme d'Adam proéminente. Son crâne est rasé de près, à l'exception d'une longue mèche jaunâtre qui lui tombe sur la nuque. Magnus le connaît. Tous les élèves du lycée des sciences de Friecke le connaissent. Anton Spit, dit le Crachat.

– T'as des clopes ? Des bonbecs ?

Magnus secoue la tête, louchant sur la lame de couteau que le garçon manipule sous son nez.

– C'est interdit, explique-t-il.

L'autre émet un ricanement bizarre, pour la plus grande joie de la bande.

– T'es chez nous ici. C'est nous qu'on dit ce qu'est interdit ou pas.

– Qui *disons*, ne peut s'empêcher de corriger Magnus.

– Qui disons, répète Anton Spit en fronçant les sourcils. T'es sûr ?

Magnus se tient coi. Anton Spit est la terreur du lycée des sciences de Friecke, un chef de bande que tous redoutent, élèves et professeurs, et qu'ils évitent de croiser seul à seul.

– Bon, t'as vraiment pas une tige ? reprend-il à mi-voix après un temps de réflexion.

Nouvelle dénégation de Magnus, que le poids de ses assaillants sur la poitrine commence à oppresser.

Anton Spit expédie un jet de salive sur le plancher comme pour justifier le surnom qui lui colle à la peau. Un de ses yeux cligne sans arrêt, remarque Magnus, tandis que l'autre le regarde sans ciller.

– T'es sur notre territoire, Magnus. Chez les Ultras. T'as entendu parler, j'imagine.

Dans la hiérarchie des élèves, les pensionnaires forment un monde à part, solidaire et redouté. On les plaint et on les admire tout à la fois, comme un groupe de prisonniers contraints de se mêler aux gens ordinaires mais qui, le soir venu, profitent d'un monde interdit aux profanes : la vie du lycée la nuit.

Celui de Friecke n'échappe pas à la règle. Mais dans sa hiérarchie particulière, il y a un club plus fermé encore que celui des internes : ce sont les pensionnaires du dortoir des punitions. Au-dessus encore, il y a le gang des Ultras, les durs d'entre les durs, des gamins de la Ville Basse, orphelins pour la plupart, qui font régner leur loi sur le lycée.

– Non, tu sais pas qui qu'on est, poursuit Anton, l'œil droit plus que jamais agité de tics. Personne i sait...

Puis, devant la grimace que Magnus n'a pu s'empêcher de faire :

– Quoi ? C'est pas comme ça qu'on dit ?

– Non. Si... C'est pas grave.

– Parce que j'peux m'occuper de toi si tu la ramènes !

s'énerve le Crachat, pointant dangereusement son couteau sur les narines de Magnus. Tu veux vraiment faire ton malin ?

Les autres gloussent en chœur, mais un bruit, quelque part, détourne leur attention.

– Fausse alerte, souffle finalement le guetteur qui surveille l'allée centrale.

– T'as d'la chance, soupire le Crachat à l'intention de Magnus. J'ai failli te couper la garotide juste pour rigoler.

– La *carotide*.

– Quoi ?

– On dit pas la *ga*rotide, mais la *ca*rotide, ne peut s'empêcher d'expliquer Magnus.

– Sans blague ?

Anton s'abîme quelques instants dans une profonde réflexion, sourcils froncés, avant de secouer la tête.

– Tu m'embrouilles avec tes histoires... Je sais plus qu'est-ce que j'disais.

– J'étouffe, Anton. Dis-leur de me lâcher.

Le Crachat a une moue méprisante.

– T'es mal tombé, Million. C'était fort, le coup du grand huit, très très fort même... Mais les durs ici, c'est nous, les Ultras. Y a pas de place pour les gars de la Haute. Pas vrai, vous autres ?

Ricanements d'approbation.

– Au fait, t'as pris combien ?

– Combien de quoi ?

Magnus évalue ses chances. Les deux assis sur sa poitrine ont un peu relâché leur étreinte ; des petits formats, genre teigneux, dont il pourrait se débarrasser d'un revers. Mais les Ultras sont trop nombreux et il y a le couteau avec lequel leur chef jongle négligemment à hauteur de son visage.

– Le Croque-mort : i t'a mis combien d'heures de colle ?

– Huit cents, ment Magnus sans trop savoir pourquoi.

Un sourire de fierté tord le visage d'Anton Spit.

– J'le savais. Personne i peut m'battre. Surtout pas toi, Million. Aucun gars de la Haute i peut battre un Ultra.

Sa voix tremble légèrement. Il fait glacial dans le dortoir et, dans leurs pyjamas trop minces, les Ultras ne tiennent qu'à l'adrénaline, sautillant sur le parquet gelé et se bourrant de coups de coude. Ils pourraient aussi bien l'étrangler pour se réchauffer, réalise Magnus avec un frisson de panique.

– Fourre-toi ça dans le crâne, poursuit le Crachat, la paupière de son œil droit tressautant follement. Les nouveaux, au dortoir, y font qu'est-ce que je leur dis, compris ?

– Compris.

Brusquement, une voix pâteuse s'élève depuis la loge des pions.

– On parle au fond ?

Le Crachat a un bref ricanement.

– Ce con de Pretzl. I cause en dormant.

Les autres approuvent d'un grognement.

– T'as compris qu'est-ce que j't'ai dit, le nouveau ? reprend Anton non sans baisser d'un ton. Trouve-nous des bonbecs. Et puis des cigarettes, sinon…

Sans attendre de réponse, il fait signe à ses gars.

– On décarre.

Le temps que Magnus se redresse péniblement, ankylosé par l'immobilité forcée, ils se sont évanouis comme un seul homme dans l'obscurité.

Seul Anton est resté. Il joue de la pointe du couteau avec la veine de son propre cou, les sourcils froncés.

– C'est vrai qu'on dit pas la garotide ? demande-t-il finalement.

– Vrai.

Le Crachat semble méditer un instant une information capitale.

– T'as redoublé ta première année, toi ?

– Non.

– Ta deuxième, alors ?

– Non plus.

– C'est pour ça.

– Quoi ?

– La façon que tu t'exprimes, fait Anton avec une pointe d'envie.

Soudain, il porte un doigt à sa bouche. Magnus a beau retenir sa respiration, tout semble silencieux dans l'immense dortoir.

Le danger pourtant n'a pas échappé à l'oreille exercée du Crachat.

– Jed, souffle-t-il, intimant à Magnus le silence.

Quelque chose s'approche. Un cliquetis presque imperceptible, comme celui d'un rongeur courant sur le plancher mal équarri : le furet de M. Pribilitz.

Magnus revoit sa petite gueule mauvaise, ses glapissements de fureur quand le caramel lui a échappé. L'imaginer fouinant partout, posté dans les endroits les plus imprévisibles, ses petits yeux en têtes d'épingle braqués sur vous, a de quoi vous donner froid dans le dos.

S'est-il arrêté devant le box de Magnus ? On n'entend plus rien en tout cas. Quelques secondes passent, interminables, Magnus s'attendant à tout instant à voir pointer sous le rideau verdâtre le museau en triangle de l'horrible créature.

C'est le Crachat qui sonne la fin de l'alerte.

– Fais gaffe au Mouchard, prévient-il. Il rapporte tout à Pribilitz.

Est-ce une manière de cadeau qu'il lui fait ? Une façon d'affirmer au contraire que rien ne lui échappe dans son dortoir ?

Magnus n'a pas le temps de s'interroger. D'un bond totalement silencieux, le chef des Ultras a enjambé la paroi du box pour se fondre dans l'obscurité.

7

La première mort d'Anton Spit

Il y a au moins un avantage à appartenir au dortoir des punitions : dans la journée, on vous traite en paria et on vous fiche une paix royale. Vous faites désormais partie d'une caste d'intouchables – les bas-fonds du lycée, une espèce méprisable mais que tous, élèves ou professeurs, redoutent et se gardent bien de provoquer.

Magnus n'a jamais eu beaucoup d'amis ; désormais, on se détourne carrément de lui. Seul le nombre astronomique d'heures de colle dont il a écopé suscite encore la curiosité. Deux mille ? Deux millions ?

Si l'on excepte ce début en fanfare, la semaine des compositions de ce trimestre restera dans la mémoire de Magnus comme l'une des plus lugubres de son existence.

La grande fenêtre du réfectoire, en attendant mieux, a été obstruée par une bâche de fortune qui laisse passer le froid mordant de l'hiver. Par instants, une bourrasque plus violente fait voleter sur les copies des poignées de flocons dansants.

Magnus n'a guère la tête aux problèmes d'algèbre ou aux versions latines. La présence dans son dos des deux pions à figures de rottweiler ne favorise pas vraiment sa concentration. Il gâche copie sur copie, pique du nez, gribouille, gomme frénétiquement jusqu'à en trouer le papier. Et quand il commence enfin son devoir, c'est l'instant que choisit M. le proviseur pour marquer la fin de l'épreuve d'un coup de pistolet autoritaire, et les pions pour lui arracher sa copie presque blanche.

Seule lueur dans ce noir quotidien : la distribution du courrier.

Au garde-à-vous devant leur box, les pensionnaires regardent M. Pribilitz remonter l'allée centrale, son furet sur l'épaule, en priant le ciel pour qu'il s'arrête devant eux. Le rituel se reproduit chaque matin et, chaque matin, c'est le même espoir et la même anxiété qui déforment les visages. Ce n'est rien, une lettre ; mais dans la vie d'un pensionnaire, savoir qu'on a pensé à vous rend la journée à venir et le cœur plus légers. Pour les oubliés au contraire, cafard, grisaille, la perspective devant soi d'heures qui n'en finiront plus... Tout le jour, les épaules rondes, ils raclent la godasse comme s'ils traînaient derrière eux, invisible, un boulet de forçat.

Magnus fait partie des veinards. La première semaine, il reçoit deux lettres : une petite carte affectueuse et pleine de fautes d'orthographe de Mme Carlsen qui lui met les larmes aux yeux. Et puis un mot de son père – mais pour lui signifier qu'il retiendra aussi sur son argent de poche le prix de la communication téléphonique par laquelle il a vainement sollicité son aide.

– Je croyais que la compagnie de téléphone appartenait à votre père, Million, s'amuse M. Pribilitz qui, conformément au règlement, lit le courrier avant de le distribuer.

– C'est juste, répond Magnus en empêchant crânement son menton de trembler. Et elle sera à moi plus tard. C'est pour ça que mon père la gère au slopji près : pour que je sois très très riche moi aussi.

Il n'est pas des plus à plaindre. Les Ultras, par exemple, ne reçoivent jamais de courrier. Qui pourrait leur écrire, à eux qui n'ont pas de parents ? Et pourtant, ils gigotent chaque matin d'impatience, grimaçant et louchant un peu plus à mesure que M. Pribilitz remonte l'allée avec une lenteur étudiée. Quand il est passé, on les entend qui fourragent dans leurs carrées, cognant des trucs et s'invectivant par-dessus les cloisons.

Depuis la première nuit au dortoir des punitions, Magnus n'a plus reçu de visites des Ultras, dieu merci.

Ceux qu'il croise dans la queue du réfectoire se contentent de ricaner et de renverser son plateau d'un coup de coude. Devant les lavabos, à la toilette du matin, c'est tout juste s'ils crachent sur sa brosse à dents ou piétinent dans l'eau sale sa veste de pyjama – rien de méchant, de simples brimades en regard de leur réputation.

Par chance, les Ultras se mêlent rarement dans la journée

aux élèves ordinaires. Ils font partie des classes industrielles, reconnaissables à la blouse de toile grise qui leur sert d'uniforme.

Pour les classes industrielles, pas de salle de cours mais des ateliers regroupés au fond du parc dans une annexe à toit vitré. Ce qu'on apprend dans ces ateliers, nul n'en sait trop rien : les yeux et les phalanges cernés de crasse, les élèves n'en sortent que pour se castagner avec les autres sur le terrain de sport voisin, ou leur cribler la nuque de grains de riz durant l'étude du soir.

Ils ont leurs propres professeurs – les contremaîtres –, pas de cahiers ni de fournitures, juste un manuel technique tout corné, plein de taches de graisse et aux pages déchirées. À quoi leur servirait autre chose? La majorité d'entre eux savent à peine lire. Presque tous viennent de la Ville Basse et la plupart y retourneront d'ailleurs, disparaissant parfois en cours d'année pour être remplacés par d'autres, tout aussi lents d'esprit et lestes de poings que la cohorte précédente.

Comme le rappelle le proviseur chaque fois que l'occasion lui en est donnée, c'est l'honneur du grand-duché de Sillyrie que de donner à ses enfants perdus leur chance – qu'ils rendront au centuple plus tard, cela va de soi.

S'il les croise rarement de jour, Magnus vit dans la hantise permanente d'une descente nocturne dans son box (sa « carrée » dans le jargon des Ultras qu'il commence malgré lui à adopter).

Certes, il est assez fort pour en envoyer valdinguer une demi-douzaine, mais ils ont pour eux l'effet de surprise, le nombre et – arme suprême – leur nom : face aux Ultras, tout le monde devient poltron. Et Magnus, en dépit de sa taille et de son poids, n'est pas l'élève le plus courageux du lycée des sciences de Friecke.

La présence de Jed, dont les cavalcades empêchent Magnus de s'endormir avant tard dans la nuit, a peut-être sur eux un effet dissuasif, car la première semaine s'achève sans autres incidents notables.

Le furet est l'œil de M. Pribilitz. Sa tournée du soir achevée, le maître d'internat se replie dans sa chambre, laissant à Jed la surveillance des dortoirs. Jed est le mouchard idéal : il se faufile partout, trotte presque sans bruit et connaît comme sa poche le réseau de gaines et de tuyauterie. Il n'est pas rare, levant la tête de vos devoirs, de découvrir soudain, sur le haut de l'armoire, ses petits yeux incandescents posés sur vous... Une expérience inoubliable, croyez-moi, qui vous hérisse les poils des avant-bras et vous transforme le cœur en pop-corn !

Le plus effrayant est son pelage, roussâtre et perpétuellement hirsute comme s'il venait d'échapper à une explosion. Une créature du diable, ne peut-on s'empêcher de penser.

Certains, qui croyaient pouvoir grignoter en cachette dans leur carrée ou chahuter impunément après l'extinction des feux, l'ont appris à leurs dépens : l'irruption de M. Pribilitz dans leur box, le furet tirant son maître par la jambe de son pyjama, et l'avalanche de punitions qui suit vous dissuadent pour longtemps de faire l'imbécile et de braver les consignes !

Le huitième soir, alors que Magnus vient de sombrer enfin dans un sommeil troublé, une poigne glacée le serre à la gorge.

Il s'éveille en sursaut pour découvrir contre son nez la face jaune et le rictus du Crachat.

– Bouge pas ou j'te fais la peau.

Ils ont envahi la carrée de Magnus, comme la première fois, et ont mis ses affaires sens dessus dessous.

– T'as les bonbecs ?

– Les... quoi ?

– Les bonbecs. Dépêche.

Magnus gargouille quelque chose. Anton a une poigne de fer pour sa petite taille : il le tient étranglé sur sa couchette, le regardant se débattre comme un insecte de son œil qui tressaute.

– T'as oublié ? Les nouveaux, y doivent payer. Du fric, alors ; file-nous du fric.

Magnus, impuissant, les regarde mettre à sac l'intérieur de son armoire.

– Il est où ? Tu veux que j'serre ?

– Arrête..., halète Magnus. Je t'assure que j'ai rien !

Ils ont beau secouer ses vêtements, retourner ses poches, pas la moindre piécette à se mettre sous la dent, ce qui a le don de les exciter davantage.

– Un fils à papa comme toi, t'as forcément du fric planqué quèque part ! Tu veux que j'te rôtisse les pieds pour nous dire où qu'il est, hein ? s'énerve Anton en resserrant sa prise.

Déjà, l'un des Ultras s'est saisi de la cheville de Magnus et lui ôte de force sa chaussette. La terreur s'empare du garçon. Comment expliquer à ces tarés que son argent de poche est placé jusqu'au dernier slopji sur un compte bloqué de la banque Million ? Qu'en plus d'être l'homme le plus riche du pays, son père est aussi l'homme le plus radin de toute la Sillyrie ?

Le manque d'oxygène et la panique troublent ses pensées. Il tente de se débattre, rue des quatre fers, mais déjà ses membres ne répondent plus.

La dernière chose qu'il aperçoit, c'est le briquet que l'on passe au Crachat. À l'instant où la flamme approche la plante de son pied, il perd conscience, sombrant dans le sommeil comme une pierre au fond d'un puits.

C'est le froid qui le réveille.

Comme souvent après une crise, il tarde à reconnaître où il est. Il a bavé sur son oreiller et son lit ressemble à un champ de bataille. Pourquoi n'a-t-il aux pieds qu'une chaussette ?

Puis tout lui revient. Les Ultras, sa carrée saccagée, le briquet…

Un bref examen le rassure : la plante de son pied nu est intacte. Pas une trace, pas une brûlure. Peut-être cherchaient-ils seulement à l'impressionner, rien de plus. Il se serait débattu, aurait gueulé comme un cochon, réveillant Gladz et Pretzl dans leur loge… Mais à la seule pensée de ce à quoi il a échappé, il sent son cœur qui défaille.

Combien de temps est-il resté inconscient, impossible de le dire avec précision : sa montre s'est arrêtée dans la bagarre.

Un silence surnaturel flotte désormais dans le dortoir. Par le carreau de la fenêtre, on aperçoit la neige qui tombe à gros flocons, et il y a dans cette blancheur et ce silence quelque chose d'étrangement réconfortant, comme une protection qui descendrait sur toute chose... Leur razzia terminée, les Ultras ont regagné leurs carrées crasseuses et leurs rêves agités de brutes, Magnus ne craint plus rien pour cette nuit. Mais il a le cœur lourd, une vague envie de vomir aussi, l'estomac tordu par l'humiliation et un intolérable sentiment d'abandon.

C'est en rassemblant ses vêtements éparpillés sur le plancher qu'il s'en aperçoit. Les salauds ne sont pas repartis bredouilles. Ils ont emporté son blouson fourré et, avec lui, le médaillon caché dans la doublure : le petit bijou en forme de livre abritant la photo de sa mère.

Un sanglot de rage et de désespoir le terrasse. Le médaillon est son bien le plus précieux. L'imaginer aux mains des Ultras, avec leurs ongles noirs et leurs pyjamas pisseux, c'est plus qu'il n'en peut supporter. Qu'ils s'en prennent à lui, passe encore, mais pas à sa mère !

Le sang de Magnus ne fait qu'un tour. Le temps de renfiler ses chaussures – depuis son arrivée au dortoir, il dort tout habillé –, il se rue hors de son box.

Celui d'Anton Spit est le dernier du dortoir, le plus éloigné de la loge des pions. Comment le Crachat a-t-il obtenu ce privilège, mystère. Une faveur de M. Pribilitz, en échange de la paix dans sa pension ? La manœuvre serait bien digne de son esprit tordu.

– Tu vas le payer, salaud ! gronde Magnus en faisant irruption dans la carrée d'Anton Spit.

La certitude qu'il est en train de commettre l'irréparable décuple sa rage. En s'en prenant au chef des Ultras, il s'expose à des ennuis sans fin, il le sait. Mais quelquefois, on ne peut simplement pas en supporter davantage, voilà tout. Peu importent les conséquences.

Magnus a l'avantage de la surprise. Le corps roulé en boule sous les couvertures n'esquisse pas un mouvement quand il se jette sur lui.

– Défends-toi, ordure !

Mais ses poings s'enfoncent dans une masse molle et sans réaction : un polochon crasseux qu'Anton a utilisé comme leurre.

Rageusement, Magnus le jette à terre, s'acharne sur lui à coups de pied jusqu'à ce que la toile cède, libérant sur le parquet un flot de plumes jaunâtres.

Retrouvant peu à peu son calme, Magnus fouille la carrée, rangée avec un soin militaire. Hormis un vieux devoir, corrigé à l'encre rouge avec une telle fureur qu'on le dirait moucheté de traces de sang, rien ne traîne.

Dans l'armoire restée ouverte, un bout de crayon, un tricot de corps si usé que l'on peut voir sa main à travers, un moignon de bougie et une boîte d'allumettes vide – toutes les possessions d'Anton Spit sur cette terre, réalise Magnus. Il s'était attendu à une tanière crasseuse, un antre de receleur, débordant de butin et de trophées volés. Pas à ce dénuement qui pince le cœur, on ne sait pourquoi.

Le blouson de Magnus n'est pas là. Ni le médaillon.

C'est la petite flaque sur le plancher qui attire son attention : la fenêtre n'a pas été fermée au loquet, juste repoussée, et la neige perle à l'intérieur. Quand il l'ouvre, Magnus reçoit au visage le froid suffocant de la nuit.

Impossible de sortir par là sans s'écraser trois étages plus bas dans la cour. Sauf, découvre-t-il, en se risquant sur la corniche qui fait le tour du bâtiment et où s'étale, bien visible dans la neige fraîche, l'empreinte de deux grosses semelles. En s'agrippant à la gouttière, rien de plus facile que de sauter ensuite sur l'escalier d'incendie.

À condition de ne pas connaître le vertige, bien sûr… Se hissant sur l'appui de la fenêtre, Magnus sent son cœur qui s'accélère, mais sa rage est trop forte. Empoignant le tuyau de la gouttière, il s'aventure à son tour sur la corniche et, en trois petits pas prudents, rejoint l'escalier d'incendie.

La neige n'a pas eu le temps de recouvrir les empreintes laissées par Anton sur les marches en colimaçon. Elles conduisent Magnus un étage plus haut, jusqu'à une sorte de galerie à claire-voie qui longe la façade. Il y fait trop sombre pour rien voir, hormis une rangée de portes dont Magnus tourne en vain les poignées. Les appartements des professeurs ? D'anciennes salles de classe désaffectées ?

La galerie finit en cul-de-sac, sur une dernière porte, verrouillée elle aussi. Pas de trace du Crachat, qui semble s'être volatilisé dans la nuit noire.

À quoi bon risquer la mort si c'est pour se retrouver coincé là-haut ? se demande Magnus en se résignant à rebrousser chemin.

– C'est moi que tu cherches ?

Magnus fait volte-face. Le Crachat est là, juché comme un gros oiseau de nuit sur la rambarde de la galerie. Comment a-t-il pu passer devant lui sans le voir ?

Il fume, le bout de sa cigarette rougeoyant dans l'obscurité, comme hypnotisé par le vide sous lui.

– Qu'est-ce que tu fais là ?

– Je regarde.

– Tu regardes quoi ?

– Des choses.

– Rends-le-moi, salaud.

Magnus s'est avancé, balançant les poings. L'autre, absorbé dans le spectacle de la cour en contrebas, ne lève même pas la tête, ce qui décuple sa colère. Il suffirait d'une poussée et le Crachat basculerait par-dessus la rambarde, et tous ses problèmes avec lui.

– Rends-le-moi, répète-t-il.

– Quoi ?

– Tu sais bien de quoi je parle.

Le Crachat hausse les épaules. Le blouson de Magnus, trop grand pour lui, souligne sa maigreur, le rendant curieusement vulnérable.

– I pue, de toute façon.

– Je m'en fous, du blouson. C'est le médaillon que je veux.

– Ah, ça…

Il montre le petit bijou en forme de livre dont il a enroulé la chaîne autour de ses doigts comme un chapelet.

– Ce truc de gonzesse ?

– C'est un souvenir. Rends-le-moi, le Crachat, et je te laisse le blouson.

– C'est qui, la femme sur la photo ?

– Quelqu'un… Ça te regarde pas.

Anton Spit émet un petit sifflement admiratif.

– Elle est vraiment belle. C'est ta mère ?

– Non… Oui… Qu'est-ce que ça peut te faire ?

Le Crachat fixe le médaillon avec tant d'attention qu'il semble loucher. Le coin de sa paupière droite tressaute légèrement.

– T'as d'la chance. Je me suis toujours demandé comment que c'était.

– Quoi ?

– D'avoir une mère.

– Elle est morte, le Crachat. J'ai froid, j'ai pas envie de discuter.

– Morte ? Quand ça ? Y a longtemps ? C'est pour ça que t'es ici, alors ? Pasque t'as plus de parents ?

– Ça suffit. Rends-moi le médaillon maintenant.

Anton hausse les épaules. La mèche de cheveux blonds qui pend de son crâne rasé ressemble à la queue de Jed, le furet de M. Pribilitz.

– T'as qu'à venir la chercher, ta breloque. Elle vaut pas un clou, de toute façon, ricane-t-il en agitant le médaillon au-dessus du vide.

– Arrête, Anton, menace Magnus. Sinon, je te jure…

– Trop tard.

Ouvrant la main d'un geste théâtral, le Crachat a lâché le médaillon qui disparaît dans la nuit.

– Non ! gémit Magnus. Pourquoi t'as fait ça ?

– Du toc, j'te dis.

– Ordure ! Tu vas le payer.

Magnus se jette sur lui. Mais, vif comme un chat, Anton Spit a sauté à pieds joints sur la balustrade, s'y tenant en équilibre, bras écartés à la façon d'un funambule.

– Tu crois qu'tu peux m'attraper ? Essaie pour voir.

– Fais pas l'idiot, Anton. Arrête !

Le Crachat a une sorte de rire qui ressemble à un gargouillis.

– Y a que le Crachat pour en être cap'. Regarde.

Et sous les yeux horrifiés de Magnus, il bascule dans le vide, happé par la nuit et les flocons qui virevoltent sans discontinuer.

– Anton ! crie Magnus en se penchant par-dessus la rambarde. Anton !

Dix mètres plus bas, dans la cour blanche de neige, le corps disloqué d'Anton Spit fait une tache sombre en forme d'étoile.

Moitié courant moitié trébuchant, Magnus se rue dans l'escalier d'incendie, dévalant les marches quatre à quatre. Il a l'impression d'être plongé en plein cauchemar. Anton Spit vient de se tuer sous ses yeux, et par sa faute en plus.

Mais quand il surgit dans la cour, à demi aveuglé par les larmes et les flocons, le corps a disparu.

– Tu me croyais pas cap', hein ?

Le chef des Ultras, les mains enfoncées dans les poches, un mégot de cigarette rougeoyant au coin des lèvres, le contemple d'un air goguenard depuis l'abri du préau. Ses vêtements sont à peine poudrés de neige.

– T'as eu la trouille, hein ?

– T'es malade ! s'insurge Magnus hors d'haleine. Bien sûr que j'ai eu peur.

– J'l'ai fait du toit, un jour. Faut juste bien viser.

– Viser ? Je comprends rien à ce que tu racontes.

– Le sautoir, s'énerve l'autre. T'es bouché ou quoi ?

La neige, dans cette partie de la cour, n'a pas été déblayée. D'un coup de godillot, Anton fait sauter la croûte tapissant l'épaisse congère, révélant le coin du matelas de saut en hauteur qui a amorti sa chute.

– C'est de la folie pure ! Et si t'étais tombé à côté ?

Le chef des Ultras a un petit rire satisfait.

– T'as vraiment eu les jetons, alors ? Ça t'aurait pourtant bien arrangé que je me soye scrabouillé...

– On dit pas « scrabouillé ». Pas les gens normaux, Anton, soupire Magnus avec lassitude. Mais toi, t'es malade. Complètement malade. Tu faisais quoi, là-haut, d'abord ?

– Rien.

– Avec ce froid ? C'est bien ce que je disais : t'es complètement siphonné, mon vieux.

– J'te l'ai dit. Je regarde des choses... Mais cette nuit, elles sont pas venues.

– De quoi tu parles ?

Anton hausse les épaules et crache dans la neige, comme s'il regrettait d'en avoir trop dit.

– Des trucs qui s'passent ici, des fois, quand la nuit est verte. Des drôles de trucs, crois-moi.

– Quels trucs ? Qu'est-ce que tu racontes, Anton ? Tu trouves pas que ça fait assez de bêtises pour ce soir ?

– J'te dis que je les ai vues. Tu me crois pas ?

– Je m'en fous, Anton. J'ai froid, je rentre.

– Hé, attends.

– Je rentre, je te dis. Salut.

– Attends ! répète Anton en le rattrapant. J'ai un truc pour toi.

Le médaillon est glacé d'avoir séjourné dans la neige et brûle presque la paume de Magnus.

– Tu l'as retrouvé ?

Anton a un gloussement de mépris.

– Garde-la, ta fichue breloque… Mais le blouson est à moi.

– Marché conclu, acquiesce Magnus, se dépêchant d'enfouir le bijou au fond de sa poche avant que l'autre ne change d'avis. Garde mon blouson. Et… merci.

Anton crache pour sceller leur accord.

– Casse-toi, maintenant, marmonne-t-il en s'éloignant. Et va pas réveiller Jed ou je t'ouvre le ventre en deux jusqu'aux amygdales. T'as compris ?

8
Un étrange visiteur

Au lycée des sciences de Friecke, comme son nom l'indique, on n'étudie que les matières utiles : celles qui permettent d'inventer, de fabriquer, de s'enrichir. Certes, on y apprend aussi le latin, mais seulement parce qu'il a donné aux sciences leur vocabulaire et à l'art de la guerre ses meilleurs manuels de stratégie.

Les professeurs y sont pour la plupart des savants hors d'âge, au débit chevrotant et inaudible, dont le point commun, outre une blouse d'un blanc pisseux, semble être la capacité à dispenser un ennui mortel. La plupart sont de vieux célibataires, ils ont leur chambre au-dessus du lycée, prennent leurs repas dans un réfectoire spécial, servis par les meilleurs élèves de l'établissement.

Il va sans dire que seuls les fayots se disputent ce privilège : pour l'obtenir, il faut avoir son nom inscrit au tableau d'honneur, dévoilé chaque semaine avec force roulements de tambour par M. le proviseur en personne.

Les journées de classe se passent à écouter marmonner ces vieilles barbes en tâchant de ne pas s'endormir. Et encore : Magnus a pu s'en rendre compte à plusieurs reprises, les maîtres sont trop myopes ou trop distraits pour s'en apercevoir. Seuls vous tirent de la somnolence le crissement soudain d'une craie sur le tableau, la chute inopinée d'une pile de livres ou le grelot de la cloche marquant la fin des cours, bientôt couvert par le raclement d'un troupeau de quatre-vingts godillots s'échappant à l'air libre comme si leur vie en dépendait.

Ce matin-là, alors qu'il rêvasse en cours de physique, la joue appuyée contre la fenêtre, Magnus aperçoit à travers la vitre poudrée de givre une berline longue et noire comme un corbillard qui s'arrête devant le perron principal.

Un visiteur au lycée des sciences de Friecke ? La chose n'est pas si courante, surtout en voiture officielle, arborant de chaque côté du capot un petit drapeau raidi par le gel. Un ministre ? Le grand-duc en personne ? Quelque personnage considérable, en tout cas, car M. le proviseur se précipite pour lui ouvrir la portière, devancé sans ménagement par un chauffeur coiffé d'une casquette à galon.

Il n'en faut pas plus pour éveiller l'intérêt de Magnus. Le vieux professeur Raggnard, dit le Viking, radote au tableau noir, une épreuve à laquelle même un fayot ne saurait survivre.

Le personnage qui descend de la berline porte un luxueux manteau à col d'astrakan. Magnus ne peut voir son visage, dissimulé sous un chapeau de feutre. Mais à l'instant où il s'engouffre dans le bâtiment, le visiteur se retourne fugacement, comme s'il avait le sentiment d'être observé, laissant entrevoir un nez fort et busqué, surmonté de sourcils curieusement désassortis : l'un est noir, l'autre blanc, ce qui donne à son regard quelque chose de glaçant.

Ce visage paraît familier à Magnus. Où l'a-t-il vu avant ? Déjà le visiteur a disparu à l'intérieur du bâtiment, le proviseur sur les talons.

La curiosité figure au premier rang des nombreux défauts de Magnus. Le professeur Raggnard, environné d'un nuage de craie et de postillons, ne le voit même pas quitter la classe, ses camarades non plus, occupés à leur partie de morpion ou de bataille navale.

D'ordinaire, seuls les fayots ont l'honneur d'aller humidifier l'éponge du maître aux lavabos du rez-de-chaussée. Celle du Viking, ratatinée au fond de la bassine dont Magnus a pris soin de se munir, ressemble à un morceau de poumon brunâtre et vaguement dégoûtant.

C'est à peine s'il croise quelques retardataires, des pions pressés qui ne prêtent pas attention à lui. Qui d'ailleurs se méfierait d'un fayot ? Personne non plus dans l'escalier qu'il dévale au pas de course.

À l'instant précis où il débouche sur le palier, la porte tapissée de cuir du proviseur s'ouvre sur le visiteur inconnu. L'entrevue n'a pas duré longtemps.

– ... Eh bien, je compte donc sur vous, lance ce dernier, poursuivant quelque conversation commencée dans le bureau.

Ce n'est pas une invitation : plutôt un ordre, accompagné du claquement de ses gants dans sa paume.

L'homme est grand, près d'un mètre quatre-vingt-dix. À

côté de lui, le proviseur dans son costume rayé ressemble à un garçon de café.

– La phase 2, monsieur le chancelier, acquiesce-t-il avec force courbettes. Vous pouvez compter sur moi. Dès la première livraison, je…

Il s'interrompt brusquement en découvrant Magnus.

– Qu'est-ce que vous faites là, Million ?

Le visiteur s'est retourné lui aussi, dardant sur l'intrus son profil de rapace, capable – Magnus en a les jambes qui flageolent – de clouer sa proie sur place d'un seul regard.

– C'est le Viking… pardon, le professeur Raggnard, se défend-il en bredouillant. Il m'a chargé de…

– Le professeur Raggnard ne vous a certainement pas autorisé à traîner dans les couloirs, Million, coupe le proviseur, rassuré par la petite bassine que le garçon tient à deux mains comme une relique. Utilisez les lavabos de l'étage et rejoignez votre classe au plus vite.

Magnus ne se le fait pas dire deux fois. Il tourne les talons et s'éloigne, le regard du visiteur vrillé dans son dos.

– Million ? murmure ce dernier pensivement. Le fils de Richard Million ?

– Lui-même, monsieur le chancelier.

– Tiens donc… Il n'est pas sur la liste, n'est-ce pas ?

– Si M. le chancelier le désire…

– Non. Je ne veux pas que son père soit inquiété, du moins pour le moment…

Magnus n'en entend pas plus, mais il se hâte de remonter comme s'il avait le diable aux trousses.

Il rejoint sa place contre la fenêtre, juste à temps pour apercevoir la longue berline noire s'éloigner dans les allées enneigées du parc. Sa petite virée aura au moins satisfait sa curiosité sur un point : il connaît l'identité du mystérieux visiteur.

Le chancelier Cragganmore est, après le grand-duc, le personnage le plus éminent du pays. Il a son effigie sur des timbres-poste et les billets de 100 slopjis, d'où l'impression familière éprouvée par Magnus. Que faisait-il au lycée des sciences ? Une visite officielle lui aurait valu un accueil solennel ; au lieu de quoi il semblait reçu en catimini par le proviseur, l'un et l'autre contrariés de découvrir Magnus dans le couloir comme deux comploteurs pris sur le fait.

Magnus a assez de soucis comme ça pour ne pas s'en rajouter. Mais les derniers mots du chancelier résonnent telle une obscure menace. De quelle liste parlait-il ? Quelle est cette « phase 2 » dont le chancelier a confié l'exécution au proviseur ?

Après les étranges propos d'Anton, le respectable lycée des sciences de Friecke semble décidément cacher bien des choses.

Le lendemain matin, alors qu'il trottine à moitié endormi vers le réfectoire, Magnus manque d'être renversé par un camion qui manœuvre dans la cour. Par chance, il s'écarte à la dernière seconde.

Il est 6 h 30 et Magnus est en retard, comme d'habitude, n'ayant plus la sonnerie stridente des douze réveils pour le sortir du lit. La crainte de se frotter aux Ultras dans les lavabos glacials est plus forte que les protestations de son estomac. Quand sonne la cloche de fonte du réfectoire, il enfonce la tête sous son polochon, histoire de traîner au chaud encore une poignée de secondes – et finit en général par se rendormir pour de bon et manquer le petit déjeuner.

Tout à sa manœuvre, le chauffeur du camion ne l'a même pas vu. Une seconde, Magnus envisage d'aller lui dire son fait, mais la présence du proviseur l'en dissuade. Mieux vaut s'embusquer un peu plus loin et voir de quoi il retourne.

Est-ce là la livraison qu'a mentionnée le Croque-mort ? En robe de chambre et pantoufles fourrées, il supervise lui-même le déchargement : de grosses bonbonnes métalliques, une douzaine en tout, que Gladz et Pretzl doivent porter à deux, s'enfonçant dans la neige jusqu'aux genoux tant elles semblent lourdes.

On les entend grommeler à mi-voix, houspillés par le proviseur qui regarde sa montre, pressé que tout s'achève avant que les élèves ne sortent du réfectoire.

Où les portent-ils ? Mystère. Magnus s'approcherait bien mais le risque est trop grand. Il lui faudra se contenter d'assister de loin à cet étrange manège.

Déjà, débarrassé de son pesant chargement, le camion de livraison repart. Lorsqu'il passe devant Magnus, ce dernier reconnaît le chauffeur au volant : il ne porte plus ni casquette ni livrée, mais c'est celui du chancelier.

9
Œil poché et œuf en gelée

En quelques jours, deux événements inattendus vont secouer la vie morne et sans relief du lycée des sciences de Friecke et, faut-il le préciser, compliquer durablement celle de Magnus Million.

Le premier a lieu le 18 décembre. Juste avant la récréation du matin, un pion passe dans les classes, convoquant les internes à une visite médicale impromptue.

Magnus fait partie des premiers appelés. Dans la salle d'attente où il patiente en chaussettes et caleçon avec une poignée de condisciples, les interrogations vont bon train :

– Qu'est-ce qu'ils vont nous faire, vous croyez ?

– Je sais pas, mais je pisse pas dans leurs flacons !

– Moi je dis que c'est la peste.

– La peste ? Pareil qu'au Moyen Âge ?

– Pareil. D'abord t'as des boutons et après, t'as les doigts qui tombent les uns après les autres...

– C'est la lèpre, ça, crétin, pas la peste.

– Qu'est-ce t'en sais ? Tu l'as déjà eue, la peste ?

Assis sur une chaise, un petit ne dit rien. C'est un pensionnaire du dortoir 2, au torse maigre, aux membres épais comme des allumettes, qui frissonne dans un tricot de corps trop lâche.

Le grand Vaclav, assis à côté de lui, le dépasse de deux têtes. C'est le lieutenant d'Anton Spit, une brute à cervelle d'oiseau qui s'est fait une réputation parmi les Ultras en arrachant les ailes des mouches avant de les gober vivantes.

Lassé de se gratter le torse, et faute de mouche à se mettre sous la dent, il a trouvé dans son voisin une distraction idéale.

– Pourquoi qu'tu trembles ? T'as la trouille des piqûres ?

Il lui claque la cuisse de sa grosse pogne.

– C'est quoi ton nom, moustique ?

– Schw… ob, articule le petit.

Une nouvelle claque lui met les larmes aux yeux.

– Schwob-le-microbe ? s'esclaffe le grand Vaclav, qui vient sans doute de faire là le premier jeu de mots de toute son existence, salué par le rire gras des autres.

Re-claque. Le petit en a la cuisse écarlate.

– Schwob-la-crotte ? propose un autre.

Et vlan ! Cette fois la gifle est venue du voisin de gauche.

– Schwob-le-petit-zob ? lance un troisième.

Le garçon a sursauté avant même qu'on le touche, déclenchant une risée générale. Le grand Vaclav, à qui son triomphe donne des idées, ordonne alors d'une voix mauvaise :

– Allez, Schwob-le-microbe, si tu dansais pour te réchauffer ?

Quelquefois, on fait les choses sans réfléchir. C'est même mieux parce que, si on avait pris le temps d'y penser, on n'aurait pas agi et on se le serait reproché après.

Magnus a toujours soigneusement évité cette sombre brute de Vaclav au dortoir des punitions où sa carrure en fait l'exécuteur des basses œuvres du Crachat.

Peut-être est-ce parce que Vaclav est assis en ce moment et que lui, Magnus, s'est levé et le domine de toute sa hauteur. En deux pas, il est sur la brute et lui balance son poing dans la figure.

Vlan !

Vaclav en tombe de sa chaise, l'air stupide, contemplant incrédule le flot rouge qui coule de ses narines.

– Million, je vais te tuer ! meugle-t-il avant de se jeter sur Magnus.

Les autres se précipitent sous prétexte de les séparer, déclenchant un début de bagarre générale. Les injures fusent, les coups pleuvent de tous côtés – *pif! paf!* prends ça ! – et seule l'irruption providentielle de l'infirmier scolaire empêche le pugilat de dégénérer totalement.

Le paysage qu'il découvre ressemble à un vestiaire après un match de rugby particulièrement acharné : un lambeau de chemise plane encore au ralenti, tandis que sur les rares chaises encore d'aplomb, écarlates et le cheveu en bataille, les partisans des deux camps, amochés à des degrés divers, se jaugent du coin de l'œil dans un silence lourd de menaces.

Magnus a les côtes en charpie, l'œil droit à moitié fermé; mais le nez du grand Vaclav ressemble à une patate, et il fouille de l'index sa bouche tuméfiée à la recherche d'une dent disparue.

L'infirmier scolaire est un homme sans malice. Il ne pose pas de questions et se contente de tartiner de pommade les gnons les plus spectaculaires avant de bâcler la visite médicale. Auscultation, pesée, puis Magnus, le grand Vaclav et les autres, déclarés sains de corps sinon d'esprit, sont renvoyés prestement à leurs études.

Quand la visite est terminée, seuls le petit Schwob et une dizaine d'autres malheureux sont gardés à l'infirmerie, transformée pour l'occasion en lieu de quarantaine.

Sur la porte, un écriteau affiche désormais l'avertissement suivant :

VARICELLE, DÉFENSE D'ENTRER.

Seul le « défense d'entrer » a valeur de certitude. Car l'infirmier, après réflexion, a barré « varicelle » pour le remplacer par « rougeole », ce qui, on s'en doute, ne suffit pas à faire taire les rumeurs.

– Rougeole, varicelle, faudrait savoir !

– Ils nous cachent quelque chose. Moi j'dis que c'est beaucoup plus grave. Sûrement un truc mortel.

– Pourquoi pas le choléra, crétin ?

– Rigolez pas avec la rougeole. I paraît que si on l'attrape à notre âge, on devient sourd comme le professeur Raggnard.

– Encore une chance, c'est que des gars du dortoir 2.

– Mince alors ! J'suis du dortoir 2 et je m'lave tous les matins avec la brosse à dents que j'ai piquée au petit Schwob !

– Ton compte est bon, mon vieux.

– À propos de compte, vous savez quoi ? I paraît que Magnus Million a mis une dérouillée au grand Vaclav !

– Sans blague ? J'aurais voulu être là pour voir ça !

Varicelle ou rougeole, Magnus en jurerait, il n'y avait aucune trace sur les cuisses pâles du petit Schwob – à part l'empreinte des larges pognes de Vaclav. Mais il y a peut-être une période sournoise de la maladie où elle incube en secret ; il n'est ni médecin ni infirmier scolaire.

Le second événement, autrement plus important, chasse vite l'effervescence provoquée par le premier. Que pèse le sort de quelques pauvres bougres face au rituel du déjeuner de Noël ?

C'est l'habitude ici, à la fin de chaque trimestre, de servir aux élèves un repas de fête. Celui de Noël est le plus attendu. Les élèves en salivent des jours à l'avance, les internes tout particulièrement. Et même si le menu est immuable, les hypothèses les plus farfelues enfièvrent les conversations durant des semaines. Planqués près des cuisines, on surveille le va-et-vient des mitrons, on épie, on hume, prêts à détaler devant le chef cuisinier, un géant au caractère de cochon qui veille sur ses cuisines le hachoir à la main.

Les éclaireurs reviennent surexcités :

– Gros-Lard cuit des homards ! Même qu'il les plonge vivants dans l'eau bouillante !

– Y aura de la mayo ?

– Et puis du civet de biche, les gars, et des patates rôties, et des bûches à la crème…

– Sans blague ? Des bûches à la crème ?

– C'est le repas de Noël, oui ou non ? Sûr que Gros-Lard va se surpasser !

Cette fois, le jour J est arrivé. Oubliés la visite médicale, les pestiférés – pardon, les rougeoleux – et la tête au carré du grand Vaclav : il s'agit de s'en mettre plein la lampe, et il n'y a pas d'activité plus sacrée dans un lycée de garçons.

La cloche de midi n'a pas encore sonné qu'une joyeuse bousculade s'organise déjà devant le réfectoire. C'est à qui réquisitionnera les meilleures places, celles qui sont en début de table, parce qu'on peut se servir en premier, en prendre plus que les autres et choisir les meilleurs morceaux.

Les Ultras sont passés maîtres à ce jeu. Enragés par un trimestre de mauvaises soupes et de compotes en boîte, ils négocient déjà le rabiot, le couteau sous la table.

Depuis sa bagarre avec Vaclav, Magnus a la tête ailleurs. L'autre, à quelques chaises de là, ne le quitte pas des yeux et rumine sa vengeance.

Pourquoi avoir pris la défense du petit Schwob ? se répète Magnus, rattrapé par sa couardise ordinaire. Chacun pour soi, telle est la règle de survie au pensionnat. Il avait déjà assez de soucis avec le Crachat, et voilà qu'il vient de se faire un ennemi mortel en la personne de son second, avec son menton en enclume et ses poings gros comme des têtes d'enfant.

Ceux qui chuchotent en le regardant ont bien raison : ça risque de sacrément saigner au dortoir des punitions !

– Tu bois pas ta limonade ? s'enquiert son voisin, un petit deuxième année aux joues déjà écarlates.

– Non.

– Et ton pain ? Tu m'files ton pain ?

– Tu veux aussi ma main sur la figure ? suggère Magnus – avant de repousser vers lui le quignon dur comme une pierre sur lequel le deuxième année se jette avec une frénésie de rongeur.

Les maîtres, eux, n'auront leur traditionnel dîner de Noël que le lendemain soir et tentent, vaille que vaille, de contenir l'impatience qui monte dans le réfectoire.

Quand arrivent enfin les entrées, le tintamarre tombe d'un seul coup.

– Regardez !

– C'est quoi, ce truc ?

Dans les assiettes, posée sur un nid de salade fatiguée, tremblote une chose d'apparence vitreuse et indéterminée.

– Des yeux en gelée ? Pour le déjeuner de Noël ?

– Des *œufs* en gelée, crétin, pas des yeux.

– Œufs ou pas, j'en mange pas, de leur truc. On dirait que c'est vivant !

Seul le grand Vaclav s'en est fourré trois d'un coup dans la bouche, mais le grand Vaclav est connu pour ingurgiter ses propres crottes de nez. Le reste repart en cuisine sans même avoir été touché ; heureusement pour les pions d'ailleurs, car les œufs en gelée forment d'excellents projectiles, compacts et moelleux à souhait. Mais pour l'instant, chez les élèves, l'incrédulité l'emporte encore sur la colère.

C'est la volaille maigre et calcinée qu'on sert ensuite qui met vraiment le feu aux poudres.

– C'est ça, leur dinde de Noël ?

– Autant sucer un bout de ferraille, c'est plus nourrissant !

– Et les patates rôties ? Où qu'elles sont, les patates rôties ?

Catapultée à la fourchette, la purée de marrons grumeleuse commence à fuser à travers le réfectoire. Les pions ont beau s'époumoner, rien n'y fait. Seule l'attente du dessert préserve encore le lycée de l'émeute.

Mais le clou du repas consiste en une simple orange de Noël, un peu molle et veloutée de moisissure.

– Et la bûche ? Les crèmes glacées ? Les nougats ?

L'entrée en force du proviseur et de M. Pribilitz, ameutés par le raffut, ne fait qu'enflammer un peu plus les esprits.

Gros-Lard lui aussi a quitté ses fourneaux, ses impressionnants biscotos croisés sur la poitrine. D'habitude, son apparition suffit à redonner appétit aux plus difficiles. Mais cette fois, il doit refluer précipitamment face aux sifflets et aux quignons, sous le regard effaré des mitrons qui observent le spectacle depuis la porte des cuisines.

– Allons, messieurs ! s'égosille en vain le Croque-mort, mais c'est à peine si on l'entend. En ces temps difficiles… des mesures d'économie que tous doivent comprendre… célébrer dans le calme et la liesse…

– La liesse, mes fesses ! lance un rimeur improvisé en bondissant sur sa chaise. On a les crocs, nous !

– LES-CROCS ! LES-CROCS ! reprend le réfectoire en chœur. ON-A-LES-CROCS !

La suite se perd dans la plus grande confusion.

Le réfectoire enfin évacué, le proviseur, par mesure de prudence, suspend les cours de l'après-midi. Les externes sont renvoyés chez eux, les pensionnaires invités à se rafraîchir les idées dans la cour glaciale, sous la surveillance de M. Pribilitz et de son escouade de pions.

Parmi les groupes qui battent la semelle, la révolte continue de gronder : dégueulasse, une honte, le pire déjeuner de Noël qu'on ait connu de mémoire d'anciens !

– C'est la faute à Gros-Lard.

– Non, celle du proviseur !

– Il y peut rien s'il faut faire des économies, tente bien un fayot, avant qu'on ne lui frictionne la bouche avec une poignée de neige pour lui apprendre les bonnes manières.

– Des économies ? Elle a bon dos, la guerre ! D'abord, c'est pas sûr qu'elle éclate. En plus, c'est pas une raison pour supprimer les patates rôties.

– Surtout que les maîtres, eux, y doivent pas se priver, tiens !

Magnus ronchonne pour faire comme tout le monde, mais il n'est d'aucun groupe. À son approche, les conversations s'arrêtent, on lui tourne le dos et on se rassemble ailleurs, ostensiblement. Pour tous, tare impardonnable, il est un Million, le fils de l'homme le plus riche de Sillyrie. La plupart des parents d'élèves travaillent dans les usines Million, dans les mines Million ou pour la banque Million. Et s'il n'était pas aussi costaud pour son âge, il y a longtemps qu'on lui aurait fait subir le sort réservé aux fayots et aux fils à papa.

– Tu vas voir ta gueule, répète le grand Vaclav chaque fois qu'ils se croisent en lui montrant le poing. Tu perds rien pour attendre.

Prenant ses distances, Magnus va rôder du côté de l'infirmerie, dans l'espoir d'avoir des nouvelles du petit Schwob. Mais les pions veillent : impossible de franchir le périmètre de quarantaine, et Magnus doit rebrousser chemin, l'œil poché et le cœur lourd.

Quelquefois, on cherche une protection auprès de plus faibles que soi, juste histoire de ne plus se sentir seul.

10

Vengeance !

Ils l'attendent à l'entrée du dortoir, juste après le dîner : Vaclav et son nez en patate, entouré de sa garde rapprochée, des petits, des malingres, des dégingandés qui se pressent autour de lui, flairant la castagne et déjà prêts à filer les coups en vache.

De chacun, Magnus ne ferait qu'une bouchée, ils le savent ; mais ensemble, ils sont comme ces nuées d'insectes qui s'abattent sur une proie et ne la lâchent plus

– Tu fais moins le mariole, hein ? attaque d'entrée le grand Vaclav que son nez enflé fait nasiller bizarrement.

– Tu n'en as pas eu assez tout à l'heure ?

Magnus a décidé de ne pas se laisser faire. Ce n'est pas du courage, oh ! non, juste du désespoir. Tant qu'à y passer, autant péter d'abord quelques dents supplémentaires. Encore faut-il qu'il en ait le temps : les battements désordonnés de son cœur ne lui valent rien de bon, il le sait. S'il doit avoir une nouvelle crise de narcolepsie, les Ultras lui feront sa fête ; alors mieux vaut cogner tant qu'il en est capable.

– Où tu crois aller comme ça ?

– C'est pas tes affaires.

Ils bloquent l'étroit couloir central. Des rideaux se sont soulevés, laissant passer les têtes des curieux attirés par l'odeur du sang. Où sont Gladz et Pretzl ? Magnus jurerait qu'ils observent la scène, bien à l'abri dans leur loge vitrée.

– Laisse-moi passer, gronde-t-il en marchant droit sur Vaclav.

– Vous avez entendu ça, vous autres ? s'esclaffe ce dernier.

Mais son rire sonne faux. Les brutes ne connaissent que la force, ils ont l'habitude qu'on s'écrase devant eux et ils en jouissent. Pour peu qu'on n'ait pas peur, le doute s'insinue dans leur étroite caboche : et s'ils avaient affaire à plus fort qu'eux ?

Déjà Vaclav joue moins les fanfarons. Son nez en patate le fait loucher et la détermination de Magnus a contraint le premier rang à s'écarter. Plantés presque menton contre menton, les deux garçons se toisent, jambes écartées, torses bombés. Vaclav est costaud, il connaît les coups vicieux, mais il a déjà tâté de la droite de Magnus et s'en méfie.

Seule la crainte de perdre la face devant ses vassaux le pousse à lancer, la bouche tordue par une grimace :

– Pour moi, t'es qu'un minus, Magnus, t'as compris ? Tu mérites même pas que j'me salisse les mains sur toi.

Il a déjà fait un pas en retrait, pouffant de sa propre blague. Mais le silence dans lequel elle tombe lui fait l'effet d'une gifle.

À peine Magnus est-il passé qu'il bondit sur lui par-derrière et l'entraîne au sol. Magnus en a la respiration coupée. Les deux garçons roulent l'un sur l'autre en se bourrant les côtes. Vaclav, grâce à son coup en traître, prend vite le dessus : écrasant de l'avant-bras la gorge de son adversaire, il s'assied à califourchon sur sa poitrine et brandit déjà son énorme poing.

– Fais ça et j'te pète qu'est-ce qui te reste de dents.

La voix du Crachat a fusé comme un jet d'acide.

Depuis combien de temps le chef des Ultras est-il là ? Impossible de le dire.

– J'veux juste y corriger le portrait, explique le grand Vaclav en levant à nouveau le poing.

L'autre lui cingle l'oreille à la volée.

– T'as compris qu'est-ce que j't'ai dit ?

– Aïe ! ça fait mal ! gémit la brute en roulant sur le côté, la tête entre les mains.

– C'est ça qu'est-ce que tu veux : réveiller les pions ? C'est ça qu'est-ce que tu veux ?

À présent, c'est à coups de pied que le Crachat s'acharne sur son lieutenant.

– T'es vraiment le dernier des cons, finit-il par lâcher.

Personne n'a bougé durant la correction. Une histoire entre caïds dont il vaut mieux ne pas se mêler.

Recroquevillé contre la paroi d'un box, le grand Vaclav halète piteusement. Son nez a recommencé à saigner, mais ce n'est rien en regard de l'humiliation qu'il vient de subir devant toute la bande.

– Dans vos carrées, maintenant, ordonne le chef des Ultras. Le premier qui bronche aura affaire à moi.

Puis, pointant du doigt quelques ventres :

– Toi, toi et toi, rencard à minuit en bas.

– Moi ?

Magnus n'en revient pas : est-ce bien lui que le Crachat vient de désigner ?

– Discute pas. À minuit, en bas, et pas d'entourloupe, compris ?

– Compris.

– Pourquoi qu'i peut v'nir, lui ? proteste quelqu'un. C'est pas un Ultra !

– J't'ai demandé quelque chose, à toi ? fait le Crachat en levant la main. Cassez-vous, maintenant.

Ils ne se le font pas dire deux fois.

Le grand Vaclav ne fait pas partie des élus. Quand il croise son regard en regagnant sa carrée, Magnus sait qu'il vient de se faire un ennemi mortel.

Ils se retrouvent à l'heure dite sous l'horloge du hall.

Un par un, ils se sont coulés comme des fantômes hors du dortoir endormi, veillant à ne pas faire grincer les lames du parquet. Ils sont quatre, plus Magnus. Personne ne dit mot, comme s'ils avaient l'habitude de ces virées nocturnes.

Où vont-ils ? C'est Anton qui mène la marche. Le lycée semble n'avoir aucun secret pour lui, il se dirige dans l'obscurité avec l'assurance d'un chat.

Quand Magnus reconnaît l'entrée des cuisines, il est trop

tard pour faire marche arrière. Avec le bureau de M. le proviseur, c'est l'endroit le mieux protégé de l'établissement. En une minute, le Crachat en a crocheté la serrure avec une facilité déconcertante.

– Vous entrez ou quoi ? s'impatiente-t-il.

– Et Gros-Lard ? risque quelqu'un à mi-voix. S'il nous tombe dessus...

– C'est vrai, ça, renchérit un autre. J'ai les foies, moi !

Anton a un soupir exaspéré.

– Bande de dégonflés, i dort, Gros-Lard... Tant pis pour vous, alors, j'y vais qu'avec Magnus. T'as pas les jetons, toi au moins ?

– Tu rigoles ?

À la vérité, Magnus n'en mène pas large. Mais il se ferait hacher menu plutôt que de l'avouer.

– Faites le guet, vous autres, ordonne le chef des Ultras avant de franchir la porte interdite, Magnus sur les talons.

À l'intérieur, tout est noir. Sonore, aussi : Magnus entendrait presque battre son cœur.

– Anton ?

Il progresse à l'aveuglette, mains tendues devant lui.

– Anton ?

Soudain, son genou cogne sur quelque chose, déclenchant un tintamarre d'objets métalliques doublé d'un juron. Un chariot de brocs vide, devine-t-il.

Aussitôt, une lueur jaillit. Anton a dégotté une bougie et lui en fourre la flamme presque sous le nez.

– Arrête ce boucan ! Tu veux nous faire choper ?

– Tu crois que je l'ai fait exprès ? Pourquoi tu répondais pas, d'abord ?

– Viens, dit l'autre.

Anton a ce pouvoir : il vous coupe les jambes avec sa manière d'apparaître et de disparaître sans crier gare. Dans le cône de lumière, son visage pâle et long a la forme d'un couteau.

Qu'est-ce qu'il fait dans l'antre de Gros-Lard, au beau milieu de la nuit, avec son pire ennemi pour compagnie ? se demande Magnus en se traitant d'imbécile.

– Magne-toi, Magnus. C'est pas là que c'est intéressant.

À la lueur de la bougie, l'endroit fait moins peur. Enfin un peu… De grands fourneaux à bois encore tièdes sous la main, une hotte centrale en forme de chapeau et noire de suie. Le sol est gras, glissant et, au-dessus de leurs têtes, des batteries de casseroles et de louches en fer-blanc luisent doucement dans la pénombre tels d'étranges fruits suspendus.

– Où on va ?

Déjà, Anton s'affaire sur une autre serrure, qui ne résiste pas plus longtemps que la première. Derrière s'ouvre une sorte de cagibi dans lequel il pousse Magnus sans ménagement.

– Maintenant, regarde, fait-il en levant sa bougie.

Magnus déglutit bruyamment. Ils sont dans une espèce de garde-manger, bourré à craquer de provisions. Des étagères chargées de plaques de chocolat, de pâtes de fruits, de pêches au sirop, de conserves en bocal, sans compter d'autres merveilles encore dans lesquelles le Crachat farfouille sans vergogne, en habitué des lieux.

– La réserve des maîtres, explique-t-il.

– La quoi ?

– Ben, leur cachette. Là où c'est qu'ils planquent toutes les bonnes choses.

– C'est pour ça qu'on a jamais de goûter ni de dessert ? Ils gardent tout pour eux ?

– Ça, et pis aussi les colis de friandises et tout ce qu'y confisquent…

– Les vautours ! gronde Magnus en se rappelant les caramels de Mme Carlsen. Pas question qu'ils continuent à se goinfrer sur notre dos ! On récupère ce qui est à nous.

– On va s'gêner.

Magnus fourre déjà une plaque de chocolat sous sa chemise mais le Crachat lui saisit le poignet.

– Minute. Y a que nous qu'on connaît ici, t'entends ? Alors si tu caftes…

– Tu me prends pour qui ?

– J'préfère prévenir, c'est tout, fait l'autre sans le lâcher.

Un instant, il est redevenu l'ancien Anton, capable d'égorger quelqu'un pour un simple bonbec. Finalement, il renifle et hausse les épaules.

– Ça va. Tu peux appeler les autres.

La razzia prend à peine quelques minutes. Ils ont l'habitude, visiblement. Pas question de traîner, alors ils s'en mettent plein les poches, de quoi nourrir un dortoir tout entier.

– On prend que derrière, a prévenu le chef. Pas devant, pour pas que ça se voye.

Pas de miettes par terre non plus, pas de traces qui puissent alerter l'odorat subtil de Jed. Mais la tentation est trop forte d'éventrer un paquet par-ci, par-là et de s'empiffrer sur place en grognant d'aise, même s'il faut pour cela se faire engueuler par Anton.

– Ça va maintenant, on s'casse.

– On commence juste !

– On s'casse, j'ai dit.

Ils sortent en traînant les pieds et en râlant, et le Crachat referme derrière eux.

Qui a l'idée, alors qu'ils s'en vont, de pousser par curiosité la porte du réfectoire des maîtres ?

La surprise les cloue sur place.

Une longue table de banquet est dressée en son milieu. Devant chaque assiette, un petit carton que Magnus déchiffre à la lueur de la bougie : « M. le proviseur ». « Professeur Raggnard ». « M. Pribilitz »... Sur une desserte, des plats couverts d'un linge attendent d'être servis. Magnus ne peut retenir un sifflement d'incrédulité en découvrant le contenu du premier : des demi-homards ! Le reste est à l'avenant : pâtés en croûte, amuse-bouches, fromages fins, bûches à la crème, crottes en chocolat, papillotes surprises...

– Le repas de Noël ! s'étrangle le Crachat.

– *Notre* repas de Noël ! Y z'ont tout gardé pour eux...

– Les salauds ! Y vont s'empiffrer alors qu'on a rien eu !

Les espions ne s'étaient pas trompés : menaces de guerre

ou pas, Gros-Lard et ses mitrons ont bien préparé un festin de Noël. Mais pas pour les élèves ; pour leurs maîtres seulement. Et ça, après la frustration du déjeuner raté, ça ne passe pas du tout du tout !

– Cette fois, c'en est trop, décrète Magnus.

– Y vont voir ce qu'y vont voir ! renchérit Anton. On fout tout par terre.

– Pour qu'on nous le fasse payer encore une fois ? Pas question. J'ai une autre idée.

– Pasque c'est toi qui commandes, maintenant ?

– Je commande pas, Anton. J'ai pas envie que Gros-Lard vienne me couper les oreilles pendant la nuit avec son hachoir, c'est tout.

Tout le monde approuve d'un grognement.

Il y a plus subtil que le saccage, tous les élèves le savent. Comme cracher dans les pots de cidre avant de les reboucher, par exemple. Ou truffer le pâté en croûte avec des crottes de nez. Ou remplacer le pecorino par un morceau de savon sec repêché sur l'égouttoir… Dans ce domaine, l'imagination des garçons est sans limites et la petite bande s'en donne à cœur joie.

– J'voudrais être un cafard demain pour voir ça ! jubile un des gars quand l'affaire est terminée.

– Et moi donc ! s'esclaffe un autre qui vient de poivrer les homards d'une pincée de mort-aux-rats récupérée le long des plinthes.

– Bon appétit, messieurs ! ironise un quatrième larron. Avec les compliments des Ultras !

Le crime est parfait. Le repas de Noël des professeurs, cette année, sera aussi mémorable que celui des élèves.

Magnus a raison : la vengeance est un plat qui se mange froid. Et c'est en rigolant comme des bossus que, leur forfait accompli, ils s'évanouissent dans la nature.

Le froid de la nuit les dégrise un peu.

– Vous autres, vous retournez à vos carrées pour la distribution, ordonne le Crachat.

– Et les épidémiques ? On leur donne à eux aussi ?

– Trop risqué. Juste à notre dortoir.

– Tu montes pas, le Crachat ?

– J'vous ai demandé l'heure ? Magnus et moi, on a encore quèque chose à faire.

Les autres s'éloignent à regret, les poches déformées par les provisions qu'ils rapportent.

– Je suis crevé, Anton. Je rentrerais bien, moi aussi.

– Ta gueule. Faut que j'te présente quelqu'un.

– Qui ça ?

– T'occupe. Un pote. J'lui ai ramené une douceur, à lui aussi. Regarde.

Magnus fait un bond en arrière. En fait de douceur, c'est un cadavre de souris que le Crachat vient de lui coller sous le nez.

– T'es malade !

– Gros-Lard, i les prend au piège et moi j'les donne à mon pote. Il les adore, surtout quand elles sont toutes fraîches crevées.

Il fronce les sourcils.

– On dit comme ça ?

– J'en sais rien, Anton. Enlève ça de sous mon nez !

– T'es vraiment un gars d'la Haute, toi, ricane Anton Spit avec mépris.

Et, glissant le petit cadavre dans la poche de son nouveau blouson (ou de l'ancien de Magnus, comme on voudra), il s'éloigne dans la nuit, Magnus derrière lui assurant qu'on ne l'y reprendra plus.

11
Où l'on retrouve un ami que l'on croyait perdu

Anton Spit n'a pas son pareil pour se diriger dans le lycée endormi.

Il connaît tous les couloirs, les embranchements, les raccourcis. Pas de bougie cette fois, le risque de tomber sur le concierge est trop grand. Par instants, il fait jaillir brièvement la flamme de son briquet, le temps de se repérer à une intersection, puis il poursuit son chemin dans le noir.

Curieusement, le lycée paraît bien plus grand que de jour, un peu comme un organisme vivant qui se développerait la nuit, ne retrouvant qu'au matin ses dimensions ordinaires. Ils ont d'abord longé les bureaux de la direction, traversé des couloirs, grimpé des demi-étages pour en redescendre d'autres. Où sont-ils, maintenant ?

– C'est là, dit soudain Anton en s'accroupissant devant une serrure dans laquelle il fourrage.

Il ne lui faut pas plus d'une minute pour l'ouvrir. Rien ne paraît devoir résister à son passe-partout : un drôle d'instrument, peut-être la tige tordue d'un cure-pipe, dont il se sert avec la dextérité d'un cambrioleur.

La pièce dans laquelle ils entrent est vaste, de forme circulaire et coiffée d'une coupole qui répand au-dessus de leurs têtes une lueur opaline.

Au centre, un étrange troupeau de fantômes : des tables de travail, réalise Magnus à mesure que ses yeux s'habituent à la pénombre. Des pupitres, des fauteuils, des lampes aussi, recouverts d'un drap poussiéreux comme si l'endroit était désaffecté depuis longtemps.

Mais il n'est pas au bout de ses surprises. Les murs sont tapissés de livres jusqu'à une hauteur vertigineuse. Des centaines de livres, peut-être des milliers. Jamais Magnus n'en a vu autant rassemblés en un même lieu. Il y en a de toutes les tailles, de toutes les épaisseurs, avec des dos en cuir luisant, en parchemin jauni, en tissu, en carton bouilli... Il parvient à déchiffrer quelques noms : Lagerlöf, Lindgren, London – mais impossible de toucher leurs œuvres : la bibliothèque tout entière est protégée de la curiosité par de grands panneaux tendus d'un fin treillage métallique.

La tête de Magnus lui tourne un peu. Les livres sont interdits au lycée des sciences de Friecke. J'entends par là : les romans, les livres d'imagination, la poésie ou les fantaisies théâtrales – bref, toutes ces sottises qui corrompent l'esprit et encouragent les vaines rêvasseries. Seuls sont autorisés les manuels de classe, sans parler bien entendu des bons et solides ouvrages techniques empilés sur le bureau des professeurs et qu'ils ânonnent toute la sainte journée.

Il y a donc une bibliothèque au lycée des sciences de Friecke ? Des livres, des livres à profusion que personne n'a le droit de toucher – dont chacun, surtout, ignore l'existence ? Magnus se demande s'il ne rêve pas.

– Alors, tu viens ? s'impatiente le Crachat

Déjà, il est sur la passerelle qui court à mi-hauteur tout autour de la pièce, et par laquelle on accède aux rayonnages les plus élevés de la bibliothèque.

– Attends… Tu te rends pas compte !

Mais Anton n'écoute pas. Entre deux rangées de volumes, presque invisible dans la boiserie, s'ouvre une porte étroite, desservant un escalier en bois jaune dans lequel il s'engouffre sans attendre.

Magnus le rejoint en soufflant, avec l'impression de s'enfoncer dans une sorte de cheminée tout juste assez large pour ses épaules. Les marches sont raides et bruyantes. En haut, une trappe dont le Crachat bascule le battant avec précaution.

– Suis-moi, le gros. Et gaffe à ta tête.

– Je suis pas gros. Juste assez fort pour te casser la figure.

– Un d'la Haute contre un Ultra ? Laisse-moi rigoler, glousse Anton.

D'un saut agile, il s'est hissé par la trappe. Magnus le suit avec plus d'effort.

– Chut ! fait l'autre en le réceptionnant. Reste derrière moi pour pas le faroucher.

« Faroucher » qui ? Quelque chose a bougé dans l'obscurité. Un froissement d'air inquiet qui semble aussi une mise en garde.

La bougie qu'allume Anton jette soudain de grandes ombres autour d'eux, révélant une sorte de grenier – la réserve de la bibliothèque sans doute. Le petit espace est si encombré qu'on ne peut y progresser qu'en rampant à travers un labyrinthe d'ouvrages dépareillés, de manuels sans couverture et de dictionnaires moisis.

Qui peut bien vivre là ? s'interroge Magnus. Un nain ? Un lutin, comme ceux des histoires que lui contait sa mère quand il était enfant, qui vivent dans des terriers et boivent du thé dans des tasses de porcelaine à peine grosses comme des dés à coudre ?

Quel qu'il soit, l'habitant des lieux s'agite à leur approche. On entend des raclements, des bruits de papier qu'on froisse, comme quelqu'un qui s'acharnerait à lacérer un journal.

– C'est moi, dit le Crachat d'une voix étrangement douce. As pas peur… C'est moi.

Magnus n'est qu'à moitié rassuré. Dans quel nouveau pétrin Anton est-il en train de les fourrer ?

– J'te présente mon pote, fait ce dernier, soudain cérémonieux. Dis bonjour mais approche pas ta main.

Ils ont débouché au fond de ce qui ressemble à une grotte de livres. Là, clignant des yeux à la lueur de leur bougie, un gros hibou les regarde, se balançant d'une patte sur l'autre comme s'il hésitait encore sur la contenance à adopter.

– I t'arracherait l'morceau, explique Anton. Mais t'es avec moi, tu risques rien si tu fais qu'est-ce que j'te dis.

Le hibou les dévisage tour à tour, sa tête pivotant à cent quatre-vingts degrés. Son bec a la forme d'un gros coquillage coupant et Magnus n'y risquerait pas les doigts. Son plumage grisâtre est terne, un peu miteux, comme ceux de ces oiseaux empaillés qui ornent certaines auberges de Friecke. Le plus impressionnant sont les aigrettes aux pointes ébouriffées qui couronnent ses prunelles en forme de billes : celles d'un vieux sage ou d'un vieil entêté selon la façon dont il vous regarde.

– Il s'appelle Totem. Il a au moins cent dix ans.

– Cent dix ans ? Ça se peut pas. Aucun animal ne vit aussi longtemps.

– Sauf les hiboux, j'te dis. À condition qu'on les nourrit bien.

Il a sorti de sa poche la souris morte du garde-manger. Totem, aussitôt, se met à battre des ailes frénétiquement.

– Je l'ai trouvé dans le parc un matin, continue le Crachat, déposant sa pitance entre les serres de Totem comme s'il offrait un sacrifice à quelque étrange divinité à plumes. Plein de sang. I pouvait plus s'envoler. J'ai cru que son aile, elle était cassée. Mais celui qui a fait ça a juste arraché un bout de viande et quelques plumes.

Totem s'est jeté sur le cadeau d'Anton et le déchiquette, surveillant les deux garçons du coin de l'œil.

– C'est moi que je l'ai ramené ici, poursuit avec fierté le chef des Ultras. I peut toujours pas chasser, alors i faut que je le nourris.

– Que tu le *nourrisses*, corrige Magnus distraitement.

D'où lui vient cette impression de déjà-vu ? Il n'a jamais suspecté l'existence d'un hibou au lycée des sciences de Friecke, et pourtant il y a quelque chose d'étrangement familier dans cette rencontre, comme s'il retrouvait quelqu'un qu'il aurait un peu connu autrefois.

– C'est un chien qui l'a chopé. Un gros. Il a failli lui arracher l'aile.

– Un chien, tu dis ?

Des images commencent à affluer au fond du cerveau de Magnus. Un chien ? Non, ce n'était pas un chien, du moins, pas un chien ordinaire...

– J'ai rêvé de ton Totem il y a plusieurs nuits, se hâte-t-il d'expliquer avant que les images ne s'effacent. Enfin, d'un hibou qui lui ressemblait comme deux gouttes d'eau. C'était la nuit, il chassait et, à un moment...

– Ben quoi ? Accouche !

– Une sorte de chien lui est tombé dessus... Un chien à trois têtes.

Cette fois, Anton s'esclaffe bruyamment.

– T'es tapé ou quoi ? Comme si que ça existait, les chiens à trois têtes !

– Je te dis pas que ça existe, juste que j'en ai rêvé. Il se jetait sur Totem... enfin sur le hibou, et après je sais plus, je me suis réveillé.

Les souvenirs de nos rêves sont ainsi : des images fragiles comme des bulles de savon qui crèvent dès qu'on cherche à les attraper.

– Je t'assure, ne peut que répéter Magnus. Il y avait du sang et des plumes sur la neige. C'est tout ce que je me rappelle.

– Attends, fait Anton en fourrageant parmi les livres répandus. Ton clébard qu'existe pas, il était pas comme ça, des fois ?

L'ouvrage qu'il fourre sous le nez de Magnus est à moitié décousu. C'est un vieux manuel de civilisation grecque à couverture de tissu gris, dont les pages couvertes d'auréoles et de fientes d'oiseaux séchées s'échappent toutes seules.

La reproduction que désigne Anton représente un fragment de vase ancien. Peint en noir sur fond clair, on y voit Cerbère, le chien à trois têtes qui garde les Enfers, se ramassant pour bondir sur Héraclès, gueules béantes et têtes hérissées de serpents.

Magnus ne peut retenir un frisson.

– Si, exactement le même : Cerbère, mais en vrai. Vivant, quoi. Où tu l'as trouvé ?

Anton hausse les épaules.

– Tous ces vieux bouquins, faut que ça serve à quèque chose. Totem, il fait son lit dessus.

Rassasié, le hibou semble moins farouche. Il a rentré la tête dans ses plumes et se laisse caresser le haut du crâne, les yeux mi-clos. Avec précaution, Anton soulève une aile, montrant l'endroit de la blessure.

– J'te raconte pas des craques. Si je l'avais pas trouvé, il aurait mouru de froid. Heureusement que son aile était pas cassée, juste déboîtée. Tu crois que c'est ton Berbère qui y a fait ça ?

– Cerbère, Anton, pas Berbère. C'est un animal de la mythologie. Une légende.

– C'est qui alors qu'a attaqué Totem ?

– J'en sais rien. C'est juste un rêve que j'ai fait. Une coïncidence.

– Une quoi ?

– Ben, une coïncidence, un hasard si tu préfères.

Anton le foudroie du regard.

– C'est exprès que tu dis des mots que j'peux pas comprendre ?

– Ce que j'essaie d'expliquer, c'est que parfois, on fait des rêves et on a l'impression qu'ils se réalisent après.

– Ah bon.

– Ça t'arrive jamais ?

Le Crachat hausse les épaules.

– Toi t'es malade, t'as le virus du sommeil, alors c'est normal qu'i y ait des trucs bizarres qui s'passent dans ta tête. À quoi j'rêverais, d'abord ?

– Tout le monde rêve, Anton.

– Pas moi.

Repu, Totem semble somnoler sous la caresse. Il s'est rapproché d'Anton, imperceptiblement, jusqu'à se coller contre lui pour chercher la chaleur. Seul le clignement de ses paupières trahit qu'il ne dort pas. Ses pupilles roulent par instants, comme s'il cherchait à suivre la conversation des deux garçons assis en tailleur dans le cercle de la bougie, et qui devisent à mi-voix, protégés du reste du monde et de la nuit dans le petit abri sous les toits.

– Y a que les riches qui rêvent. Ceux d'la Haute. À quoi qu'on pourrait rêver, nous autres, hein ? À l'usine où qu'on va aller ? À quoi que ça servirait ?

– Tu imagines jamais que t'es ailleurs, ou quelqu'un d'autre ?

– Non.

– Tiens, et les cauchemars : me dis pas que t'en fais pas !

– Non.

– Je te crois pas.

Anton a une grimace amusée.

– Les cauchemars, c'est quand on a peur. Et un Ultra, il a jamais peur.

Est-ce la présence confiante de l'oiseau contre lui ? Sur le crâne couturé du Crachat, à l'ossature visible, une veine palpite, bleutée comme celle d'un nourrisson, rappelant fugitivement l'enfant qu'il a été autrefois.

– La femme du médaillon, tu rêves d'elle, des fois ?

– Souvent.

– T'as de la chance.

Il émiette un biscuit dans sa paume, le partage avec Totem avant de poursuivre :

– On a pas d'parents, nous autres. C'est pour ça qu'on nous a mis ici.

– Qui ça, vous autres ?

– Ben nous, les classes industrielles. T'es bouché ou quoi ?

– Ça doit être triste, Noël, sans... je veux dire, quand on n'a pas de famille.

– J'en ai une, de famille. Une famille adoptive, qu'y z'appellent ça. Mais pour ce qu'ils s'occupent de moi...

« Un peu comme mon père », manque de dire Magnus, mais il se retient. Même radin et dénué d'affection, un père reste un père pour quelqu'un qui n'en a pas.

– Et les... euh... tes vrais parents. Tu les as jamais connus ?

– J'ai pas envie de causer de ça.

Anton s'est renfrogné. Les deux garçons restent sans rien dire un moment, contemplant la lumière de la bougie qui vacille aux courants d'air. C'est le Crachat qui rompt le premier le silence. Il se penche vers Magnus.

– Les malades de l'infirmerie, tous ceux qu'ont l'épidémie... Tu trouves pas ça bizarre ?

– Quoi ?

– La rougeole. Tu trouves pas ça bizarre que ça soye que des orphelins qui l'ont attrapée ?

– Le petit Schwob ? Wagner ? Des orphelins ?

Le Crachat a un soupir d'exaspération.

– Tous, j'te dis ! T'es vraiment bouché ! C'est fait exprès. Comme ça personne peut les réclamer, tu comprends ?

– C'est absurde, Anton. Pourquoi juste des orphelins ?

– Je te dis qu'est-ce que j'sais. J'ai vu la liste sur le bureau.

– À l'infirmerie ?

– Y avait tous les noms déjà inscrits. Comme si qu'ils savaient déjà qui allait l'avoir ou pas, l'épidémie.

Le chancelier aussi a parlé d'une liste, se souvient Magnus.

Et si la rougeole dissimulait autre chose ? Une maladie plus grave… si grave qu'il faille isoler les patients en les plaçant en quarantaine…

Mais pourquoi ici et non à l'hôpital ? Pour éviter la panique ? Magnus a un frisson, l'envie brusque de se gratter sur tout le corps. Et la livraison, les mystérieuses bonbonnes apportées en grand secret l'autre matin, sur ordre du chancelier en personne : un traitement expérimental ? Un produit destiné à empêcher que l'épidémie ne se propage ?

– Hé, t'écoutes ?

– J'y comprends rien. Toi non plus, t'as pas de parents. Pourquoi t'es pas sur la liste de quarantaine ?

– Pourquoi ? s'esclaffe le Crachat. Pasqu'y savent que j'me laisserais pas faire, pardi ! Demande à Totem : personne i peut nous emprisonner, nous deux.

Comme s'il comprenait, le hibou fait jouer son aile blessée avant de la replier avec une sorte de grommellement navré.

– Tu vois, je l'ai bien soigné. Encore une semaine ou deux, et pis i pourra recommencer à chasser tout seul.

– Plus besoin de lui donner des souris mortes, acquiesce Magnus avec dégoût, repensant à la frénésie avec laquelle Totem a déchiqueté le petit cadavre avant de l'engloutir.

– Faut qu'i dorme maintenant, décide Anton. Allez, on s'casse.

Il caresse une dernière fois l'oiseau, lui grattant le crâne entre les oreilles exactement comme on le fait avec un chat.

– Ça dort le jour, un hibou. Pas la nuit, remarque Magnus en dépliant ses jambes ankylosées.

– Sauf çui-là, explique Anton. Le jour, il a la somnie : une maladie du sommeil, juste comme toi, mais à l'envers.

– L'*in*somnie, Anton.

– C'est pareil.

– T'as raison, bâille Magnus que la fatigue vient de rattraper d'un seul coup. On s'en fout, de toute façon.

– Et comment qu'on s'en fout ! grogne le Crachat en s'emparant de ce qui reste de la bougie.

L'agitation autour de Totem le tire de sa torpeur. Il recule en se dandinant vers le fond du grenier, faisant tomber quelques livres, et l'on ne voit plus désormais que les deux billes liquides de ses yeux qui clignotent dans l'ombre.

– Tu sais quoi ? fait le Crachat en soufflant la bougie avant qu'elle ne lui brûle le pouce. Je rêve jamais. Mais si j'rêvais un jour, ça serait de pouvoir voler comme lui. Juste une fois.

Ils retraversent sans un mot le lycée endormi.

C'est toujours Anton qui montre le chemin. À un moment, le tintement d'un trousseau de clefs les jette dans une encoignure de porte. Le concierge. Par chance, il passe sans les voir. Un moment, ils suivent le halo de sa lanterne derrière les fenêtres, ce qui les oblige à couper par le parc pour rejoindre le bâtiment abritant les dortoirs.

Le sentier blanc de neige luit faiblement sous la lune et Magnus ne peut retenir un frisson en repensant à son rêve. Instinctivement, il a accéléré le pas et claque des dents. Anton s'arrête, goguenard :

– T'as la pétoche ?

– Froid…

Anton le retient par le bras.

– Tu sais quoi ? Je l'ai vu moi aussi, ton Berbère.

– Quoi ?

– Le chien à trois têtes. J'lai vu, j'te dis.

– T'as rien vu, Anton, articule Magnus avec lassitude. Ça n'existe pas, un chien comme ça…

– Tu m'traites de menteur ? Je l'ai reconnu tout de suite dans le livre.

– T'as rêvé, Anton. On a juste rêvé de la même chose tous les deux.

– Je dormais pas, insiste le Crachat. I traversait le parc, là. Juste le long du bassin. Je l'ai vu comme que j'te vois.

Instinctivement, leur regard se porte vers le bassin gelé, comme si la bête pouvait apparaître soudainement et se jeter sur eux. Au même instant, quelque chose craque dans les buissons. Un animal dérangé dans son sommeil ? Une branche qui cède sous le poids de la neige ?

Il n'en faut pas plus pour saper leur vaillance : sans même se consulter, ils détalent à toutes jambes, attendant d'être en sécurité à l'abri du bâtiment pour s'effondrer sur une marche, hors d'haleine, avant de partir d'un fou rire qui n'en finit plus.

– Si t'avais vu ta tête !

– Et la tienne !

– J'te jure, comme si que t'avais eu Berbère aux trousses !

– Tu crois qu'un clébard me fait peur ?

– Qu'est-ce qu'i ferait de trois gueules, d'abord, alors qu'on a que deux fesses ?

Quand ils arrivent à l'escalier montant au dortoir :

– Je peux te demander quelque chose ? se décide Magnus, enhardi par leur partie de rigolade. Le grand Vaclav, pourquoi tu l'as empêché de me…

Anton crache avec mépris et sa paupière se met à tressauter.

– Va pas croire que je t'ai à la bonne, Million. Vaclav est un con, c'est tout.

Et il disparaît dans l'escalier.

12
Un message dans la buée

Le lendemain matin, au beau milieu du cours de gymnastique, Magnus est convoqué dans le bureau du proviseur.

Celui-ci expédie l'entretien en quelques mots glacials.

– Entrez, Million, et fermez la porte.

Magnus n'en mène pas large. Sa virée avec Anton aurait-elle été découverte ?

– Vous vouliez me voir, monsieur ?

– Épargnez-moi vos borborygmes, Million, et écoutez plutôt ce que j'ai à vous dire. Votre forfait passé est dans toutes les mémoires. Mais par respect pour votre père et afin de ne pas vous soustraire à son affection durant les fêtes, j'ai décidé, à titre tout à fait exceptionnel, de suspendre votre retenue pour la durée des vacances scolaires.

– C'est-à-dire que quoi ? bredouille Magnus que les circonlocutions du proviseur rendent plus stupide encore que d'habitude.

– Que vous jouirez des mêmes vacances que vos camarades, résume le Croque-mort avec agacement, avant d'ajouter, fixant Magnus d'un œil torve : Naturellement, je compte sur vous pour faire part à votre père de ma mansuétude toute particulière. C'est bien compris, Million ? Nous avons des frais énormes et je suis sûr qu'il saura se montrer très généreux à la prochaine levée de fonds.

Puis, désignant la porte de l'index :

– Maintenant, disparaissez. Hors de ma vue, cancrelat.

Magnus ne se le fait pas dire deux fois.

À peine la porte refermée, il serre le poing avec une joie rageuse, se retenant pour ne pas rugir de triomphe.

Il va pouvoir rentrer chez lui. Passer toute une semaine loin du dortoir des punitions, des Ultras, de M. Pribilitz et du grand Vaclav ! C'est la première bonne chose qui lui arrive depuis les 1 340 heures de colle dont il a écopé un mois plus tôt.

Mais penser aux Ultras tempère un peu sa joie tout à coup. Faute de parents influents, ou plutôt faute de parents tout court, ils n'auront pas de vacances de Noël. Pas de vacances non plus pour les gars de l'infirmerie. Le petit Schwob, Wagner et les autres resteront en quarantaine, sans personne pour les réclamer ni même seulement les regretter.

La vie n'est pas juste. S'appeler Million et être le fils de l'homme le plus riche du pays vous offre parfois quelques avantages sur les autres. Mais même si Magnus le découvre à son profit, la leçon lui laisse une impression amère, l'empêchant de se réjouir tout à fait de sa propre chance.

Plutôt que de rejoindre le cours de gymnastique, il fait brusquement demi-tour.

Il ne partira pas sans prendre des nouvelles du petit Schwob, décide-t-il. C'est le moment ou jamais : il dispose de quelques minutes avant que l'on ne s'inquiète de son absence et la convocation du proviseur, dans sa poche, lui sert de sauf-conduit.

Un coup d'œil lui suffit pour repérer les deux pions qui montent la garde devant l'infirmerie. Impossible d'approcher par là.

Mais il existe un autre accès. Il faut couper par le parloir, au risque de tomber sur M. Pribilitz ou ses sbires. Tant pis, Magnus tente le coup, s'efforçant de contrôler le raffut de ses godillots sur le dallage de marbre. Par bonheur, la petite porte vitrée donnant sur la cour n'est pas verrouillée. Magnus la pousse et sort dans l'air glacé.

La neige durcie crisse sous ses pas tandis qu'il longe la façade qui flanque l'arrière de l'infirmerie. Les pions n'ont rien entendu. Ils battent la semelle pour se réchauffer, et le bruit vague de leurs voix se disperse dans l'air glacé avec la fumée de leurs cigarettes.

Un petit appentis de bois a été monté derrière l'infirmerie. Magnus jurerait qu'il n'existait pas il y a seulement quelques jours. Les planches en sont neuves, jointes à la va-vite. En découvrant ce qu'elles cachent, Magnus doit réprimer un cri de surprise : une dizaine de grosses bonbonnes rouillées, de la taille d'un homme, celles-là mêmes qu'il a vu livrer par le chauffeur du chancelier.

Que font-elles là ? Chacune est équipée d'un gros tuyau de caoutchouc comme pour alimenter l'intérieur de l'infirmerie.

De plus en plus curieux. Le contenu de ces bonbonnes aux étiquettes soigneusement grattées est donc destiné aux malades ? Mais pourquoi les avoir fait livrer en grand secret, alors, et ce quelques jours *avant* même que l'épidémie ne se déclare ?

Magnus n'y comprend plus rien.

Il y a une petite fenêtre à barreaux sur le côté de l'infirmerie. Se hissant à la force des poignets, Magnus y risque un œil, mais la buée qui recouvre la vitre empêche de rien voir.

Que faire ? Le temps presse : il y a près d'une demi-heure maintenant que Magnus a quitté le cours de gymnastique, et M. Vinstroem ne va pas tarder à se demander où il est passé.

Il s'apprête à tourner les talons quand quelque chose bouge au carreau. Un visage s'est collé contre la vitre, nez et bouche étrangement écrasés comme un visage de noyé sous la glace.

C'est le petit Schwob. Magnus le reconnaît aussitôt et se met à gesticuler pour capter son attention.

Le visage pâle du petit s'éclaire soudain. Dissipant la buée de la manche de son pyjama, il lui adresse un petit signe discret, comme s'il craignait que quelqu'un le voie faire.

« Ça va ? » interroge Magnus par gestes. L'autre ne réagit pas, se contentant de le regarder fixement. « Glagla !... » continue bêtement Magnus en se battant les côtes. « ... Froid de canard ! » Puis, portant le bout de ses doigts joints à sa bouche avant de pointer l'index vers le petit Schwob : « Tu manges bien, au moins ? »

Sa pantomime reste sans effet. La petite lueur dans les yeux de Schwob a disparu. Il fixe Magnus, le visage dénué d'expression, comme si ce dernier se trouvait dans une autre dimension.

Désemparé, Magnus essaie autre chose : « T'es-sûr-que-ça-va ? » articule-t-il exagérément pour qu'on puisse lire sur ses lèvres. « Est-ce-que-je-peux-faire-quelque-chose ? »

Toujours pas de réaction.

Soudain, le petit malade se met à écrire de l'index dans la buée. Tirant la langue, il forme un 5 à l'envers, un 0, un autre 5.

505 ? Magnus écarte les bras en signe d'incompréhension.

– Ça-veut-dire-quoi ?

Mais quelque chose, visiblement, alerte le petit Schwob. Paniqué, il n'a que le temps d'effacer d'un revers de manche son message sibyllin, avant d'être brutalement écarté de la fenêtre sur laquelle une main tire un rideau.

Magnus laisse échapper un juron. Si le petit Schwob est puni par sa faute, il aura bien raté son coup. Qu'a voulu lui signifier le garçon avec son message à la noix ? 505, ça ne veut rien dire, dans aucune langue. C'est trop court pour un numéro de téléphone, trop simple pour une combinaison chiffrée. Alors quoi ?

Le souci de sa propre sécurité l'emporte finalement sur la curiosité de Magnus. S'il est surpris sous la fenêtre de l'infirmerie, c'en sera fini de ces vacances inespérées.

Balayant ses scrupules d'un haussement d'épaules, il regagne le gymnase au petit trot.

Deux jours plus tard, il quitte le lycée des sciences.

Devant l'établissement règne la joyeuse confusion qui accompagne chaque début de vacances. Partout ce sont des embrassades, des cris, des retrouvailles. « Ravi de vous revoir en bonne santé, Monsieur Magnus », le salue M. Carlsen, le chauffeur de son père qui l'attend devant la limousine soigneusement briquée.

Magnus se glisse à l'intérieur comme un voleur, bourrelé par le sentiment de trahir ceux qui restent. Mais que peut-il contre l'injustice de la vie ?

À l'instant où la voiture longe le mur d'enceinte, il emporte cette dernière image comme un remords : Anton Spit et sa bande de laissés-pour-compte accrochés aux grilles telle une poignée de corbeaux dépenaillés, regardant dans le soir neigeux le cortège des bienheureux dont ils ne feront jamais partie.

Il ne le sait pas encore, mais c'est la dernière fois qu'il les voit au lycée des sciences.

13

L'homme au porte-voix

Les vacances de Noël de Magnus, cette année-là, ne durent pas plus longtemps que son œil au beurre noir.

Les trois premiers jours, il les passe à dormir, enfoui sous un empilement de couettes et d'édredons à étouffer un mort. Il n'a même pas défait son barda et sa chambre ressemble à la tanière d'un sanglier. Il émerge au milieu de la nuit, l'estomac criant famine, s'empiffre dans la cuisine de Mme Carlsen puis retourne en titubant à son lit où il tombe à nouveau dans un sommeil sans fond.

Le quatrième jour, en fin d'après-midi, la brave Mme Carlsen prend les choses en main : Magnus est brutalement tiré de son hibernation, conduit à la lingerie, jeté dans un baquet et récuré à la brosse jusqu'à avoir la peau couleur de jambon.

– Ma… dame Carl… sen ! suffoque-t-il sous le jet glacé, tâchant de cacher sa nudité comme il peut.

– Allons, comme si je ne t'avais pas vu tout petit ! Et puis, ça t'apprendra : on n'a pas idée d'être cracra à ce point.

Il est vrai que, parmi les principes éducatifs enseignés aux garçons du lycée des sciences de Friecke, l'hygiène et la propreté arrivent bons derniers.

Lorsqu'il sort des mains de Mme Carlsen, Magnus a du mal à reconnaître l'étranger qui le contemple d'un air stupide dans le miroir de la salle de bains. Une raie luisante sépare sa tignasse en deux parties égales, il porte un pull à col en V, un blazer de flanelle marqué d'un monogramme (MM pour Magnus Million) et une cravate au nœud si serré qu'il ose à peine tordre le cou de peur de périr étranglé.

– Jamais je ne pourrai sortir comme ça ! proteste-t-il.

– Trêve de sottises. Tu ressembles à nouveau à un fils de bonne famille, décrète la cuisinière en le poursuivant hors de la lingerie, armée d'un vaporisateur à parfum. Et puis-je savoir où tu comptes aller ?

– En ville, improvise Magnus en dévalant l'escalier, Mme Carlsen toujours sur les talons.

La maison est sens dessus dessous. Des bonnes, grimpées sur des tabourets, suspendent aux murs des guirlandes de crépon, on lustre l'argenterie, on bat rideaux et tapis. Magnus en a l'habitude : chaque fois que son père reçoit, il est traqué de pièce en pièce par une armée de bonnes qui n'ont de cesse de balayer sous ses pieds ou de retaper le sofa dans lequel, comme par hasard, il se trouve vautré.

– Pas de sottises comme la dernière fois, alors ! Et sois à l'heure pour la soirée.

– La soirée ?

– Tu as oublié ?

Mme Carlsen n'a pas le temps d'achever. *Vlan !* la porte a claqué, et les lustres, verres de lampes, coupes de cristal et plats en porcelaine se mettent à tintinnabuler comme au passage d'un ouragan.

Décidément, le pensionnat ne lui a rien appris, soupire la brave gouvernante en reprenant son souffle. Magnus sera toujours le digne fils de son père : dans la famille Million, les hommes sont à peu près aussi délicats qu'un canon d'artillerie.

Magnus, à vrai dire, n'a aucune idée de ce qu'il va faire en ville. Sinon échapper à l'affection impitoyable de Mme Carlsen et à l'agitation qui s'est emparée de la demeure.

Dehors, il règne une sorte de demi-jour glacé. Au-dessus des avenues, les illuminations forment des arches scintillantes. La municipalité n'a pas lésiné sur les décorations de Noël : sur la place principale, le sapin monte presque aussi haut que les flèches de la cathédrale. Des calèches tirées par des chevaux promènent des familles chargées de paquets et, devant les vitrines des chocolatiers, des grooms en tenue s'emploient à déblayer la neige pour éviter les chutes et les glissades.

C'est la veille de Noël, réalise Magnus avec effarement. Il a dormi la moitié de ses vacances !

Après un mois passé dans la crasse du dortoir des punitions, c'est étrange de se retrouver plongé brutalement dans l'agitation des fêtes. Comme si la vie avait continué en son absence, sans qu'il s'en aperçoive, indifférente à son sort comme à celui des autres pensionnaires.

Peut-être est-ce la neige, cet écrin de soie blanche dans lequel clochers, boutiques et passants – et même les patineurs qui tournent sur la place Stanislas – semblent disposés. Tout lui paraît trop propre, trop bien rangé soudain, une sorte de trompe-l'œil au milieu duquel il se sent lui-même déguisé dans les vêtements chics et trop bien repassés de Mme Carlsen.

C'est bien sa ville, celle où il a toujours vécu, où il a grandi et fait de semblables promenades avec sa mère, d'autres veilles de Noël. Pourquoi s'y sent-il brusquement un étranger ?

Il est temps de dire ici quelques mots de Friecke.

La capitale de Sillyrie a deux visages, selon que l'on parle de la Ville Haute ou de la Ville Basse.

Perchée sur sa colline, derrière une enceinte fortifiée, la Ville Haute abrite le palais du grand-duc, les bâtiments officiels et les demeures de pierre ocre des grandes familles qui, comme celle des Million, se partagent les affaires et le pouvoir. Cette position haut placée en fait une sorte d'île en plein ciel, à l'écart du temps mais aussi des récriminations de la populace. Le temps lui-même semble s'y être arrêté : les voitures à cheval côtoient les grosses limousines, le haut-de-forme est toujours le couvre-chef traditionnel et on y téléphone encore sur d'antiques combinés à manivelle.

Le fleuve qui fait sept fois le tour de la capitale favorise cet isolement. Il a servi autrefois de barrière naturelle aux envahisseurs, et l'on s'est habitué depuis des générations à vivre entre soi, à l'abri du besoin, du progrès et des étrangers.

Mais Friecke, c'est aussi la Ville Basse, vaste zone marécageuse où s'entasse la main-d'œuvre du pays. Comme le dit souvent Richard Million, le malheur des riches est qu'ils doivent supporter les pauvres qui travaillent à les enrichir. Par chance, à Friecke, les brumes montant du fleuve et la fumée noire des usines recouvrent la Ville Basse d'un plafond quasi permanent, cachant à ceux d'en haut la misère qui grouille à leurs pieds comme une lèpre.

À quoi ressemble réellement la Ville Basse, Magnus n'en sait rien. Sinon qu'y affluent chaque jour davantage de miséreux et de crève-la-faim, attirés des confins du pays (ou des pays voisins) par le mirage de l'opulence. Les quelques rares bâtiments encore debout sont à l'abandon, occupés par des familles entières d'indigents et de réfugiés ; d'autres s'entassent dans des masures de tôle et de branchages et l'on parle toutes les langues dans ce coupe-gorge où prospèrent la malaria et le marché noir.

Il va de soi que le Dragon emprunté par Magnus n'est utilisé que par les habitants de la Ville Haute : survoler ce cloaque, un cigare à la bouche, pimente sans doute un peu plus l'attraction ! Quand arrive la nuit, les rues de la Ville Haute sont vidées de la populace qui s'y est inévitablement infiltrée (mendiants, pickpockets, petits vendeurs de marrons) et les portes sont fermées à double tour jusqu'au matin. Malheur au retardataire qui ne peut montrer patte blanche !

Alors que Magnus, le nez au vent, longe le petit square près du Dragon, son attention est attirée par un attroupement qui ne doit rien aux chorales et autres spectacles de rue donnés dans la Ville Haute à l'occasion de Noël.

Un peloton de gendarmes portant bicornes et vestes à brandebourgs tente de refouler une poignée d'énergumènes brandissant des pancartes.

Des pancartes ? Les manifestations sont interdites à Friecke, ainsi que les grèves. Contre quoi protesterait-on puisque le grand-duc, dans son infinie sagesse, donne à chacun, riche ou pauvre, la place qui lui est due ?

L'événement a attiré une foule de curieux qui observent la scène. LA PAIX MAINTENANT ! peut lire Magnus en s'approchant à son tour. NON À LA GUERRE ! Les agitateurs ont le visage noir de suie, des yeux farouches, sur le dos des blouses de drap ou des vestes rapiécées.

– Encore ces maudits pacifistes de la Ville Basse, gronde un passant.

– Qu'ils restent dans leur trou ! renchérit un autre.

Au milieu du cercle des manifestants, un homme, sans doute le meneur, a sauté sur un banc. Mieux vêtu que les autres, il est armé d'un porte-voix et s'efforce de haranguer la foule.

– Ne nous laissons pas imposer une guerre injuste ! coasse-t-il dans le cornet de cuivre. La diplomatie peut encore l'emporter sur la force ! Non aux profits des marchands d'armes !

Une nouvelle poussée des forces de l'ordre tente de le faire taire, contenue par les hommes qui font rempart autour de lui. Mais à mesure qu'il poursuit, la foule forme autour des manifestants un cercle de plus en plus hostile.

– La paix ? Autant ouvrir nos portes aux étrangers et leur dire de tout prendre !

– On vous trompe, claironne l'orateur. La Transillyrie n'est pas notre ennemie mais notre alliée la plus ancienne et la plus fidèle ! La guerre ne servira que l'intérêt des plus riches…

Mais sa voix est couverte par une flambée d'insultes.

– Traîtres !

– Vendus !

– Retournez d'où vous venez, salauds de pauvres !

Les premiers coups de matraque commencent à tomber. À moins que ce ne soient les manifestants qui, avec leurs pancartes… Nul n'a vu vraiment qui a commencé, mais en quelques secondes, la mêlée devient générale. D'un côté la foule, de l'autre les gendarmes, au centre les manifestants et – devinez qui ? – Magnus qui, on ne sait comment, se retrouve propulsé en plein milieu de la bagarre.

Il a beau cogner indistinctement sur les uns et les autres des deux poings, impossible de se dégager de l'étau qui l'enserre.

– Messieurs, je vous en prie ! Ceci est une manifestation pacifique ! s'évertue encore l'orateur.

Mais nul ne l'écoute plus, d'autant qu'il a perdu depuis longtemps son porte-voix, trop occupé lui aussi désormais à faire le coup de poing. Pris en tenaille, les manifestants semblent bien décidés à vendre chèrement leur peau.

Au cœur de la mêlée, Magnus se défend comme un beau diable. C'est bien sa veine ! À peine sorti du dortoir des punitions, le voilà mêlé à une nouvelle castagne, réplique de celle de l'infirmerie mais en version adulte, avec matraques, pancartes et cannes lestées.

Soudain, la tension atteint son comble. Une charge des gendarmes à cheval, appelés en renfort, ouvre une brèche dans la mêlée. La foule s'écarte, seuls les plus agités continuent d'en découdre et repoussent les manifestants contre les remparts. Comble de malchance, la neige s'est mise à tomber à gros flocons, ajoutant à la confusion. Ami ? Ennemi ? Nul ne sait plus qui est qui. Le peloton à cheval, lui, ne se pose pas de questions : déployé en éventail, il charge le dernier carré de réfractaires, sabre à la main.

Les manifestants sont pris au piège et Magnus, en première ligne, sent déjà sur ses joues l'haleine brûlante des chevaux.

« Je n'ai rien à voir avec ces gens-là ! voudrait-il crier. Je suis le fils de Richard Million, le célèbre marchand de canons ! »

Ceux qui tentent de s'échapper sont immanquablement rattrapés, étrillés du plat du sabre et jetés sans ménagement dans le fourgon cellulaire. Certains tentent d'escalader les grilles, d'autres de se hisser sur les remparts, dissuadés au dernier moment par le vide qui s'ouvre en contrebas.

Tout repli est désormais coupé. Mais au dernier instant, alors que Magnus va être pris, une main l'agrippe par l'épaule.

– Par là ! Suis-moi, crie-t-on à son oreille.

Une poigne puissante l'entraîne. La neige a redoublé, leur offrant un écran salutaire. Dans la cohue, nul ne les voit rouler entre les jambes des chevaux ni se glisser derrière un muret du square et sauter dans une ruelle.

Sauvés ? Non. Des coups de sifflet stridents retentissent dans leur dos, suivis d'une galopade sourde lancée à leur poursuite.

– Vite, par là !

Mais où aller ? La ruelle se révèle un piège : un étroit boyau longeant les remparts et flanqué de l'autre côté par des façades aveugles. Magnus et son sauveur ont beau sprinter, le cavalier se rapproche, forçant sa monture sur les pavés enneigés.

Au moment où il arrive sur eux, miracle ! la ruelle fait un coude brutal. Le cheval dérape des quatre fers, se cabre, virevolte. Le temps que son cavalier le reprenne en main, l'inconnu a dégagé ce qui ressemble à une grille d'égout, presque invisible au pied de la muraille. Il y pousse Magnus, se jette à son tour dans l'ouverture béante et replace la grille si vite qu'on dirait qu'il a fait cela toute sa vie.

Juste à temps. Collés l'un contre l'autre dans l'étroite cavité et retenant leur souffle, ils devinent à travers la grille les va-et-vient frustrés du cavalier qui a perdu leur trace. L'écho des sabots feutrés de neige résonne encore un moment dans la ruelle, puis plus rien.

– Eh bien, je crois que nous l'avons échappé belle pour cette fois, murmure l'inconnu en craquant une allumette sur son pouce.

C'est l'homme au porte-voix.

Il a exactement la taille de Magnus. En moins massif sans doute, mais large d'épaules et, à en juger par sa poigne, d'une complexion vigoureuse. La quarantaine, un visage énergique, des yeux bruns pailletés d'éclats dorés par la flamme de l'allumette.

– Attendez ! proteste Magnus dont le cœur bat encore à cent à l'heure. *Vous* l'avez échappé belle ! Je ne suis pas un révolutionnaire, moi !

– Je sais parfaitement qui tu es. Si tu veux l'expliquer à ces messieurs de la maréchaussée, libre à toi. Le quartier est verrouillé pour un bon moment.

– Vous ne savez rien, d'abord. C'est un pur hasard si…

Mais à quoi bon argumenter ? Un coup d'œil à travers la grille le convainc que l'homme a raison. Magnus a perdu une manche à son manteau et les poches déchirées de son blazer pendouillent lamentablement. Ajoutez son œil au beurre noir et il a toutes les chances de fêter Noël en cellule avec les autres victimes de la rafle.

– Ils surveillent la rue. Qu'est-ce que vous comptez faire pour nous sortir de là ?

L'excavation est à peine assez large pour deux hommes chétifs. C'est très inconfortable de se trouver ainsi littéralement nez contre nez avec un inconnu. Surtout si vous êtes du genre costaud, comme Magnus, et que l'autre risque de vous brûler les sourcils avec son allumette.

– Il y a une porte derrière moi, répond l'homme sans se formaliser du ton agressif du garçon. Un verrou. Je ne peux pas l'attraper mais toi, tu devrais arriver à l'ouvrir.

– Une porte ?

– Dépêchons, dit l'homme tandis que l'allumette s'éteint dans un grésillement.

Il y a tellement d'autorité dans sa voix que Magnus s'exécute. De sa main libre, il tâtonne derrière le dos de son compagnon, s'écorche les doigts sur quelque chose de raboteux et d'humide. Finalement, il trouve le verrou. Une antiquité, devine-t-il, dont la tige épaisse refuse de coulisser.

– C'est bloqué.

– Tu veux qu'on finisse dans ce trou à rat ?

– Si vous croyez que c'est facile ! râle Magnus. J'aimerais bien vous y voir, tiens…

Pour pouvoir atteindre le loquet, il doit poser la joue sur la poitrine de l'homme dont il entend battre le cœur sous la veste de tweed. Heureusement que son père ne le voit pas, lui qui tient en sainte horreur émeutiers et pacifistes de tout poil.

– Ça y est ?

– Presque.

Un dernier effort et la tige rouillée glisse en grinçant.

– Bien joué. Maintenant, accroche-toi…

Et d'un coup de talon, l'homme repousse la porte. Une bourrasque de neige s'engouffre aussitôt dans l'ouverture, forçant Magnus à se raccrocher à lui.

– Prêt pour la descente, mon garçon ? hurle-t-il.

Magnus risque la tête par-dessus son épaule, d'abord aveuglé par les flocons qui volent en tous sens.

Quand il parvient à distinguer quelque chose, ses jambes se dérobent sous lui.

La petite porte donne directement sur le vide.

14

Dans la Ville Basse

– Cette poterne date du Moyen Âge, explique l'homme comme si cela pouvait encourager Magnus. Le palan qui servait à monter les provisions dans la Ville Haute a disparu, mais il reste ceci…

Du doigt, il désigne les crampons de métal rouillé qui s'étagent sur la muraille au-dessous d'eux, formant une sorte d'échelle dont les barreaux disparaissent à la vue, gommés par la neige qui tourbillonne.

– Vous n'avez tout de même pas l'intention de descendre par là ? s'indigne Magnus en se rencognant dans le réduit.

Le simple fait de se pencher a provoqué en lui une bouffée de vertige incontrôlable. Ses genoux s'entrechoquent, ses mains et ses pieds, malgré le vent glacial qui balaie leur cachette, sont devenus moites. Pas question de revivre l'expérience du Dragon !

– Je l'ai déjà fait plusieurs fois, le rassure son compagnon. Ne regarde pas en bas et tout ira bien. Tu n'as jamais fait d'alpinisme ?

– Non, et ça n'est pas aujourd'hui que je vais commencer ! Jamais je ne passerai par là, vous pouvez me croire !

La neige tombe toujours sur la capitale de Sillyrie.

Le regrettable incident de la manifestation pacifiste n'est plus qu'un souvenir. L'après-midi touche à sa fin et les habitants de la Ville Haute ont trop à faire avec les préparatifs du réveillon pour se préoccuper davantage d'une poignée de forcenés. La plupart, d'ailleurs, ont été arrêtés et la police spéciale du chancelier patrouille dans le quartier à la recherche des derniers.

Nul ne remarque les deux silhouettes minuscules qui progressent lentement le long de la muraille, leurs vêtements feutrés de neige se confondant avec la pâleur crayeuse de la pierre.

À cet endroit, le rempart de la vieille cité forme un aplomb vertical de près de cinquante mètres. Il faut plus de vingt minutes à Magnus et à son guide pour les parcourir.

L'homme montre la voie. Il descend en tête, s'arrêtant à chaque crampon pour attendre Magnus et l'encourager. Supporterait-il le poids du garçon si ce dernier glissait ou lâchait prise ? Pas sûr, et Magnus le maudit intérieurement, barreau après barreau. Le froid coupant tétanise ses membres, ses doigts sont gourds, presque insensibles.

Soudain, au lieu de l'étroit crampon, son pied rencontre

une surface ferme. Un instant, il reste suspendu, incapable de lâcher le dernier échelon.

– Tu vois, ce n'était pas si compliqué finalement, le félicite son compagnon en le réceptionnant. Ça va aller ?

– On est en bas ?

– Presque. Mais ce sera facile maintenant. Tu sais marcher ?

– Je... je crois.

– Bien, fait l'homme avec un petit rire moqueur. Alors filons d'ici.

Après leur descente périlleuse, dévaler les derniers contreforts qui servent de fondations aux remparts est presque un jeu d'enfant. La neige a cessé mais c'est comme s'ils s'enfonçaient maintenant dans une mare de brume, plus dense à mesure qu'ils progressent.

Puis les premières maisons apparaissent et ils entrent dans la Ville Basse par un enchevêtrement de ruelles et de petits ponts branlants.

Magnus doit forcer le pas pour suivre l'allure de son guide. La dernière chose qu'il souhaite serait de se perdre dans ce labyrinthe boueux. Poussées par un afflux toujours croissant de population, les habitations ont gagné peu à peu sur les marécages en un ensemble anarchique de cabanes sur pilotis et de taudis à toits de tôle. Dans le centre lui-même, des cahutes ont envahi les terrains vagues, d'autres s'adossent aux maisons, occupant les cours, obstruant les ruelles. L'éclairage public est rare, mais partout, dans la moindre bâtisse en ruine, on aperçoit la lueur de lanternes ou de braseros. Il y a aussi, derrière des fenêtres noires de crasse, quelques bougies tremblotantes, parfois une guirlande miteuse sur la porte ou une branche de houx.

Fête-t-on aussi Noël ici ? s'interroge Magnus. On est loin de la joyeuse animation de la Ville Haute : pas de vitrines illuminées mais des boutiques noirâtres, aux étagères presque vides, de petits marchands à la sauvette proposant des pommes ou des cigarettes à l'unité.

Adultes ou enfants, c'est du moins son impression, tous le dévisagent avec animosité, comme s'il était un étranger égaré là, épargné du lynchage par la présence opportune de son guide.

– Où m'emmenez-vous ? proteste-t-il.

L'homme, sans répondre, le fait entrer dans un vieil édifice vermoulu comme il s'en dresse encore ici et là. Un escalier noirâtre et sans lumière dessert les étages. L'homme s'arrête au troisième, déverrouille une porte sur laquelle une petite plaque de cuivre porte pour mention CERCLE SPIRITE DE FRIECKE.

– Une simple couverture, explique-t-il. Mais entre, nous serons plus au chaud à l'intérieur pour parler.

– Au chaud pour parler de quoi ? demande Magnus en restant prudemment sur le seuil. On m'attend à la maison, et si je ne suis pas de retour très bientôt, mon père…

– Sois sans crainte, Magnus, dit l'homme en fourrageant dans le poêle à bois. Mets-toi plutôt à ton aise.

Il fait glacial dans le vaste bureau, sombre aussi malgré les hautes fenêtres et les globes en verre dépoli pendant du plafond. Un comptoir de bois en occupe le fond. Il y a des fauteuils au tissu râpé, une antique machine à écrire posée sur des piles de journaux jaunis. On se croirait dans une agence de voyage d'un autre siècle ou dans une étude de notaire – comment savoir ?

– Vous connaissez mon prénom ?

L'homme a un petit rire amusé.

– Pourquoi crois-tu que je t'ai aidé à échapper à la police ?

Magnus fait un pas en avant, s'efforçant de raffermir sa voix :

– Si c'est une rançon que vous voulez, je vous préviens, vous n'obtiendrez rien. Mon père…

– … en plus d'être un homme riche, est le plus grand radin que la terre ait porté, je sais cela aussi, l'interrompt l'homme en se jetant dans l'un des vieux fauteuils, qui gémit sous son poids. Tu ne veux pas t'asseoir, tu es sûr ? À propos, j'oubliais, ajoute-t-il en se relevant aussitôt, je ne me suis pas présenté : Sven Martenson. Enchanté de faire ta connaissance.

Impossible de ne pas serrer cette main, ou de refuser plus longtemps l'invitation des profonds fauteuils près du poêle qui commence à répandre une douce tiédeur.

– Moi aussi, je sais qui vous êtes, maugrée tout de même Magnus en y posant une fesse.

– Vraiment ?

– Je vous ai vu à l'œuvre tout à l'heure, vous et les vôtres : de dangereux agitateurs qui essaient de répandre leurs sales idées par la force.

– Tu n'y es pas allé de main morte, toi non plus, remarque Sven Martenson. On dirait que ça te connaît, la bagarre !

– C'est pas pareil, se récrie Magnus, conscient que son œil au beurre noir ne plaide pas en sa faveur. J'étais là par hasard quand la police a chargé.

L'homme attend d'avoir allumé la cigarette qu'il a sortie d'un étui.

– Alors tu as dû voir qui a employé la force.

– Ne renversez pas les rôles. La police ne fait que défendre les citoyens honnêtes contre les gens comme vous !

Sven Martenson a un soupir avant de hocher la tête.

– Il te reste beaucoup de choses à apprendre, Magnus Million. Tu n'es pas très futé dans l'ensemble, mais je te crois plus intelligent que tes propos ne le laissent penser. Alors écoute ceci.

Il se penche vers le garçon, plante ses yeux dans les siens.

– Les dangereux agitateurs dont tu parles croupissent en prison à l'heure qu'il est. Leur seul crime ? Avoir osé exprimer une opinion, et l'avoir fait pacifiquement. Nous ne sommes pas des bandits, Magnus. Nous refusons simplement la guerre. Nous croyons que la Transillyrie n'est pas notre ennemie et qu'il y a plus à perdre qu'à gagner pour nos deux pays si, par malheur, nous devions entrer en conflit.

Comment ne pas l'écouter ? Il y a dans les yeux de Sven Martenson un éclat brun et chaud qui ne ment pas. Dans sa manière de s'adresser à vous, aussi, une conviction tranquille qu'on n'attend pas d'un exalté ou d'un fanatique.

– Mais je ne t'ai pas tiré des griffes de la police pour te faire la leçon, ajoute-t-il avec un haussement d'épaules.

– Pour quoi alors ?

– Parce que j'ai une mission pour toi.

– Une mission ? répète bêtement Magnus. Pour moi ? Mais laquelle ?

– Devenir notre agent secret au lycée des sciences.

Et sans laisser à Magnus le temps de revenir de sa surprise, il commence le récit qui suit.

15
Une histoire à dormir debout

– Ce que je vais te raconter doit rester entre nous, Magnus. Tu sais garder un secret, n'est-ce pas ?

« Tu te trouves ici au siège de la Société philanthropique de Friecke. Ou du moins de ce qu'il en reste depuis que le grand-duc a interdit toutes les associations d'entraide échappant au contrôle de l'État.

« Mais est-ce qu'un décret peut abolir la misère ? Alors nous continuons clandestinement, moi et quelques autres, à œuvrer pour tenter de changer les choses. La pauvreté fait rage ici, Magnus. La pauvreté, l'absence de soins, d'éducation… C'est comme si les pouvoirs publics nous avaient oubliés.

« Mais ce n'est pas pour cela que je t'ai fait venir. Écoute bien : il y a quelques mois de cela, un accident s'est produit dans le gisement minier qui borde le fleuve. Une explosion dans le puits principal qui a enseveli l'équipe de nuit.

« Depuis que la guerre menace, les mines tournent à plein régime pour fournir les usines d'armement. Il faut creuser de nouvelles galeries, toujours plus profondes, extraire des quantités de charbon toujours plus grandes… Les hommes se relaient sans relâche, au détriment de toute prudence. Ce qui était à redouter est arrivé : un malheureux mineur a dû percer une poche de gaz. Dans le métier, on appelle ça un coup de grisou. Un gaz qui s'enflamme au contact de l'air, et *boum !*

Sven Martenson prend une nouvelle cigarette, la tapote sur son étui et l'allume sans quitter Magnus des yeux.

– L'affaire n'a pas été ébruitée, tu t'en doutes. Et ce pour une bonne raison : le propriétaire de la mine est aussi le propriétaire des journaux du pays. Ton père, Magnus. Richard Million. Personne ne voudrait fâcher un homme aussi puissant que lui, surtout pour une poignée de gueules noires. Les victimes ont été discrètement enterrées, une nouvelle équipe de nuit a pris leur place, et voilà. La vie a repris son cours normal.

« Du moins en apparence. Parce que depuis cette explosion, d'étranges bruits courent dans la Ville Basse. Les gens parlent, les rumeurs enflent…

Il se redresse dans son fauteuil, vrillant son regard dans celui de Magnus.

– Crois-moi, mon garçon, je ne suis pas homme à prêter foi à n'importe quelles sornettes. Je tiens ce que je te raconte de gens sûrs. De témoins fiables. J'ai même assisté à l'un de ces… *phénomènes*, ou appelle cela comme tu voudras.

« Depuis l'accident, un brouillard verdâtre s'élève certaines nuits du fleuve. La Ville Basse est bâtie sur une zone humide, tout le monde le sait, presque insalubre. Nous sommes habitués aux brouillards qui montent des marais. Mais là, il s'agit de tout autre chose : des langues de brume couleur émeraude et qui semblent gommer les choses.

« Je n'exagère pas, Magnus : plusieurs cabanes sur les marais ont disparu. Des abris de fortune, bâtis à la diable. Nul ne sait qui y habitait réellement ni ce qu'ils sont devenus, comme si le brouillard les avait absorbés.

« Mais il y a pire. Des apparitions, cette fois. Des agressions. Tiens, il n'y a pas trois semaines : des enfants attaqués par des loups aux portes de la ville. Une meute tout entière, ont-ils raconté, et sans la présence d'esprit du plus grand…

« Oh ! je sais ce que tu vas dire, s'empresse-t-il d'ajouter devant le froncement de sourcils incrédule de Magnus : il n'y a plus de loups en Sillyrie depuis longtemps, et tu auras raison. Il n'empêche : les empreintes retrouvées dans la neige ne laissent aucun doute. Il s'agit bien de loups, et de la plus grande espèce.

À ce point de son récit, Sven Martenson s'est levé et arpente la pièce de long en large en agitant les bras.

– Comme toi, j'ai pensé à des hallucinations, mais écoute encore. Pas plus tard que le mois dernier, quelque chose est sorti du marais. Une sorte de bête gigantesque, moitié hydre moitié lézard, qui a semé la terreur sur les quais avant de disparaître aussi mystérieusement qu'elle est apparue.

« Ils sont plus d'une trentaine à l'avoir vue : des dockers, des mariniers, de simples passants… Nous ferons un tour plus tard dans le quartier, si tu veux. Tu pourras te rendre compte par toi-même quand je t'aurai montré les traces : les murs calcinés par son souffle, l'empreinte des griffes sur les portes…

Pas question, se dit Magnus avec un frisson. Mieux vaut croire Sven Martenson sur parole que traquer un monstre. D'ailleurs, l'homme n'a rien d'un illuminé, ni d'un menteur : l'un et l'autre cherchent à persuader, et ce que Martenson raconte est trop incroyable pour cela.

– Le plus étrange, c'est que cette bête existe dans nos vieilles légendes, Magnus, poursuit ce dernier. Tout le monde la connaît. On l'appelle le Lockem : un monstre au corps couvert d'écailles qui vit dans les marais et entraîne par le fond les barques des imprudents les jours de brouillard. Les grands-mères s'en servent pour faire peur aux enfants qui ne veulent pas manger leur soupe.

Magnus a déjà entendu parler du Lockem. Mais le récit de Sven Martenson lui rappelle brusquement une autre légende : celle de Cerbère, le chien à trois têtes dont il a rêvé et qu'Anton Spit prétend avoir vu rôdant dans l'enceinte du lycée. Quelque chose pourtant le retient encore d'en parler. Pour quelle raison se confierait-il à un homme qu'il ne connaissait pas une heure plus tôt ?

– Pourquoi devrais-je croire un traître mot de ce que vous racontez ? s'insurge-t-il pour masquer son trouble.

– Parce qu'il n'y a aucune raison que je te raconte cela si ce n'est pas la vérité. (Sven Martenson hoche la tête avec conviction.) J'étais aussi incrédule que toi, Magnus, avant… avant que cela ne m'arrive.

Il se détourne avec embarras pour écraser son mégot dans un cendrier, cherchant les mots appropriés.

– Ça s'est passé ici même. Dans ce bureau. Une personne que j'ai très bien connue autrefois et qui… Mettons qu'elle ne pouvait pas être là, physiquement. Et pourtant, elle m'attendait ici, exactement à ta place.

– Ici ? glapit Magnus en bondissant du fauteuil.

– Rassure-toi, elle est seulement restée quelques minutes. Ce qui n'est que très modérément rassurant, en réalité.

– Cette personne, demande Magnus en se rasseyant, est-ce qu'elle est… morte ? C'est son fantôme que vous avez vu ?

– Oui et non. Mais je ne veux pas en parler davantage, juste que tu saches qu'il ne s'agit pas que de ouï-dire. Moi non plus, Magnus, je ne crois ni aux fantômes ni aux monstres. Et pourtant les histoires comme celles-là se comptent par dizaines ces derniers temps. Ici, dans la Ville Basse. Ce qui se passe, je n'en sais fichtrement rien, sinon que chacun de ces… de ces *phénomènes* est précédé de ce même brouillard vert venu du fleuve.

Anton a fait mention de quelque chose de semblable, cherche à se rappeler Magnus. Le Crachat a parlé d'une nuit verte, détail qu'il n'avait pas compris sur le moment, mais qui conforte les propos de Sven Martenson. Ce dernier continue :

– Les hommes ont peur de descendre dans la mine désormais, ils disent qu'ils y font trop de mauvaises rencontres depuis l'explosion. Certains, dans la Ville Basse, prétendent même qu'elle a ouvert la porte des Enfers, ça et d'autres billevesées que je t'épargne. Si je suis sûr d'une chose, c'est que l'explication de ces phénomènes ne peut être que rationnelle. Malheureusement, la zone de l'accident est désormais inaccessible. Elle a été « sécurisée », comme on dit, par une équipe spécialement formée.

– Je ne vois pas pourquoi vous me racontez tout ça, intervient Magnus à qui ce récit commence vraiment à donner la trouille. Qu'est-ce que vous voulez ?

– J'y viens, Magnus. Est-ce que le nom de Philip Oppenheim te dit quelque chose ?

– Rien du tout.

– Le professeur Oppenheim est notre plus grand chimiste, un savant de renommée mondiale. Il sera la semaine prochaine l'hôte du lycée des sciences de Friecke, dont il est l'un des anciens élèves. Officiellement, il vient recevoir des mains du grand-duc la plus haute décoration de Sillyrie pour les travaux qui l'ont rendu célèbre. Officieusement…

– Eh bien ?

– Je veux que tu découvres la vraie raison de sa visite.

– Comment ça, la vraie raison ?

– Si je te dis que Philip Oppenheim a consacré sa vie à l'étude des gaz toxiques, est-ce que tu comprends mieux ?

– Attendez. Vous pensez qu'il vient pour…

– Étudier en secret les propriétés de ce gaz, oui. S'il s'avérait qu'il est capable d'engendrer des monstres, tu imagines quelle arme de guerre il pourrait devenir ?

La guerre, encore elle ? Passe pour les autres élucubrations, plutôt divertissantes, mais si elles avaient pour but d'étayer ces maudits slogans pacifistes, pas question de tomber dans le panneau. Magnus en a soupé, brusquement, de tout ça.

– Je ne vois pas pourquoi vous m'avez choisi, lance-t-il avec irritation. Comme vous le sous-entendiez tout à l'heure, il y a au lycée des sciences plein d'autres pensionnaires bien plus futés que moi.

La nuit est complètement tombée durant le long récit de Sven Martenson, c'est à peine si Magnus devine son sourire tandis qu'il répond :

– Un point pour toi, Magnus. Je retire ce que j'ai dit tout à l'heure. Tu es un garçon malin. En plus d'être courageux.

– Moi, courageux ?

– Le petit Schwob. C'est bien toi qui l'as défendu, n'est-ce pas ?

– Parce que vous savez ça, aussi ? Depuis combien de temps m'espionnez-vous ?

– Entre gens de la Ville Basse, tout se sait très vite. Et puis, tu ne seras pas seul. Quelqu'un de confiance te protégera, si tu acceptes bien sûr.

Sans laisser à Magnus le temps de retrouver ses esprits, Sven Martenson se lève, allume quelques lampes autour de lui avant d'appuyer sur la petite sonnette en cuivre posée sur le bureau.

Puis, désignant la porte d'un geste un peu théâtral, il dit :

– Magnus, je te présente Mimsy Pocket.

16

Le plus petit garde du corps du monde

Dans l'univers de Magnus Million, les filles sont une espèce à peu près aussi rare et légendaire que les licornes ou les elfes par exemple.

Les seules qui gravitent dans son entourage sont les bonnes, de petites paysannes à joues rouges qui briquent la demeure des Million du matin au soir. Les autres, celles de son âge, fréquentent l'école ménagère de Friecke, une forteresse imprenable d'où toute présence masculine est bannie. Au lycée de garçons, leurs pèlerines et leurs uniformes bleus sont un inépuisable sujet de conversation, certains prétendant même avoir déjà embrassé sur la bouche certaines de ces créatures.

La jeune personne qui se tient sur le pas de la porte appartient indubitablement à l'espèce des filles. Des cheveux d'un noir de jais, un visage au front large, au menton pointu, des yeux en amande qui vous fixent sans expression, comme s'il lui déplaisait souverainement de vous trouver là.

Magnus a sauté sur ses pieds et louche bêtement devant cette apparition, cherchant une poche où fourrer ses mains pour se donner une contenance.

– Mimsy se serait bien chargée elle-même de la petite mission d'observation dont je t'ai parlé, dit Sven Martenson. Mais malgré ses nombreux talents, je crains que sa place ne soit pas dans un internat de garçons.

– J'ai déjà fait plus difficile, observe la fille avec humeur.

Sa bouche, remarque Magnus, a la forme d'une griotte. Mimsy Pocket (puisque c'est son nom) porte une vareuse militaire qui lui tombe presque aux genoux, des bas de laine sombre rapiécés dans des bottines de daim à revers. Deux choses vous frappent en la voyant : sa manière totalement silencieuse de se déplacer et sa petite taille. Elle ne doit pas mesurer plus d'un mètre cinquante-cinq.

Il est vrai que Magnus est grand, très grand, embarrassé tout à coup de sa propre carcasse devant cette créature miniature.

Sa rudesse semble amuser Sven Martenson.

– Pour compléter les présentations, notre jeune amie…

– Je ne suis pas *son* amie, l'interrompt Mimsy.

– … avant de rejoindre la Société philanthropique, poursuit Sven Martenson sans se troubler, a été l'assistante d'un magicien de cirque…

– … véreux.

– Elle a aussi exercé la profession décriée de monte-en-l'air, une activité dans laquelle elle était particulièrement douée. Elle sera ton garde du corps durant ta mission, Magnus. Il te suffira de l'appeler et…

– Mon garde du corps ?

C'est plus fort que Magnus : imaginer ce bout de fille volant à son secours – un papillon protégeant un éléphant – provoque en lui un irrésistible fou rire. Impossible de se retenir, c'est trop loufoque !

Mal lui en prend. Une seconde plus tard tout au plus, il gît le nez dans le tapis sans avoir eu le temps de comprendre ce qui lui est arrivé.

– Toujours envie de rire ? murmure Mimsy à son oreille.

À califourchon sur son dos, elle l'immobilise au sol d'une vigoureuse clef de bras.

– Ça suffit, intervient Sven Martenson. Ce n'est pas une façon de traiter un invité.

Il a visiblement l'habitude de ces écarts de conduite car il ne paraît pas vraiment en colère ; embêté, plutôt, qu'elle ait pu compromettre ses plans. Comme elle obéit en maugréant, il aide Magnus à se relever.

– Désolé, mon garçon. J'avais oublié de te prévenir qu'elle est parfois un peu susceptible.

– Susceptible ? Elle m'a à moitié démis l'épaule, oui ! gémit Magnus en faisant jouer ses articulations endolories.

Mais c'est sa fierté, surtout, qui en a pris un coup.

– Ma technique préférée, dit Mimsy avec une pointe de satisfaction. Tu as de la chance : j'aurais pu te casser les deux coudes.

Magnus n'en écoute pas davantage.

– Je m'en vais, décide-t-il. Pas question de me faire martyriser une seconde de plus par cette… malade.

– Attends.

Sven Martenson tente de s'interposer mais Magnus le repousse.

– Écartez-vous, ou bien…

– Où comptes-tu aller ?

– Peu importe. Laissez-moi passer.

– Ne dis pas de sottises : il fait nuit noire et tu ne connais rien à la Ville Basse.

Il a raison. Mais Magnus aime encore mieux errer une nuit entière dans le labyrinthe boueux de la Ville Basse que subir une minute d'humiliation de plus.

– Je ne veux plus rien avoir à faire avec vous ni avec… *elle.*

– Et après, on dira que c'est moi qui suis susceptible, grommelle Mimsy.

– Laisse-nous au moins te raccompagner, insiste Sven Martenson en attrapant son manteau. Pour ta propre sécurité.

– Je suis très capable d'assurer ma propre sécurité, rétorque Magnus avec un brin de hauteur. J'en ai soupé de vos histoires à dormir debout. Et ne comptez surtout pas sur mon aide !

– Ça va, je m'excuse, d'accord ? lâche finalement Mimsy Pocket à l'instant où il franchit la porte. Mais à condition qu'il le fasse d'abord.

Son culot cloue Magnus sur le seuil.

– Que je m'excuse, moi ? s'étrangle-t-il. Elle est bien bonne, celle-là ! Ce poids mouche me saute dessus et je devrais...

– Comment il m'a appelée ? siffle Mimsy en bondissant.

Il faut toute l'autorité de Sven Martenson pour les empêcher de se jeter l'un sur l'autre.

– Nous sommes partis d'un mauvais pied toi et moi, mon garçon, finit-il par convenir. C'est Noël, je n'aurais jamais dû te parler de tout ça un soir comme celui-là. Rentre chez toi, maintenant, et oublie ce que je t'ai raconté. Mais si d'aventure...

Il laisse sa phrase en suspens, hausse les épaules à la place comme si ses plans, de toute façon, avaient été voués à l'échec.

– Quoi ?

– Rien. J'aurais seulement aimé que ce soit toi. Tant pis... Tu es sûr que tu retrouveras ton chemin ?

– Sûr.

Mais Mimsy n'est pas décidée à le laisser partir aussi facilement. Magnus se raidit en la voyant foncer vers lui.

– Prends ça, ordonne-t-elle en lui fourrant quelque chose dans la paume. Ça peut toujours servir si t'es perdu.

C'est un petit objet en métal chromé en forme de tabatière. Magnus joue un moment avec le couvercle rabattable sans comprendre.

– C'est quoi ?

Elle pince la bouche avec incrédulité :

– Me dis pas que t'as jamais vu un cellulaire !

– Et ça sert à...

– À téléphoner, pardi ! Vous avez pas ça, dans la Ville Haute ?

– Non. Tu l'as trouvé où ?

– C'est pas tes oignons.

– Un étranger à qui tu l'auras volé, sans doute. Je pensais que tu avais perdu ce genre de mauvaises habitudes, la réprimande Sven Martenson.

Elle hausse les épaules et continue pour Magnus :

– Dans les autres pays, ils en ont tous. Tu sais comment ça marche ? Non, évidemment. Tu ouvres le clapet et tu appuies sur la touche, là, ça sonnera directement sur le mien.

– Et je peux appeler n'importe où avec ce truc ?

– Bien sûr, fait Mimsy en levant les yeux au ciel. Mais y a plus beaucoup de batterie.

– Merci, dit Magnus avec soulagement. Je ne crois pas que je te sonnerai, mais je sais maintenant comment faire pour rentrer chez moi.

17
Un cadeau inespéré

Quand Magnus retrouve enfin l'hôtel particulier des Million, il est plus de 11 heures du soir.

Nul ne s'est encore aperçu de son absence. La réception de Noël que donne son père bat son plein, limousines et calèches encombrent la rue et, malgré ses vêtements déchirés, il n'a aucun mal à se glisser parmi la foule des invités pour rentrer sans être vu.

Le tout grâce à la complicité de M. Carlsen, mari de Mme Carlsen et chauffeur de son père, venu le prendre au pied de l'immeuble de la Société philanthropique.

En le découvrant planté sous la neige dans sa tenue défaite, le placide M. Carlsen a bien haussé un sourcil, mais la présence à côté de Magnus d'une jeune personne de sexe féminin a dû le rassurer.

Affaire galante, en a conclu le brave homme en lui tenant la portière. Monsieur Magnus a bien fait de téléphoner pour qu'il vienne le chercher. Inutile en tout cas d'en parler à Mme Carlsen : les femmes font tout un plat de ce genre de choses...

Un rendez-vous galant avec Mimsy Pocket ? Magnus en a le cœur qui se retourne.

Chaudement installé sur la banquette arrière de la limousine, il n'a pas eu un regard pour la petite silhouette en vareuse trop grande qui s'éloignait dans la nuit. Tant pis pour elle, elle a refusé qu'il la dépose. Mais en repensant aux histoires rapportées par Sven Martenson, il a dû se faire violence tout le long du chemin pour ne pas l'appeler à l'aide du cellulaire afin de s'assurer qu'elle est bien rentrée saine et sauve.

Dans les salons des Million, la soirée bat son plein.

Toute la bonne société de Friecke semble s'être donné rendez-vous chez Richard Million, malgré le champagne détestable et les maigres feux de cheminée. L'avarice du magnat est notoire ; mais plus on est riche et puissant, plus on a d'amis et plus on vous tolère de défauts. Les dames ont gardé leurs manteaux de fourrure et les hommes, étourdis par les cigares et le sentiment de leur propre importance, se réchauffent en brassant des milliards et en riant trop fort.

Il y a sans doute des endroits où le soir de Noël se fête en famille, autour d'un sapin décoré de bougies et de friandises. Quelle perte de temps et d'argent ! À Friecke – du moins dans la Ville Haute – tout est prétexte à faire des affaires. Même le réveillon.

Magnus, l'estomac dans les talons, se fraie un chemin vers le buffet. Mme Carlsen a fait de son mieux, mais la rapacité des invités n'a presque rien laissé. Un canapé racorni, quelques lambeaux de dinde froide oubliés dans un plat… C'est peu pour un gaillard de sa stature, qui n'a plus fait un vrai repas depuis des lustres.

Dans certaines pièces, la fumée des cigares forme une voûte bleue, presque solide. Le brouillard est si dense qu'on peut circuler entre les groupes sans être vu. Voire grappiller dans quelques assiettes imprudemment posées ici et là – ce dont Magnus ne se prive pas…

Soudain, au milieu d'une forêt de pantalons de smoking et de plastrons lustrés, il reconnaît la bedaine de son père, en grande conversation avec un interlocuteur dont la longue silhouette disparaît elle aussi dans le nuage en suspension.

Magnus s'approche pour le saluer quand quelque chose l'arrête. Les deux hommes, à l'évidence, n'ont pas envie d'être entendus. Ils se sont isolés dans un coin et parlent à mi-voix.

– Nous n'en sommes qu'au début, Richard… Un peu de patience encore et je vous promets…

– Mais le professeur Oppenheim…

– Soyez sans crainte, les expérimentations ont commencé.

« Oppenheim ». Magnus a-t-il bien entendu ce nom ? Impossible de le savoir précisément dans le brouhaha, mais il a reconnu cette voix de basse : Harald Cragganmore, le chancelier du grand-duc.

– … ne présente aucun danger, j'espère ?

– Vous le savez, Richard… pas d'omelette sans casser des œufs…

C'est tout ce que Magnus apprendra. Comme s'il s'était

senti écouté, le chancelier prend son hôte par le bras et les deux hommes s'en vont poursuivre ailleurs leur conciliabule.

Ce que tout cela signifie, Magnus n'en a aucune idée.

Est-ce l'odeur nauséabonde des cigares ? Son estomac vide ? Soudain, les émotions de la journée le rattrapent. Un voile blanc passe devant ses yeux, ses oreilles se mettent à bourdonner.

Le reste est facile à deviner.

Il rouvre l'œil au petit matin, pelotonné au fond d'un fauteuil. Le feu est éteint dans la cheminée et c'est le froid qui le réveille, malgré la couverture dont une âme compatissante – Mme Carlsen ? Une petite bonne ? – l'a recouvert.

Il lui faut quelques instants pour comprendre où il est. Les tapis jonchés de cotillons, les coupes à champagne renversées, les bouteilles vides… C'est le matin de Noël et cette découverte suffit à le réveiller tout à fait, l'emplissant d'une vive excitation.

Oh ! il y a bien longtemps qu'on ne fête plus le 25 décembre chez les Million. Depuis la mort de sa mère, très exactement. Mais on a beau avoir quatorze ans et ne plus croire au père Noël, ce jour reste un jour à part ; comme si, par magie, la maison allait brusquement résonner de cris de joie et d'un tintement de clochettes.

Tout le monde dort encore pour l'instant. C'est le moment rêvé pour aller fureter du côté du sapin.

À quoi bon ? réalise-t-il subitement. Il a oublié, comme l'exige la tradition, d'y déposer ses souliers.

Quelqu'un y a pensé pour lui. En entrant au salon, il découvre ses deux chaussons qui trônent en bonne place. Posés par qui ? se demande-t-il avec reconnaissance. Mme Carlsen ? Une petite bonne ?

Le sapin qui occupe le salon ressemble à Richard Million : imposant (sa flèche touche presque aux dorures écaillées du plafond), ventru et ennuyeux, arborant boules et guirlandes comme des distinctions militaires plutôt que comme des décorations de Noël.

Quant au cadeau qui dépasse de sa pantoufle... L'excitation de Magnus est de courte durée. Il n'a pas besoin de dénouer le ruban qui les retient pour reconnaître la liasse habituelle d'actions des entreprises Million – le même cadeau depuis dix ans – dont il ne pourra disposer de toute façon qu'à sa majorité.

Mais il y a autre chose sur la deuxième pantoufle ; un petit paquet de forme rectangulaire enveloppé dans du papier de soie qu'il défait sans plus attendre.

C'est un album format carnet, à couverture de carton bouilli marquée du monogramme E. M. À l'intérieur, une dizaine de photos en noir et blanc représentant une jeune femme au visage délicat, à l'abondante chevelure rassemblée en chignon.

L'émotion submerge Magnus. Sur les premières photographies, sa mère, Elisabeth Million, a tout juste vingt ans. Elle porte ces tenues dignes et empesées en vigueur chez les jeunes filles de l'aristocratie de Friecke, mais son regard a quelque chose de farouche comme celui d'un gracieux animal pris au piège.

Une autre photo la montre au bras d'un homme : Richard Million, avec trente kilos de moins, estime Magnus. Elle est en robe de fiançailles, bras nus ; lui porte des gants et la regarde d'un air interloqué, comme s'il n'arrivait pas à croire encore qu'un être aussi délicieux l'ait choisi.

Sur le dernier cliché, on la voit à côté d'un aéroplane. Cette fois, elle est en pantalon et chemise à manches roulées, lunettes d'aviateur en sautoir, sa chevelure lâchée sur une épaule.

On la sent impatiente d'échapper au photographe (à Friecke, on utilise encore d'antiques appareils à obturation lente), un rien moqueuse aussi, une lueur de défi ou de triomphe dans les yeux devant l'indignation soulevée par sa conduite dans la bonne société de Friecke. Car Elisabeth Million a été, scandale énorme, la première femme de Sillyrie à conduire sa propre voiture et à piloter un avion – sa disparition aux commandes de son appareil, à peine un an plus tard, apparaissant à cette même bonne société comme la revanche de la décence et du bon sens.

Quand Magnus referme le petit album, quelque chose lui mord le cœur et ses doigts tremblent. Que ne donnerait-il pas pour qu'elle soit là en ce matin de fête, pour qu'ils forment à nouveau une famille, tous les trois...

– Joyeux Noël, Magnus.

Il sursaute, comme pris en faute.

– Madame Carlsen ?

Bêtement, il a caché le petit album derrière son dos, pas

assez vite cependant pour que son geste échappe à l'œil exercé de la cuisinière.

– Un bien joli cadeau que tu as reçu là.

– Oh, ça ? fait-il en se troublant. Oui, merci…

– Ton père t'a gâté.

– Mon père ? répète Magnus. C'est son cadeau ?

– Il tient à cet album comme à la prunelle de ses yeux. Je ne me serais pas avisée d'y passer le chiffon à poussière, tu peux me croire ! Mais moi aussi, j'ai quelque chose pour toi, ajoute-t-elle. De ma part et de celle de M. Carlsen.

– Attendez ! s'écrie Magnus. S'il vous plaît : juste une minute !

Et il détale vers sa chambre comme un dératé, pas mécontent de dissimuler son trouble. Son père, lui faire un cadeau ? L'envelopper de papier de soie et le poser au pied du sapin ? C'est aussi loin de l'homme qu'il croit connaître que le jeune Richard Million, en frac sur la photo de fiançailles, du gros personnage au pli de bouche amer qu'il est devenu… Se peut-il seulement qu'il s'agisse du même homme ?

Il lui faudra mâchonner ces informations nouvelles, tenter d'en comprendre le sens. Mais pour l'instant, il n'a pas le temps. Vite ! Où donc l'a-t-il fourré ?

Son manteau est roulé en boule sous le lit. Il en fouille les poches déchirées. Pourvu qu'il ne l'ait pas perdu hier, durant la bagarre !

Non, hourrah ! Il redescend quatre à quatre, manque de renverser Mme Carlsen dans sa hâte de lui tendre le modeste colifichet trouvé pour elle dans la Ville Haute, la veille, et pour lequel il a dû racler les derniers slopjis qu'il a pu trouver.

– Une très jolie broche, apprécie Mme Carlsen, le rose aux joues, en fixant sur son corsage le petit bijou fantaisie. La plus jolie que j'aie jamais portée.

– Elle vous va très bien, ronronne Magnus avec fierté.

À son tour de découvrir le cadeau de Mme Carlsen : un horrible chandail qu'elle a tricoté sur ses heures de repos, mais qui lui tiendra chaud par-dessus son pyjama, la nuit, quand il réintégrera le glacial dortoir des punitions.

– Et ton père ? N'oublie pas ses souliers, n'est-ce pas ? rappelle-t-elle quand ils en ont fini avec les embrassades gênées et les vœux de joyeux Noël.

Le rouge monte au front de Magnus tandis qu'il contemple les immenses souliers vernis trônant à côté de ses pantoufles. Il n'a rien, pas même un cigare bon marché, à y glisser. Il n'y a même pas songé une seconde à vrai dire.

– Suis-moi, décrète Mme Carlsen en voyant la culpabilité disloquer ses traits. Ton père adore les caramels au beurre salé. Nous allons lui en préparer tous les deux. Qu'en penses-tu ?

En vérité, une gouvernante, si douce et si dévouée soit-elle, ne remplacera jamais une maman. Mais c'est bon, certains jours comme celui-là, d'être enveloppé de la douceur de quelqu'un qui vous aime exactement pour ce que vous êtes.

18
Noël chez les Million

– Ta mère, Magnus, était une femme très décidée, très volontaire. Oh ! pas du même milieu que ton père, naturellement, mais d'une excellente famille tout de même. J'étais déjà à son service lorsqu'il l'a épousée. Je dois te dire que ce mariage m'a surprise : j'avais toujours pensé que ton père finirait vieux garçon… C'était un monsieur très courtisé, là n'est pas la question. Avec sa position, ce n'était pas les intrigantes qui manquaient, tu peux me croire. Ton père est un homme plein de prestance. Mais il n'en avait que pour le travail. Le travail, le travail, toujours le travail ! Même quand on a des responsabilités comme les siennes, ce n'est pas bon de ne penser qu'à ça. N'est-ce pas, monsieur Carlsen ?

Ils sont dans la cuisine, les joues rougies par le feu du fourneau. Ils ont d'abord mélangé le lait, le sucre et le beurre salé dans une lourde casserole de cuivre. Magnus, une cuillère en bois à la main, est chargé de surveiller la cuisson : il faut tourner sans cesse la pâte qui blondit et embaume pour éviter qu'elle n'attache. Après, il faudra la laisser refroidir, puis la découper en petits carrés réguliers (et c'est le plus difficile de la recette) sans gober un caramel sur deux tant ils sont appétissants.

Magnus passerait bien là sa journée de Noël, un tablier autour des reins, à écouter Mme Carlsen bavarder sans retenue. M. Carlsen, lui, se contente de hocher la tête et de lisser ses moustaches d'un air pensif. Il n'est pas homme à donner un avis.

– Oh ! j'étais bien capable de lui tenir sa maison, continue Mme Carlsen qui, de toute façon, n'en demande pas. Ton père ne manquait de rien avec moi, sois-en sûr ! Mais un homme dans sa situation a besoin d'une épouse à ses côtés. Quelqu'un de décoratif et qui soit capable de tenir son rang. Ta mère était très jolie, Magnus ; je suis sûre que sa beauté a beaucoup aidé ton père dans ses affaires. Au début du moins…

M. Carlsen, au-dessus de son bol de café, se racle la gorge en signe de réprobation.

– Quoi, monsieur Carlsen ? Vous trouvez que je cancane à tort et à travers ? Mais tout le monde vous le dira : une femme de bonne famille ne conduit pas son automobile et ne porte pas de pantalon. Aussi vrai que deux et deux font quatre, monsieur Carlsen.

Il ne faut pas être très malin pour le deviner, les relations entre Elisabeth Million et Mme Carlsen n'ont pas toujours été faciles : la gouvernante, depuis trop longtemps au service des Million, n'avait pas dû voir d'un très bon œil une autre femme, jeune, jolie, ambitieuse, prendre le premier rôle dans la maison.

– Ta maman, Magnus, s'empresse-t-elle d'ajouter, était une bonne personne, paix à son âme. Toujours prête à se dévouer pour les pauvres et les malheureux. Avec toutes ces œuvres dont elle s'occupait, ses journées n'en finissaient plus, mais elle avait toujours du temps pour toi. N'est-ce pas, monsieur Carlsen ?

M. Carlsen se contente de se taire prudemment.

– Un jour, continue sa volubile épouse, elle t'a même emmené dans son aéroplane. Tu t'en souviens, mon garçon ?

Oui, Magnus s'en souvient. Un vague souvenir, lumineux et doux, aux lisières de sa mémoire. Ou peut-être ne se souvient-il que du récit qu'on lui a fait de la scène, il ne sait plus.

– Racontez-moi encore, madame Carlsen.

– Alors, n'arrête pas de tourner la cuillère, mon garçon...

Magnus avait quatre ou cinq ans. Ce n'était pas sa mère qui pilotait bien sûr, mais l'instructeur qu'elle avait fait venir à grands frais avec l'appareil, un gaillard auquel la mémoire défaillante de Magnus prête le visage osseux et les moustaches en guidon de vélo de M. Carlsen. Lui est à l'arrière, dans les bras de sa mère. C'est un matin de printemps, l'air est bleu, vif, il y a cette peur délicieuse d'être ainsi suspendu dans le vide, solidement accroché à elle, et Magnus peut encore ressentir sur ses joues le frisson procuré par la caresse de l'épais manteau de fourrure qu'elle porte.

Par instants, la vitesse est telle qu'elle glace les larmes à l'instant même où elles perlent des paupières. « Regarde ! regarde ! » murmure Elisabeth Million à son oreille. Et là, dans le champ jaune qui sert de piste d'atterrissage, une minuscule Mme Carlsen, debout près d'une voiture de la taille d'un jouet, les poings sur les hanches, leur crie des recommandations de prudence qu'ils ne peuvent entendre.

– J'étais folle d'inquiétude, tu l'imagines. Emmener un enfant en aéroplane, ce ne sont pas des choses qui se font ! Surtout pour une dame Million, qui se doit de montrer l'exemple. N'est-ce pas, monsieur Carlsen ? Que deviendrait la société si les femmes voulaient être les égales des hommes ?

M. Carlsen ne répond pas, et pour cause : son café avalé, il a quitté sans bruit la cuisine pour se réfugier au garage, plus à l'aise avec les circonvolutions du moteur de la limousine qu'avec celles du cerveau féminin.

Cela ne dissuade pas son épouse de poursuivre :

– Le monde est ainsi fait, mon garçon : il y a les hommes et les femmes, les gens d'ici et les étrangers, les savants et les ignorants, les riches et les pauvres... Regarde autour de toi et tu verras que j'ai raison. C'est ainsi et on n'y changera rien. Voilà plus de cinquante ans que je suis au service de ta famille. Est-ce que tu me vois porter une casquette sur l'oreille et défiler en hurlant comme les manifestants de la Ville Basse ?

Magnus se garderait bien de contredire la bonne Mme Carlsen. L'image est trop risible. Mais ce qu'il apprend de sa mère, de son esprit indocile, farouchement indépendant, l'emplit d'aise, il ne sait pourquoi. Peut-être parce que c'est

Noël, un jour où l'on voudrait que le monde soit meilleur qu'il ne l'est réellement.

– Comme je le dis souvent à M. Carlsen, si Dieu avait voulu que nous soyons les patrons, il ne nous aurait pas placés où nous sommes, nous autres. Tous ces grands discoureurs de la Ville Basse et leurs boniments n'y changeront rien.

– Il n'y a pas de mal à vouloir sortir de la misère, risque Magnus en repensant aux bas râpés de Mimsy Pocket. Ce n'est pas juste que nous ayons tout et qu'eux…

– Parce que tu crois ce qu'ils racontent, maintenant?

– Je ne sais pas…

La cuisinière le tance d'un air sévère :

– Ta mère y a cru, elle, à toutes ces fariboles : le progrès social, l'instruction, l'égalité, que sais-je encore? Ce sont les livres qui lui ont tourné la tête. Peu importe que nos gouvernants, dans leur grande sagesse, les aient interdits au public : elle les faisait venir de l'étranger par caisses entières. Tu l'as vu, sa chambre en est encore pleine. Et qu'est-ce que ça lui a rapporté? La bonne société lui a tourné le dos, voilà tout.

Elle secoue la tête avec tristesse, comme à un dénouement qu'elle aurait pu prédire et qu'elle n'a pu empêcher, avant d'ajouter :

– Quant à ceux d'en bas, qui n'en avaient qu'après son argent, à quoi ça leur a servi? Ils sont toujours aussi pauvres et ignares qu'avant. Toute cette fortune qu'elle a dépensée en fondations et en bonnes œuvres pour ces gens! Comme si ça ne suffisait pas que ton père, le saint homme, leur donne du travail dans ses usines… Il a toujours été trop faible avec elle.

– Faible ?

– Il faut beaucoup aimer quelqu'un, mon garçon, pour tolérer un frère comme celui qu'elle avait.

– Un frère ? s'étonne Magnus. Ma mère avait un frère ?

– Un révolutionnaire, un excité. C'est lui, si tu veux mon avis, qui lui a fourré toutes ces idées dans la tête. C'est bien simple, après l'accident, ton père lui a interdit de remettre les pieds chez lui.

Magnus comprend mieux soudain le secret dont a toujours été entouré le côté maternel de sa famille. C'est à peine s'il connaît quelque chose de ses grands-parents. Quant à cet oncle dont la trop volubile Mme Carlsen vient de lui dévoiler l'existence, c'est la première fois qu'il en entend parler. Comme si, rendu responsable de l'émancipation d'Elisabeth Million, il avait été totalement rayé des tablettes de la famille à la mort de l'imprudente.

– Qu'est-ce qu'il est devenu ? Il est mort, lui aussi ?

– Aucune idée. Et Dieu me garde d'avoir jamais de ses nouvelles ! Il lui a fait assez de mal, allez !

D'ailleurs, réalisant qu'elle s'est laissé entraîner trop loin par son bavardage :

– Tu vois, tu me fais parler, parler, et le caramel attache ! gronde-t-elle pour changer de sujet. De toute façon, ces histoires ne sont pas de ton âge.

– Parlez-moi encore d'elle, madame Carlsen ! supplie Magnus.

– Pour quoi faire ? Je vais te dire une bonne chose, mon chéri : ta mère t'adorait, elle était fière du petit garçon que tu étais. C'est tout ce que tu as besoin de savoir quand tu penses à elle. Tu ne crois pas ?

Si, se dit Magnus. Et à y bien songer, c'est une pensée à peu près aussi délicieuse que le caramel qu'il s'emploie à étaler désormais sur la plaque chaude – sous le contrôle vigilant de M. Carlsen, remonté pour l'occasion à la cuisine et dont les moustaches frémissent de gourmandise à distance.

Quand Richard Million se lève, vers le milieu de l'après-midi (c'est la seule grasse matinée qu'il s'accorde de l'année), Noël peut commencer.

Le père et le fils ouvrent officiellement leur cadeau (Magnus a remballé l'album avec force morceaux de ruban adhésif et son père n'a rien vu), échangent en guise de vœux une poignée de main et quelques toussotements gênés, puis le repas de Noël est servi sur la longue table encombrée de guirlandes et de chandeliers. Rendu allègre par la dinde aux marrons, le magnat profite de l'occasion pour exposer à son rejeton les profits faramineux réalisés par les entreprises Million durant l'année qui vient de s'écouler.

Magnus écoute sagement, se raclant par instants la gorge avec gravité. Cela dure jusqu'au cognac, que les deux hommes prennent au salon, assis face à face, une jambe par-dessus l'autre et agitant le pied en rythme.

– Nous allons être très riches, Magnus, conclut enfin le magnat avec satisfaction.

– Mais, père, nous le sommes déjà !

– Eh bien, nous le serons encore plus, voilà tout.

– À propos, s'enhardit à demander Magnus qui n'a pas touché à son verre. (La question lui brûle les lèvres depuis la veille, et les bilans comptables de Richard Million rendent ce dernier presque affectueux.) Est-il vrai qu'on a découvert un nouveau gaz ?

Le visage de son père se décompose derrière la fumée de son cigare.

– Qui t'a parlé de ça ?

– Euh… le chancelier, se hâte d'expliquer Magnus, décontenancé. Je l'ai entendu y faire allusion, hier soir, mais j'ai pu me tromper, bien sûr…

– Tu t'es trompé ! confirme son père. Cette histoire de gaz est une invention de gens malintentionnés qui cherchent à me nuire par tous les moyens. Et quand bien même elle serait vraie, il s'agit d'un secret militaire que tu es trop jeune pour connaître. Est-ce bien compris ?

– Certainement, père.

– Alors joyeux Noël, Magnus.

– Joyeux Noël, père.

– Et occupe-toi de tes affaires à l'avenir.

– Entendu, père. Voulez-vous le journal ? C'est celui d'hier.

– Bonne idée, fiston : je vais relire les cours de la Bourse pour couronner cette belle journée.

19

La deuxième mort d'Anton Spit

Il en est ainsi des bonnes choses : elles passent si vite qu'elles sont déjà finies à peine les croit-on commencées.

Quelques jours après Noël, Magnus reprend le chemin du lycée des sciences de Friecke.

M. Carlsen le dépose devant la grille qu'il franchit en traînant les pieds, la tête basse, avec la cohorte de pensionnaires qui reprennent comme lui leurs quartiers pour un nouveau trimestre. Difficile pour tous ces garçons de s'arracher à la chaleur de leur foyer et de retrouver le vieil et lugubre édifice. Il est à peine 5 heures du soir mais les lumières jaunâtres des salles de classe sont déjà allumées, de sinistres yeux fixés sur vous dans le soir qui tombe.

– Bonsoir, messieurs, les accueille M. Pribilitz, une sorte de bonnet de nuit enfoncé jusqu'aux oreilles. Ravi de vous voir de retour dans notre établissement.

Ce « ravi » sonne comme une provocation et, pour mieux marquer la fin définitive des vacances, le maître d'internat les fait ranger dans la cour glaciale pour une inspection des paquetages.

Pas question d'introduire dans le vénérable établissement friandises ou douceurs à la faveur des fêtes. Jed, le furet de M. Pribilitz, a l'odorat si développé qu'aucune cachette ne lui résiste, même le linge sale d'un garçon de quatorze ans, ce qui est tout dire.

Couinant et tirant sur sa laisse, Jed se rue sur chaque sac, le renifle sous toutes les coutures puis, crachant de déception, passe au suivant.

– Foutue sale bête ! grommelle le voisin de Magnus.

– Un jour, on lui f'ra la peau, promet un autre à mi-voix.

Un plaisantin a dû glisser du poivre dans ses bagages car, brusquement, Jed se met à éternuer, puis à se rouler frénétiquement dans la neige en se frottant le museau de ses petites pattes griffues, provoquant une vague de rire et la fureur de M. Pribilitz.

– Celui qui a fait ça le paiera cher ! hurle-t-il. Gladz, Pretzl ! Où sont-ils encore passés, ces deux imbéciles ?

Les pions jumeaux à figures de rottweiler arrivent au trot, l'air plus endormis que d'habitude.

– Et ne pensez pas vous en tirer comme ça ! lance encore M. Pribilitz tandis que, dans ses bras, l'horrible bestiole halète et crachote. Croyez-moi, vous ne perdez rien pour attendre !

Sur cette obscure menace, la petite troupe hilare est conduite sans plus tarder à son logement.

Le succès de sa manigance a redonné du cœur à Magnus. En quelques semaines, il est devenu un pensionnaire endurci, capable de rivaliser avec les Ultras dans l'art de déjouer la surveillance de leur gardien, et ce pauvre Jed n'y a vu que du feu, c'est le cas de le dire. Les quelques provisions que Magnus rapporte dans son paquetage ne sont pas pour lui : plutôt une monnaie d'échange avec laquelle il compte bien s'acheter les bonnes grâces d'Anton Spit et de sa bande – et se sentir moins coupable aussi de les avoir abandonnés à leur sort pour les fêtes.

Une surprise de taille l'attend quand il en pousse la porte : le dortoir des punitions est vide.

Vides les carrées derrière leur rideau verdâtre. Vides les étagères dans les armoires béantes. Où sont passés les Ultras ?

Le dortoir des punitions est-il même encore le dortoir des punitions ? Les nouveaux qu'on y installe sont des transfuges des autres bâtiments, qui regardent l'endroit avec l'air éberlué de locataires du purgatoire invités à séjourner en enfer.

Gladz et Pretzl, liste à la main, procèdent à la répartition des box. Sur les lits, draps et couvertures sont pliés en carrés parfaits. Les planchers ont été lavés à grande eau, les graffitis grattés comme si l'on avait voulu effacer toute trace des anciens occupants.

Magnus n'en revient pas. Il a beau interroger les deux pions, nul n'est capable de lui dire ce que sont devenus ses anciens compagnons. Mais – hasard ou malice – le box qui lui échoit est précisément celui d'Anton Spit : le dernier, tout au fond du dortoir.

La disparition d'Anton et de sa bande lui en met un coup. Certes, il redoutait de les retrouver, mais ils faisaient partie de son environnement familier désormais et, si étrange que cela paraisse, ils lui manquent. Le bruit des nouveaux l'exaspère, comme l'exaspèrent les plaisanteries niaises avec lesquelles ils tentent de combattre leur angoisse.

– Vous allez la fermer, oui ? finit-il par gueuler.

Et presque plus que les rires, le silence apeuré qui tombe alors finit de le mettre en rage.

Il s'assied lourdement sur le lit, la tête entre les mains. Il ne fait pas qu'occuper l'ancien box du Crachat : d'une certaine façon, il est *devenu* le Crachat, faisant régner la terreur sur un banc de petits nouveaux déboussolés.

Il faut un événement exceptionnel pour secouer la morosité de ce soir de rentrée. Il a lieu au moment du dîner.

Alors que chacun a pris place devant le premier menu de Gros-Lard pour la nouvelle année (pommes de terre trop bouillies et saucisses cartilagineuses), la porte du réfectoire s'ouvre en grand, livrant passage au proviseur en personne.

Il accompagne un petit groupe, au centre duquel figure la plus belle femme que Magnus ait jamais vue.

Il en a le souffle coupé, et avec lui tout le réfectoire qui arrête soudain de déglutir et reste bouche ouverte, fourchette en l'air, à contempler la divine apparition.

On n'imagine pas, si on ne l'a pas vécu soi-même, l'effet produit par le simple claquement de talons hauts ou l'éclat mélodieux d'une voix de femme dans le morne quotidien d'un internat de garçons… C'est comme si un rayon de lumière dorée trouait soudain l'obscurité. Solitude, crasse, abandon, tout se dissipe comme par magie : les dos se redressent, les cœurs s'accélèrent, des têtes surgissent aux fenêtres – bref, la vie paraît reprendre tout à coup, ranimée pour un instant à la façon d'une braise sur laquelle on aurait soufflé.

L'apparition a trente ans, peut-être moins. Elle porte une veste à col de loup argenté, une jupe étroite en daim qui souligne ses chevilles parfaites. Ses cheveux sont coiffés en chignon serré et un minuscule chapeau en forme de tambour y tient en équilibre, on ne sait comment.

Quand elle relève sa voilette, papillonnant de ses longs cils ombrés pour s'habituer à la lumière du réfectoire, une centaine de paires d'yeux suit son geste dans un silence médusé.

– Mince alors ! lâche enfin quelqu'un à la droite de Magnus, ce qui est une façon fruste mais assez exacte de résumer le sentiment général.

Le Croque-mort, prenant ce calme inhabituel pour un effet de son autorité, en profite pour faire à ses invités les honneurs des lieux.

– Comme vous pouvez le voir, rien n'a changé depuis votre époque, professeur, plastronne-t-il.

L'homme auquel il s'adresse est un septuagénaire aux cheveux blancs, vêtu d'un costume de laine à carreaux horriblement froissé, d'un lorgnon et d'une cravate à large nœud. Transformés en assistants, les deux pions à figures de rottweiler l'accompagnent, chargés de sa serviette, de son manteau et de volumineux dossiers d'où les feuilles s'échappent par liasses. Puis tout le petit groupe disparaît à la suite du proviseur dans le réfectoire des maîtres.

Aussitôt le brouhaha est à son comble.

– C'était qui ?

– La nouvelle infirmière ?

– Dans ce cas, j'suis volontaire pour partager mon box, les gars…

– Comme si t'avais une chance, crétin !

– J'te parie que Gros-Lard leur a mitonné un menu spécial.

– Et alors ? Tu crois qu'on nourrit une belle femme comme ça avec des patates ?

Les questions soulevées par cette apparition et l'espoir de recroiser l'inconnue dans les couloirs du lycée ont presque fait oublier aux pensionnaires ce triste soir de rentrée. Et il faut toute la conviction du maître d'internat et des pions pour les faire remonter à la fin du dîner.

Seul Magnus ne participe pas à l'excitation générale. Il a sa petite idée concernant l'identité du visiteur : c'est le professeur Oppenheim. Le célèbre chimiste et ancien élève du lycée des sciences ; l'homme que Sven Martenson l'a chargé d'espionner.

Mission absurde, décidément, pense Magnus avec un brin d'irritation, et qu'il a bien fait de refuser. Le savant a l'air plus égaré que dangereux. Magnus aimerait bien toutefois savoir qui est la jeune femme qui l'accompagne. La secrétaire particulière du professeur ? L'une de ses assistantes ? Sa femme, peut-être, à en croire sa façon de le tenir par le bras ? Non, impossible : il a au moins deux fois son âge. Mais est-ce un véritable obstacle quand on dispose à la fois de l'intelligence et de la célébrité ?

Magnus manque trop d'expérience sur ces choses pour s'aventurer à conclure.

De retour dans sa carrée – pardon : dans la carrée d'Anton Spit –, il est repris par le cafard.

Il a fait son lit hâtivement, rangé ses maigres affaires dans l'armoire. Mais il tourne dans le box comme un étranger, incapable de s'y installer vraiment. La disparition des Ultras a creusé un vide dans le dortoir des punitions. Et tant qu'il ne saura pas ce qu'ils sont devenus, rien ne pourra le combler. Surtout pas les nouveaux, qu'une gueulante de Gladz et Pretzl a suffi à envoyer au lit, et qui dorment déjà à poings fermés d'un sommeil avide de fayots.

Les Ultras ont-ils été victimes à leur tour de l'épidémie qui a frappé le lycée juste avant les vacances ? Les a-t-on expédiés en quarantaine, eux aussi ? Mais où ? La petite infirmerie, déjà bondée, ne peut accepter aucun lit supplémentaire. Et comment expliquer la maladresse embarrassée avec laquelle les pions ont repoussé les questions ?

Magnus tente de mettre de l'ordre dans ses idées en récapitulant ce qu'il sait.

1- Anton Spit a vu des choses dans le parc, et Totem le hibou a failli y laisser sa peau.

2- Un révolutionnaire patenté du nom de Sven Martenson rapporte des faits similaires.

3- Tout paraît lié à un mystérieux gaz verdâtre découvert

par accident au fond d'une mine de charbon et qu'un éminent spécialiste, le professeur Oppenheim, est venu tout exprès étudier.

4- Une épidémie semble avoir frappé quelques élèves du lycée, rigoureusement sélectionnés parmi les orphelins comme l'a remarqué le Crachat.

5- Cantonnés eux aussi au lycée pour la durée des vacances, les Ultras se sont volatilisés sans explication.

Magnus a beau triturer les faits dans tous les sens, il n'est pas plus avancé pour autant.

Une exploration minutieuse du box du Crachat montre que son départ a été précipité. Il se serait débrouillé sinon pour laisser un message. Pas une lettre (il sait à peine écrire), mais un signe, un objet, quelque chose... Même dans un petit périmètre comme celui-là, il y a plein de cachettes pour qui veut déjouer la vigilance des pions : le montant extérieur de la fenêtre, un pied de lit creux, une latte de plancher disjointe... Mais Magnus a beau chercher, rien – exception faite d'un chewing-gum fossilisé derrière la porte du placard.

Le Crachat s'est-il senti trop seul pour penser à laisser un message ? Qui le chercherait, de toute façon ? Qui s'intéresserait à la disparition d'une bande d'orphelins, de fortes têtes qui plus est, que la nation est déjà bien bonne de nourrir, de loger et d'instruire ?

– Moi, murmure Magnus en serrant les poings. Je ne t'abandonnerai pas, Anton, je te le jure.

20

Échappé du livre ?

Il y a quelque chose à faire pour Anton dès cette nuit.

Mais pour cela, il faut attendre la fin de la dernière ronde. Magnus se couche tout habillé. Abritant sa torche électrique sous sa couverture, il ouvre pour passer le temps le petit volume entoilé qu'il a apporté avec lui.

Le poivre n'a pas servi à passer en fraude que des provisions : un livre aussi, chose interdite au pensionnat de garçons de Friecke. Le premier tome d'une histoire au titre alléchant, choisi dans la bibliothèque de sa mère et marqué de ses initiales, E. M.

Le livre s'appelle *Les Trois Mousquetaires*. Il y est question, d'après le résumé, de duels à l'épée, d'amour, de poursuites et de trahisons. Un jeune homme pauvre et téméraire du nom de d'Artagnan quitte sa province pour Paris (Magnus a déjà entendu parler de cette ville, il ne sait où). Il monte un cheval jaune et le premier chapitre ne s'est pas achevé que, à cause de cette monture ridicule, il s'est déjà fait rosser, voler la lettre de recommandation de son père et a contracté un ennemi mortel en la personne du sinistre homme de Meung, l'une des meilleures épées du royaume.

L'oreille aux aguets, prêt à éteindre sa torche à la moindre alerte, Magnus peine un peu sur les premières pages. Les petits signes noirs sur le papier s'agglutinent par grappes compactes et difficiles à déchiffrer. Mais à mesure qu'il avance dans l'histoire, tout devient plus facile. Bientôt, il oublie même qu'il lit. C'est une impression étrange : ses yeux ne butent plus sur les mots ; au contraire, ils semblent devenus transparents, immatériels, ouvrant sur un monde lumineux de scènes et d'images.

Soudain, un bruit le tire de sa lecture. S'est-il endormi ? Sa lampe a roulé sur le plancher.

Comme il tâtonne pour la ramasser, une brutale douleur l'électrise, lui arrachant un cri.

Jed. L'horrible bête, sans doute en faction sous son lit, a refermé ses crocs pointus sur sa paume. Avec une force insoupçonnable pour un animal de cette taille, elle tente de lui clouer la main au sol. Il faut la projeter sur le pied de lit en métal pour lui faire lâcher prise et l'envoyer rouler au milieu de la carrée, à demi étourdie mais crachant de colère.

– Saleté, dégage ! gémit Magnus en menaçant le furet de sa chaussure.

Le godillot, maladroitement lancé, rate la bestiole qui détale sans demander son reste.

– La saleté ! répète Magnus avec dégoût. La saleté !

Il a la paume en sang. La douleur lui coupe le souffle, un élancement qui remonte le long du bras jusqu'au cœur. Il entoure sa main comme il peut dans un mouchoir, gagne le petit lavabo à l'étage en dessous où il la rince longuement. L'eau glacée a un effet anesthésiant. Nettoyée, la plaie n'est pas méchante : deux petits trous rouges dans le gras de la paume, mais qui ressemblent à quelque marque diabolique qu'il gardera longtemps comme tatouée dans sa chair.

Le mouchoir ensanglanté, lui, est bon à jeter. Comme il cherche quelque chose pour panser sa main, il tombe sur un morceau de tissu pendu au lavabo. C'est la serviette du Crachat, un chiffon rendu presque transparent par l'usure.

En enveloppant sa blessure, Magnus se hâte de remonter. Pourvu que Jed n'ait pas trouvé les provisions ! L'armoire en fer est ouverte mais un simple regard le rassure : le petit paquet, enveloppé de toile et serré d'un gros élastique, est intact.

Au moment où Magnus le glisse dans sa poche, un long grincement se fait entendre à l'autre bout du dortoir endormi. Quelqu'un vient d'en pousser la porte. M. Pribilitz, alerté par son âme damnée ?

Magnus glisse un œil dans le couloir. La scène qu'il découvre alors lui glace les sangs.

Un cavalier se tient dans l'allée centrale. Une longue silhouette noire emmitouflée dans une cape fumante de l'humidité de la nuit d'où dépassent de hautes bottes luisantes. Arrêté sous la lueur bleutée de la veilleuse, il semble scruter la pénombre. A-t-il conduit son cheval par l'escalier ? Ce dernier, noir lui aussi, souffle nerveusement. Puis le cavalier, d'une pression de ses genoux, engage sa monture au pas.

Il n'a pas fallu longtemps à Magnus pour le reconnaître : c'est l'homme de Meung, le méchant des *Trois Mousquetaires* ! Non, impossible, il doit rêver : les personnages ne sortent pas des livres !

En même temps, un pressentiment le submerge, lui coupant les jambes : l'homme de Meung est là pour lui, il le cherche.

Le cavalier, en effet, remonte lentement l'allée centrale. Devant chaque box, il marque un arrêt, écarte le rideau de deux doigts gantés et en inspecte l'intérieur, laissant entrevoir sous le large bord rabattu de son chapeau l'éclat d'un profil en lame de couteau.

Est-ce une impression ou s'est-il attardé devant l'ancien box de Magnus plus longtemps que devant les autres ? Comme contrarié de ne pas l'y trouver, il se lisse la moustache avec irritation puis remet son cheval au pas.

La panique gagne Magnus. Que font Gladz et Pretzl ? Pourquoi n'entendent-ils pas le claquement sourd des sabots sur le plancher, eux que le moindre chuchotement suffit à réveiller ? La longue rapière que porte le visiteur au côté cogne sur la paroi des box, *clong ! clong !* Pourquoi ne réveille-t-elle personne qui lui vienne en aide ?

Magnus a retenu la leçon du Crachat.

D'un bond, il est à la fenêtre. Il l'ouvre à la volée, sans se soucier du courant d'air qui fait s'envoler derrière lui le rideau vert du box, alertant le cavalier. Déjà Magnus a sauté sur la corniche et de là, le cœur battant à tout rompre, centimètres par centimètres, le dos au vide, il parvient à gagner l'ombre rassurante de l'escalier d'incendie dans laquelle il se tapit.

Il reste ainsi de longues minutes à grelotter, guettant l'apparition de son poursuivant, prêt à détaler par les marches en colimaçon.

Rien ne se passe.

Un silence surnaturel enveloppe le lycée endormi. Une brume flotte par nappes, presque verte dans le clair de lune glacé. D'où provient cette coloration étrange, il ne saurait le dire, mais elle enveloppe toute chose d'un halo presque fluorescent. Le seul bruit qui lui parvienne, semblable à un tintement d'éperons, c'est celui de ses propres dents qui s'entrechoquent.

Se peut-il qu'il ait rêvé ? De là où il se trouve, nul ne pourrait sortir du dortoir, et encore moins un cavalier et sa monture, sans passer sous son poste d'observation. Et pourtant, quand il se décide enfin à jeter un coup d'œil par la fenêtre du dortoir, la longue salle lugubre est vide.

C'est à n'y rien comprendre, comme si l'apparition s'était proprement et simplement volatilisée.

Magnus a l'habitude de tomber brutalement dans le sommeil, ce ne serait pas la première fois. Il a dû piquer du nez sur son livre et rêver le reste. Mais un rêve ne laisse pas derrière soi cette forte odeur d'écurie, non plus que ces gouttes de sang sur le plancher, ni ces traces de morsure sur sa main.

Les propos de Sven Martenson lui reviennent subitement en mémoire :

« Les histoires comme celles-là se comptent par dizaines ces derniers temps… J'étais aussi incrédule que toi, Magnus, avant… avant que cela ne m'arrive. S'il y a une explication, elle ne peut être que rationnelle… »

Sven Martenson a évoqué aussi l'étrange lueur verte précédant ces apparitions. Magnus vient-il d'assister à l'un de ces phénomènes ? Le cellulaire que lui a donné Mimsy Pocket pèse toujours dans sa poche. Un instant, il pense s'en servir, appeler la jeune fille pour lui raconter… quoi ? Qu'un cavalier tout droit sorti du roman qu'il vient de commencer s'est introduit dans le lycée des sciences ? Elle lui rirait au nez, c'est certain, et il ne l'aurait pas volé.

Et puis, il a une mission à accomplir. Une promesse qu'il s'est faite à lui-même, et ce sont souvent les plus exigeantes. Il a enfilé le pull épais de Mme Carlsen sous un blouson chaud, et pourtant il frissonne en cheminant le long des couloirs.

21

Un revenant dont on se passerait bien

Plus d'une fois, il se retourne en sursaut, s'attendant à découvrir dans le faisceau de sa torche le cavalier prêt à fondre sur lui. Mais non, le lycée semble rendu au calme de la nuit. Le plus à craindre est encore d'être surpris par une ronde du proviseur ou du concierge ; mais Magnus a été à bonne école et il refait sans peine le trajet que lui a montré Anton Spit.

Sans bruit, il pénètre dans la bibliothèque. Plus besoin de lampe : grâce à la clarté verdâtre qui tombe par la verrière, il retrouve vite le petit escalier menant à la réserve dont les marches grincent sous son poids.

– Totem ? s'annonce-t-il de sa voix la plus douce en repoussant le battant de la trappe. Totem ? N'aie pas peur. C'est moi, Magnus.

À l'intérieur, la même odeur confinée de vieux papier et de fientes d'oiseaux. Le hibou le reconnaît-il ? Après tout, Magnus n'est venu qu'une seule fois. Mais il existe une autre forme de reconnaissance, celle du ventre, et celle-ci est plus forte que tout : d'abord méfiant, Totem se jette sur la viande séchée et les biscuits que le garçon déballe avec précaution, manquant plusieurs fois de lui piocher les doigts de son bec acéré.

La voracité de l'oiseau laisse deviner un long jeûne. Depuis combien de jours attend-il en vain qu'Anton lui apporte sa ration ? Sa manière de battre des ailes est rassurante en tout cas. Il est guéri de sa blessure désormais, bien que dans l'incapacité d'assurer sa propre subsistance : le Crachat, sans doute pour protéger sa convalescence des chats errants ou de Jed, a fermé le loquet de l'œil-de-bœuf.

Sans Magnus qui s'empresse d'entrouvrir la lucarne, Totem n'aurait pas tardé à mourir de faim.

– Tu te rends compte, mon vieux ? On a eu chaud, toi et moi… Anton m'aurait fait la tête au carré s'il t'était arrivé quelque chose.

Le vieux hibou a clopiné jusqu'à l'œil-de-bœuf entrouvert. Il se tient devant, s'enivrant du souffle glacé de la nuit qui ébouriffe son plumage, se balançant d'une patte sur l'autre comme s'il n'osait s'envoler encore après une si longue réclusion.

– Il est où, ton copain Anton, dis ? Est-ce que tu le sais ?

Le hibou ne tourne même pas la tête, humant la nuit et clignant des paupières.

– Tu t'en fiches, hein, maintenant que tu as l'estomac plein… Tu veux que je te dise ? Tu es bien comme les autres, tiens.

Une lassitude brutale tombe sur les épaules de Magnus. S'occuper de Totem était le dernier fil qui le reliait à Anton. Mais l'oiseau n'a plus besoin de lui, et il se sent soudain terriblement seul, découragé.

– Je te laisse la lucarne ouverte, fait-il en ramassant le reste de viande et de biscuits qu'il enfourne dans sa poche. Puisque Anton n'est plus là, recommence à te débrouiller. Tu es assez grand. Je repasserai un de ces soirs, d'accord ?

Il s'est à demi engagé dans la trappe quand, brusquement, quelque chose lui crochète les jambes, le tirant vers le bas avec une force irrésistible.

Incapable de se retenir au plancher glissant, Magnus lâche prise. Le voilà qui dégringole de tout son poids dans l'étroit escalier, entraînant dans sa chute son agresseur invisible.

Il fait trop noir pour rien voir. Donnant des coudes et des poings, les deux adversaires roulent l'un sur l'autre de marche en marche en un corps à corps âpre et silencieux.

Le premier, à moitié sonné, Magnus parvient à se dégager comme il peut.

– Tu t'y attendais pas, hein ? halète l'autre en se relevant à son tour. Tu vas voir ce que tu vas prendre !

Il dépasse Magnus en taille et en carrure. Cette odeur de sueur, cette voix de brute…

– Le grand Vaclav !

– Lui-même, monseigneur, ricane l'imbécile.

Il a perdu une dent dans l'empoignade, ce qui le fait curieusement chuinter. D'ailleurs, à ce que laisse deviner la lueur de la verrière, il est dans un sale état, les cheveux hérissés sur le crâne et le regard fiévreux.

– T'as les foies, hein, Magnus ? On est seuls, tous les deux. Pas la peine de crier, y aura personne pour sauver tes fesses, cette fois !

Ils sont sur la petite galerie circulaire qui fait le tour de la bibliothèque. Dans cet espace exigu, Magnus n'a aucune chance.

– Allez, viens, fait le grand Vaclav en marchant sur lui. Viens qu'on s'amuse un peu.

– Attends ! tente de temporiser Magnus. C'est trop bête. On ne va pas…

– Tu plaisantes ? J'vais te mettre la gueule en compote, Minus !

Ce qui est bien avec les grosses brutes, c'est qu'elles n'ont souvent qu'un pois chiche en guise de cerveau. À l'instant où il se retrouve acculé contre la rambarde, Magnus tente un coup désespéré :

– Arrête !

Il a dégainé le cellulaire de Mimsy Pocket et braque sur le grand Vaclav la lumière bleutée de l'écran.

Celui-ci s'arrête, interdit.

– Recule ou c'est tant pis pour toi, prévient Magnus.

L'autre fait un pas en arrière.

– Hé, à quoi tu joues avec ce truc ?

– Ce truc, comme tu dis, ricane Magnus à son tour, c'est un émetteur de rayons triple alpha. Si j'appuie sur cette touche, il restera de toi à peine de quoi remplir un cendrier.

– Tu rigoles ?

– Essaie pour voir.

Le bluff fonctionne. Vaclav lève les mains en signe de reddition, ses gros sourcils montent et descendent tandis qu'il bredouille :

– D'où tu sors ça ?

– Les usines d'armement Million, tu connais ?

L'autre hoche la tête, comme hypnotisé par le petit boîtier lumineux que Magnus agite devant son nez.

– Un prototype mis au point par les ingénieurs de mon père… Me donne pas l'occasion de l'essayer.

Le grand Vaclav paraît se dégonfler comme une baudruche. Ses épaules retombent, sa mâchoire pendouille lamentablement.

– Ça va. Range ton joujou.

Magnus, avec un brin de sadisme, ne se presse pas pour refermer le clapet du cellulaire. Tenir à sa merci une brute comme le grand Vaclav vous donne un sentiment de puissance qu'on a du mal à ne pas savourer. Mais l'épuisement qui se lit sur ses traits relativise le triomphe de Magnus.

– Qu'est-ce que tu fabriques ici ? interroge-t-il durement en rempochant le précieux gadget.

L'autre pourrait lui renvoyer la question. Au lieu de quoi :

– J'me planque, qu'est-ce tu crois… Tu vas pas me dénoncer, hein ?

– C'est mon genre ?
– J'sais pas…
– Depuis quand t'as rien mangé ?
Vaclav hausse les épaules, mais ses cernes en disent long.
– J'fauche des trucs. Dans les poubelles à Gros-Lard. Depuis vot' virée aux cuisines, ils ont mis des cadenas partout. J'prends ce que j'peux trouver.
– Tiens, fait Magnus. Ça te calera l'estomac.
Il lui lance le petit paquet enveloppé de toile cirée. Le grand Vaclav l'attrape maladroitement, craignant sans doute une nouvelle entourloupe. Mais lorsqu'il découvre la viande séchée et les biscuits (du moins ce que Totem en a laissé), la faim l'emporte sur la méfiance.
– C'est pour moi ? fait-il en ouvrant des yeux ronds.
– Mange, ordonne Magnus. Après, tu me raconteras.

Ils ont trouvé un coin dans la bibliothèque. La neige tombe sur la verrière, mouchetant leur visage de flocons d'ombre voletants. Autour d'eux, le cuir des livres luit doucement dans l'obscurité, formant comme les parois d'une grotte protectrice et rassurante. Regarder le grand Vaclav s'empiffrer n'est pas un spectacle à recommander aux âmes sensibles ; mais retrouver une tête connue, même celle de cet animal, réconforte Magnus, bizarrement. Surtout maintenant qu'il n'en a plus peur : depuis le coup du cellulaire, le grand Vaclav serait prêt à lui manger dans la main.
– Alors, qu'est-ce qui s'est passé ?
– De quoi qu'tu parles ?

– Tu te fiches de moi ? Je te préviens : je t'enlève la bouffe si tu me racontes pas.

Pourrait-il seulement mettre sa menace à exécution ? Peu importe, Vaclav le croit, c'est bien suffisant.

– Hé, déconne pas !

– Alors vas-y, accouche.

Vaclav rappelle ses souvenirs. Les mots ne sont pas son fort, et il fronce les sourcils, les yeux roulant dans leurs orbites comme de petits animaux affolés.

– Vous autres, les permissionnaires, vous étiez pas partis depuis quelques jours qu'y nous ont fait descendre…

– Qui ça, ils ?

– Le Croque-mort et les pions. L'appel du matin, qu'y z'ont dit. « Dans la cour, et que ça saute… » Y z'avaient une surprise pour nous, qu'y z'ont dit aussi.

– Une surprise ?

– Attends. On a juste eu le temps de mettre nos fringues. Y gueulaient sans arrêt qu'on s'presse, mais nous, on était pas pressés du tout, vu que ça caillait dehors. « Et le caoua ? qu'il a fait Anton. On l'a pas bu, le caoua ! » Alors, le Croque-mort, il a dit à Anton qu'il ferme son clapet, qu'il était qu'une vermine, c'est le mot qu'il a dit, une vermine qu'il pouvait écraser sous l'talon sans qu'personne i s'en soucie… Tu comprends ce que ça veut dire, toi ?

– T'occupe. Continue.

– Bon, fait Vaclav en mordant dans une nouvelle tranche de viande. Ça a pas plu à Anton, qu'on le traite de vermine. I s'est mis en pétard, tu l'connais, et il a fallu que les pions ils s'y mettent à deux pour le descendre dans la cour. C'est vrai, quoi, tu dis pas ça à un Ultra.

– Abrège, Vaclav. Qu'est-ce qui s'est passé ensuite ?

– On s'est pas laissé faire, Magnus, parole. On touche pas au Crachat ! Les gars du dortoir, y sont tous descendus en gueulant. Mais dans la cour, crois-moi si tu veux, y avait des soldats qui nous attendaient.

– Des soldats ?

– Comme j'te le dis, des soldats avec fusils et tout. Ça a pas calmé le Crachat, mais nous si, je peux t'assurer ! Ils nous ont mis en rang, la moitié encore en pyjamas, d'autres qu'avaient même pas eu le temps d'enfiler leurs chaussettes alors qu'i neigeait et que ça caillait dur... Tu sais quoi que j'ai pensé alors ?

– Non.

– Que cette fois, c'était bien fichu pour le caoua.

– Sombre abruti, soupire Magnus en mettant la main à sa poche. Tu vas arrêter de bâfrer et me raconter, oui, ou tu veux un coup d'ondes triple alpha pour t'éclaircir les idées ?

– Attends ! Y nous ont comptés.

– Et après ?

– Y nous ont fait monter dans le camion bâché qu'était garé dans la cour. Le Crachat, il s'est pas laissé faire, alors les soldats y lui sont tombés dessus. Ils étaient pas trop de quatre pour le monter dans le camion, et même là, il gueulait encore et filait des coups de pied !

– Et puis ?

– Quand on a tous été dedans, le camion est parti. C'est tout.

– Comment ça, « c'est tout » ? Et toi alors ?

– Moi ?

– Oui, toi, imbécile ! Tu y étais, dans ce camion ?

– J'ai profité d'la bagarre avec le Crachat pour me glisser sous les roues. Personne m'a vu, parole.

– Tu sais où ils les ont emmenés ?

Vaclav fait non de la tête.

– Ces soldats dont tu parles, ils obéissaient à qui ? Au proviseur ?

– Oui. Enfin non. Y avait un autre type...

– Pribilitz ?

– Non, un autre. Un grand type. Je l'avais jamais vu de ma vie. Mais tout le monde i semblait fouetter devant lui. Même le Croque-mort.

Magnus abat son poing sur la table, faisant sursauter la brute.

– On va le tirer du lit.

– Qui ça ?

– Le proviseur.

– Pour qu'il sache où que j'suis planqué et qu'il m'envoie avec les autres ? Ah non, pas question ! s'insurge le grand Vaclav.

– On va l'obliger à nous dire où ils sont.

– J'veux pas qu'il sache que je m'cache ici !

– Qu'est-ce que tu crois ? Ils ont fait l'appel avant que vous montiez dans le camion, c'est toi qui me l'as dit. À l'heure qu'il est, à mon avis, ils te cherchent partout.

– T'es sûr ?

– Pas forcément au lycée, concède Magnus. Mais tu peux pas rester là éternellement. Il faut...

– J'resterai le temps qu'i faudra. Personne il me retrouvera, j'te jure. C'est trop dangereux, dehors.

– Qu'est-ce que tu racontes ?

– J'sais qu'est-ce que j'dis. J'ai vu des trucs, dans le parc. Des trucs pas normals...

– On dit « pas normaux », Vaclav, ne peut s'empêcher de corriger Magnus.

– Pasque tu les as vus, toi aussi ? Non, alors cause pas de ce que tu connais pas, d'accord ?

– D'accord.

– Cette nuit-là aussi y avait la lumière verte, continue le grand Vaclav en jetant un regard apeuré vers la verrière. C'est toujours comme ça quand des trucs se passent...

– Mais quoi ? Qu'est-ce que t'as vu ?

– Tu vas pas te fout'de moi ?

Le Grand Vaclav se penche sur la table pour murmurer :

– Des rats. Des rats géants... Y cherchaient à entrer dans les cuisines et Gros-Lard, il les empêchait avec sa hache.

– Des quoi ? répète Magnus, incrédule.

– Des bestiaux comme ça, montre Vaclav en écartant ses grosses paluches de la largeur de la table. Même que la neige était pleine de sang... Hé, tu m'écoutes ?

Des rats géants, maintenant... Mais est-ce plus absurde qu'un chien à trois têtes ou qu'un spadassin échappé d'un livre ?

– Crois-moi ou pas, je mets pas le nez dehors. Pas question

de me faire grignoter les arpions par ces saletés ! décrète le grand Vaclav.

– Pourquoi tu rentres pas plutôt chez toi ?

– Chez moi ? rigole le grand Vaclav. De quoi que tu parles ?

Il expulse un rot sonore avant de poursuivre :

– Tu crois qu'y s'en prendraient à nous, les classes industrielles, si qu'on avait un chez-nous, comme tu dis ?

Il se penche vers Magnus en plissant la peau de son front, martèle la table de lecture de son gros doigt comme s'il enfonçait un clou.

– C'est pas pour not' bonne mine que l'État, il accueille tous les orphelins dans la misère, Magnus. C'est pasqu'ils ont besoin de nous, et pasqu'on peut moins se défendre que les autres.

– Comme toi avec le petit Schwob, alors.

– Quoi ?

– Rien. T'as raison, dit Magnus en bondissant sur ses pieds. T'es une sale brute mais t'as raison.

Ce doit bien être la première fois que le grand Vaclav reçoit des félicitations pour ses facultés de jugement. Pour un peu, il en rougirait de plaisir.

– Les gars du dortoir n'ont pas disparu comme ça, explique Magnus. Ton histoire de soldats et de camion le prouve : ceux qui ont organisé ça sont forts. Je ne sais pas ce qu'ils manigancent, mais ils ont des complicités à l'extérieur. Au plus haut niveau. À nous deux, on ne pourra rien faire…

Le grand Vaclav opine, pressé de retrouver son trou maintenant qu'il a l'estomac plein. Il fait partie de ces esprits sommaires qui ont besoin d'un chef. En l'absence du Crachat, peu importe que Magnus soit son ancien ennemi. Il réglera ses comptes plus tard.

– On fait quoi alors ?

– Toi, rien : tu te planques et tu bouges plus, compris ?

– Compris.

Sa docilité pousserait bien Magnus à l'humilier une dernière fois. Mais la nuit a été riche en émotions. S'il s'est attardé plus longtemps qu'il n'aurait dû avec le grand Vaclav, c'est par crainte de retrouver le dortoir et le cavalier à la rapière. Il est temps de rentrer ; il ne se passera plus rien désormais, il en jurerait : l'éclat verdâtre qui teintait la verrière s'est évanoui insensiblement, laissant place aux premières lueurs d'une aube grise et froide.

– Et toi ?

– Quoi, moi ?

– Qu'est-ce tu vas faire ?

Magnus hausse les épaules.

– Trouver un plan. Je connais quelqu'un qui peut peut-être nous aider.

22
Coup de théâtre

La Sillyrie n'a pas produit beaucoup de savants. Le fait est là, malgré le culte voué par ce petit État prospère aux sciences et aux techniques : les chercheurs désintéressés, tout entiers occupés par le besoin de connaissance, y ont même toujours paru vaguement suspects. À quoi doivent servir les connaissances, prétend-on ici, sinon à s'enrichir ?

Dans la salle du monumental théâtre de Friecke, les professeurs du lycée des sciences se sont réservé les premiers rangs. Sous leurs toges de cérémonie et leurs coiffes carrées à pompon, ils se congratulent et se rengorgent gravement, comme si celui qu'on s'apprête à fêter leur devait personnellement sa célébrité et la médaille qu'il va recevoir des mains du grand-duc.

Derrière eux, une poignée d'élèves triés sur le volet : à droite, les garçons du lycée des sciences ; à gauche, les jeunes filles de l'école ménagère. En tenue de gala (vestons et cravates pour les uns, gabardines et cols pelle à tarte pour les autres), ils se démontent le cou pour s'observer en gloussant depuis les travées, malgré la vigilance des pions et la solennité du lieu.

Magnus doit sans doute au nom de son père de figurer parmi les heureux élus. Comment Sven Martenson, pour sa part, a-t-il pu se glisser dans la foule des invités de marque, mystère et boule de gomme. Magnus le repère assez vite au premier balcon. Le smoking lui va comme un gant, ses cheveux luisent de brillantine et il braque sur l'assistance de petites jumelles de théâtre à incrustations de nacre.

A-t-il noté le discret signe de paume que lui adresse Magnus ? Il n'y répond pas en tout cas, semblant chercher quelqu'un d'autre parmi l'assistance, et le garçon a un pincement de déception en ne voyant pas Mimsy Pocket à ses côtés.

Mais l'heure solennelle est arrivée et un mouvement de foule agite soudain la salle. Les premières mesures d'une marche militaire retentissent, lancées depuis la fosse d'orchestre par une formation de cuivres et de hautbois. D'un même mouvement, les spectateurs se sont levés, saluant le personnage qui vient de faire son entrée dans la loge princière.

C'est la première fois que Magnus voit le grand-duc en chair et en os, et un frisson de curiosité lui parcourt l'échine.

Le personnage le plus puissant de l'État, héritier de la famille régnante de Sillyrie, est un garçon d'une douzaine d'années à peine. Taille moyenne, stature fluette, un visage à la pâleur de porcelaine, des cheveux très noirs divisés au milieu par une raie impeccable. En grand uniforme, il porte l'épée au côté et, sous le bras, l'encombrant casque à plumes de casoar des sorties officielles.

À ses côtés, si grand qu'il doit se tenir à moitié penché sous le plafond de la loge, Harald Cragganmore, le redouté chancelier et conseiller personnel du grand-duc.

Un rictus tord sa bouche, mais le regard qu'il laisse planer sur le parterre n'a rien d'aimable. Fasse le ciel de ne jamais avoir à affronter la colère d'un tel homme ! semble signifier le silence de la foule, attendant que le grand-duc ait pris place dans son fauteuil pour s'asseoir à son tour.

Peut-être n'est-ce qu'une impression mais il a semblé à Magnus que l'esquisse d'un sourire a éclairé le visage du grand-duc en découvrant les lycéens. Un sourire vite réprimé... de quoi ? d'amusement, de complicité frustrée, d'envie ? Comme s'il s'était projeté un instant dans la peau d'un garçon ordinaire, avant de reprendre le masque impassible propre à sa fonction.

Magnus s'y connaît trop en solitude pour ne pas le comprendre. Régner sur un État comme la Sillyrie doit être un poids bien lourd pour un enfant de cet âge, malgré les épaulettes à franges dorées et le casque de casoar dont on l'affuble pour le grandir.

Impossible que le grand-duc soit pour quelque chose dans la disparition d'Anton Spit et des siens, malgré les soldats présents sur place, se persuade aussi Magnus. Jamais le jeune souverain ne prêterait la main à une ignominie pareille. Peut-être même pourrait-il devenir un allié.

À condition de franchir le barrage de ses gardes du corps. Parmi eux figure Harald Cragganmore, et sa seule présence vous liquéfie les jambes d'un seul coup.

– Votre Altesse, monsieur le chancelier, estimés confrères, mesdames et messieurs…

Du long discours de Philip Oppenheim, délivré d'une voix monocorde, Magnus ne garde qu'un souvenir confus.

Ce ne sont pas ses talents d'orateur qui ont fait la célébrité de l'éminent chimiste, ni sa concision. Sa conférence dure deux heures, montre en main : il y est confusément question de paix et de guerre, du rôle de la science comme trait d'union entre les peuples (né à Friecke, c'est en réalité dans l'État voisin de la Transillyrie que le savant a conduit l'essentiel de ses travaux). Mais à peine a-t-il pris la parole que Magnus doit lutter contre les assauts d'une puissante léthargie. Sa nuit a été courte, c'est vrai. Plus d'une fois, il pique du nez dans son fauteuil et, sans le coude compatissant d'un camarade, il ronflerait comme un bienheureux.

Autour de lui, l'assemblée tout entière a sombré elle aussi dans la torpeur. Le professeur Oppenheim est un exceptionnel raseur, et seuls deux spectateurs semblent échapper à la somnolence qui s'est emparée depuis longtemps de l'assistance : le grand-duc et Sven Martenson.

Le premier, digne et impassible, joue à merveille son rôle de souverain. Quant au second, suspendu à ses jumelles de nacre, il ne quitte pas des yeux, comme hypnotisé, la ravissante créature qui a pris place sur scène aux côtés de l'orateur.

Elle est vêtue d'une robe de soie qui semble avoir été coupée sur elle. Les mains croisées, son beau visage présenté de profil, elle fixe la pointe de ses escarpins, paupières baissées – un chef-d'œuvre d'attention et de maîtrise de soi.

Se sait-elle le point de convergence de tous les regards ? La chose en tout cas ne paraît pas la troubler. Il est vrai que, portant depuis toujours le fardeau de cette exceptionnelle beauté, elle a dû s'habituer à ne jamais passer inaperçue. Pourtant, la fixité avec laquelle Sven Martenson la contemple dépasse un peu les bornes au goût de Magnus, et il ne peut s'empêcher d'en être vaguement irrité.

Quand la conférence s'achève enfin, le soulagement et le besoin de se dégourdir les membres valent à l'orateur un tonnerre d'applaudissements.

– Je préfère encore les cours du vieux Raggnard, grince le voisin de Magnus.

– Arrêtons d'applaudir ou il va remettre ça, renchérit un autre.

L'orchestre semble d'accord avec ce point de vue : comme pour couper court à toute nouvelle fantaisie de l'orateur, les trompettes se mettent à claironner joyeusement, annonçant le début de la cérémonie.

Appuyé au bras de la jeune femme, Philip Oppenheim se dirige à pas solennels vers une sorte de prie-Dieu, recouvert d'un coussin de velours grenat, sur lequel il s'agenouille avec difficulté.

Même ainsi, il est encore trop grand pour Son Altesse. Le grand-duc, entré en scène sous un roulement de tambours, doit se hisser sur la pointe des pieds pour passer au cou du savant le cordon honorifique : un ruban vert anis d'où pend une lourde médaille frappée des armes de la Sillyrie.

Tirant son sabre, le grand-duc en applique ensuite la lame par trois fois sur l'épaule du savant avant de proclamer, d'une voix ferme et flûtée tout ensemble :

« Professeur Philip Oppenheim, au nom des services rendus à notre patrie, je vous fais grand maître de l'ordre des chevaliers de Sillyrie. »

On pourrait rire de ce spectacle – un savant s'inclinant devant un enfant d'à peine douze ans – mais ni Magnus ni ses camarades n'en ont envie. Malgré sa petite taille, son apparente fragilité, la personne du grand-duc impose le respect, on ne sait pas exactement pourquoi. Une sorte de tristesse inexplicable, aussi : comme de voir un être plus malchanceux que vous, esclave d'un rôle qu'il n'a pas choisi, et qui s'en acquitte pourtant avec grâce et dignité.

Bien entendu, les élèves ne sont pas invités à la réception officielle qui suit la cérémonie. Mais allez interdire l'entrée du buffet ordinaire à une cohorte de lycéens affamés, surtout si les filles de l'école ménagère y sont aussi et que, loin du regard de leurs surveillantes, elles se gavent déjà de petits-fours en papillonnant des cils…

Magnus en profite pour leur fausser compagnie. Mais comment retrouver Sven Martenson dans cette cohue ?

Rien de plus simple, à vrai dire : suivre la traîne d'admirateurs et de journalistes que la jeune femme en robe de soie tire derrière elle. Tous veulent une interview du professeur, et les deux pions qui lui servent d'assistants ne sont pas de trop pour faire barrage autour de lui et lui permettre de gagner sain et sauf le salon de réception.

– Magnus ? Si je m'attendais…

Il est là en effet, embusqué derrière un pilier, les yeux rouges d'avoir trop usé des jumelles. Tapotant l'épaule du garçon :

– Je te croyais consigné au pensionnat, remarque-t-il avec un enthousiasme exagéré.

– Moi, j'aimerais bien savoir comment vous vous y êtes pris pour vous faire inviter, rétorque Magnus. Tous vos ennemis sont là ou presque.

– Bah ! Mimsy fait des papiers d'identité tout à fait présentables.

– Elle est faussaire, en plus d'être une voleuse ? Première nouvelle.

Sven Martenson esquisse un coup de chapeau imaginaire :

– Tu as devant toi Son Excellence Mullroy McCaulley, ambassadeur plénipotentiaire de Nouvelle-Galles. Cela sonne plutôt chic, non ? Le plus dur de l'affaire a été de trouver un smoking. Mais dis-moi : qu'est-ce qui t'amène par ici ?

Tout en parlant, il n'a pas quitté la jeune femme des yeux. Quand elle s'éloigne, il entraîne Magnus avec lui. Son enjouement, feint ou réel, finit d'agacer le garçon.

– Visiblement, vous avez d'autres choses beaucoup plus intéressantes en tête.

– Oh! *elle?* dit Martenson. (Un sourire rêveur éclaire son visage.) Elle est belle, n'est-ce pas?

– Non. Enfin oui… Là n'est pas la question! s'emporte Magnus. J'étais venu chercher votre aide et vous, vous… Tant pis. Je me débrouillerai tout seul.

Il tourne déjà les talons, mais Sven Martenson le retient.

– Attends.

– Je m'en voudrais de vous faire rater une occasion.

– Ce n'est pas ce que tu crois. Je connais Alix depuis dix ans.

– Alix?

– Alix Oppenheim. La fille du professeur. La retrouver ici m'a fait un choc après toutes ces années.

– Pourquoi n'allez-vous pas la saluer alors, si vous vous connaissez si bien?

– C'est une très longue histoire, Magnus. Trop longue pour te la raconter ici. Viens, je connais un endroit où nous pourrons causer tranquillement.

Sven Martenson entraîne Magnus dans l'escalier monumental, non sans un dernier regard vers Alix Oppenheim et sa suite qui disparaissent parmi la foule. Les couloirs du théâtre sont déserts, la sécurité mobilisée par le contrôle des cartons d'invitation. Entrouvrant la porte d'une loge, Martenson pousse Magnus à l'intérieur.

– Alors, tu as décidé d'accepter?

– De quoi parlez-vous?

– La mission que je t'ai confiée. C'est pour ça que tu es là, non?

– Il y a plus important que surveiller le professeur Oppenheim, je vous assure ! se récrie Magnus. Il se passe des choses terribles au lycée et...

Sven Martenson l'encourage :

– Et ?

– Et je ne sais pas encore si je peux me fier à vous.

– Tu as raison, dit Sven Martenson. J'aurais dû commencer par le commencement. Tiens, regarde.

Fouillant dans la poche de poitrine de sa veste, il en tire un mince carnet et le tend à Magnus.

– Fais-y attention. J'y tiens beaucoup.

Le carnet a dû être élégant autrefois. Il a la taille d'une carte à jouer, de quoi tenir dans la pochette d'une dame sans la déformer. La couverture rose a fané, l'encre aussi. Sur chaque page, une date, suivie de ce qui semble une liste de noms propres assortis de mentions sibyllines : « Mazurka... Scottish... Fox-trot... »

– Tu reconnais cette écriture ?

– D'où tenez-vous ça ? demande Magnus en se sentant pâlir.

La loge a beau être plongée dans la pénombre, pas moyen de se tromper : c'est la même écriture alerte et élégante que sur l'ex-libris des *Trois Mousquetaires*.

– C'est son carnet de bal, explique Sven Martenson.

– Et que fait entre vos mains le carnet de bal de ma mère ? répète Magnus, la voix soudain stridente.

– Je ne l'ai pas volé, rassure-toi. Regarde plutôt.

La page de garde qu'il lui présente ne contient que

quelques mots, mais ceux-ci font l'effet d'une bombe dans le cœur de Magnus.

Ce carnet de bal appartient à Elisabeth Martenson.

– Martenson ? Elisabeth Martenson ?

Sven referme le carnet avec précaution, en caresse le dos de toile défraîchi.

– Martenson était le nom de jeune fille de ta mère, Magnus. Avant qu'elle n'épouse ton père.

Magnus reste un moment sans réaction.

– Alors, vous êtes…

– Son frère.

Parfois, l'on a de fugaces intuitions ; mais faute de temps, d'opiniâtreté ou d'intelligence, on ne va pas au bout de sa réflexion et la vérité nous échappe… Magnus s'était bien un peu étonné la veille, en ouvrant *Les Trois Mousquetaires*, d'y trouver les initiales E. M. L'ouvrage, visiblement, venait tout droit de la bibliothèque de jeune fille de sa mère, soit bien avant qu'elle ne s'appelle Elisabeth Million, mais il avait écarté la question paresseusement.

E. M. pour Elisabeth Martenson, pas pour Elisabeth Million. Mais peut-être l'avait-il pressenti depuis un moment sans vouloir se l'avouer. Depuis les bavardages de la bonne Mme Carlsen, précisément, et la mention de cet oncle inconnu.

N'empêche, le coup est dur à digérer et Magnus, durant un moment, ne sait rien faire d'autre que gratter furieusement sa tignasse.

– Tu comprends maintenant pour quelle raison je t'ai choisi, toi et aucun autre, le jour de la manifestation ?

– Pourquoi, articule finalement Magnus, pourquoi vous ne l'avez pas dit tout de suite ?

– Ç'aurait été plus honnête, je te l'accorde. Mais j'ignorais ce qu'on avait pu te raconter sur moi, et si cela pouvait me desservir ou non.

– Sans vouloir vous chagriner, je ne savais même pas que j'avais un oncle.

Sven Martenson a un petit rire amer.

– Tu ne m'étonnes pas. À la mort d'Elisabeth, enfin de ta mère, je suis devenu *persona non grata* dans sa maison comme en Sillyrie. Il a fallu que je m'exile et, aujourd'hui encore, je n'ai même plus de papiers en règle. Je suis un étranger dans mon propre pays, Magnus.

– Pourquoi ? Qu'est-ce qui est arrivé ?

– C'est aussi une longue histoire. Es-tu sûr de vouloir l'entendre ?

– Je commence à en avoir ma claque des mystères. Expliquez-vous une fois pour toutes.

– Je comprends ton irritation, dit Sven Martenson en se renfonçant dans son fauteuil. Mais quand tu sauras tout, tu conviendras que je dois rester prudent.

Il a sorti son étui à cigarettes, le tourne un moment entre ses doigts avant de le rempocher.

– Alors, écoute.

23

L'autre Elisabeth M.

– Sache d'abord que notre famille est l'une des plus anciennes de Sillyrie. Parmi les nombreux fléaux auxquels les Martenson ont eu à faire face au cours de leur histoire, le dernier a été mon père : un homme violent, un joueur, qui a rendu ma mère malheureuse et a dissipé en quelques années les restes de la fortune familiale… Dès notre plus jeune âge, Elisabeth et moi avons été expédiés dans d'horribles pensions à l'étranger. Pour notre bien, finalement : plus nous étions loin de lui et mieux nous nous portions. Bref, mon père a fini par tuer ma mère de chagrin avant de se suicider peu après. Oh ! pas de remords, je te rassure, mais à cause d'une dette de jeu ou d'une maîtresse, on n'a jamais très bien su. Ma sœur et moi n'avions pas vingt ans, il nous a fallu faire face à la ruine et aux créanciers. C'est alors qu'Elisabeth a rencontré Richard Million, le célibataire le plus riche du pays.

Un possible sens caché dans cette dernière phrase fait bondir Magnus.

– Vous n'insinuez tout de même pas…

– Qu'elle ne l'a épousé que pour son argent ? Non, mon garçon : Elisabeth était trop entière pour s'abaisser à ce genre de manœuvre. Elle a aimé ton père sincèrement, profondément. Mais elle était jeune aussi, démunie de tout. La fortune des Million a été providentielle. Les premiers temps de son mariage, elle a mené grand train, s'est enivrée du luxe qu'il lui offrait, comme pour compenser toutes ses années horribles de pension. Je peux te l'assurer, dans la bonne société de Friecke, personne ne lui arrivait à la cheville : c'est toujours elle qui avait les toilettes les plus élégantes, les parfums les plus raffinés, les bijoux les plus chers…

Il grimace un sourire à cette évocation, comme si l'admiration pour cette sœur belle et brillante le disputait en lui à la réprobation devant la vie frivole qu'elle menait.

– Elle aurait pu continuer ainsi, n'être qu'une femme très riche et très dépensière. Tout a changé du jour au lendemain, par une visite à la Ville Basse. Je suivais des études de médecine et j'y avais ouvert avec des camarades une sorte de dispensaire où nous donnions des soins gratuits. Ça a été un choc pour elle : cette misère si près d'elle, cette crasse, cet abandon… Ça l'a proprement révoltée. Comment concevoir que les deux tiers de la population vivent dans le dénuement le plus total alors que nous sommes un pays riche, monstrueusement riche même ?

Il n'y a pas de doute : lorsqu'il s'échauffe ainsi, Sven

Martenson a le même regard sombre et intense que la mère de Magnus sur le petit album de photos qu'il a reçu pour Noël.

Sven poursuit plus bas :

– Son existence a changé du tout au tout. Elle a financé le dispensaire, fait construire des lieux d'accueil pour les plus démunis, usé de son influence – et de celle de ton père – pour améliorer les conditions de vie dans la Ville Basse. C'est pour cela qu'elle a appris à conduire et à piloter : pour ne dépendre de personne. Elle était la femme d'un homme riche, il lui semblait qu'il était de son devoir d'en faire profiter le plus grand nombre autour d'elle.

– Et lui ? demande Magnus, un peu abasourdi. Et mon père ?

– Il l'adorait. Sans toujours la comprendre, bien sûr, mais il la protégeait. Elle s'était fait beaucoup d'ennemis, tu imagines… Les puissants ne pardonnent pas à ceux qui leur donnent mauvaise conscience. À force de persévérance, elle avait su convertir le grand-duc à sa cause. Pas l'actuel, son père, le prince Athanase – un vieil homme déjà, qui lui passait tout malgré l'opposition farouche de ses conseillers. À la mort du grand-duc, ceux-ci ont repris le pouvoir, mais il était trop tard pour faire complètement machine arrière : le dispensaire a fini par fermer, faute de subventions, mais d'autres œuvres ont survécu. La prise en charge des orphelins dans les établissements scolaires de la ville, par exemple. C'est à elle qu'on le doit, Magnus, et sans cet accident d'aéroplane, dieu sait ce que ta mère aurait réalisé encore.

Il se penche vers le garçon.

– Je t'avais prévenu que c'était une longue histoire, remarque-t-il avec légèreté, comme pour cacher l'émotion que ces souvenirs ont ranimée. Une belle histoire, mais qui finit tristement.

– Et vous ? interroge Magnus. Pourquoi avez-vous…

– Disparu ? (Sven Martenson a un gloussement amer.) L'argent est la clef de tout, Magnus. Il protégeait ta mère, me protégeait aussi… Sa disparition a été une aubaine pour ceux qui avaient intérêt à ce que rien ne change. Du jour au lendemain, je suis apparu comme un dangereux révolutionnaire, une menace pour la sécurité du grand-duché. Le dispensaire a vite croulé sous les dettes, tout a été saisi, jusqu'à mes bien personnels… Ce smoking, par exemple : j'ai dû demander à Mlle Pocket de « l'emprunter » pour moi chez un couturier chic de la Ville Haute ! Mais sois sans crainte : je le rendrai dès demain.

Sa gaieté feinte n'arrache pas un sourire à Magnus.

– Je ne comprends pas, s'entête-t-il. Pourquoi mon père a-t-il arrêté de vous aider ?

– La mort d'Elisabeth l'a rendu fou de chagrin. Du jour au lendemain, il m'a fermé sa porte, comme si j'avais été la cause de tout. Je ne lui en veux pas, Magnus : qui sait comment les hommes réagissent quand une tragédie les accable ? Il était profondément épris de ta mère et ce deuil l'a brisé. Se replier sur ses affaires était peut-être une façon de ne plus penser à rien d'autre… J'ai trouvé un travail en Transillyrie et je m'y suis fait oublier un moment.

– Chez le professeur Oppenheim ?

– Oui. C'est dans son laboratoire que j'ai connu sa fille Alix. Quoi qu'il en soit, quand j'ai voulu rentrer à Friecke au bout de deux ans, la police des frontières m'en a empêché : mes ennemis avaient profité de mon absence pour me déchoir de mon statut de citoyen.

– C'est dégueulasse ! s'insurge Magnus. Vous n'aviez fait aucun mal, au contraire !

– Heureux de te l'entendre dire. Mais je ne suis pas homme à me décourager pour si peu, fait Martenson avec un haussement d'épaules. Et puis, sache-le, Son Excellence Mullroy McCaulley n'est ni le premier ni le dernier clandestin à vivre dans la Ville Basse.

– Mimsy, elle aussi ?

Sven opine du chef.

– Elle et beaucoup d'autres.

– Comment l'avez-vous rencontrée ?

– Elle a tenté de me faire les poches, un jour. Nous ne nous sommes plus quittés.

– Ce n'est pas son vrai nom, n'est-ce pas ?

– Non. Elle n'a jamais connu le vrai... Mais chut !

Sven Martenson a plaqué une main sur la bouche de Magnus. Il le repousse d'autorité dans l'ombre, faisant grincer dangereusement les fauteuils vermoulus dans lesquels ils sont assis.

Des voix résonnent en bas et le faisceau puissant d'une lampe torche fouille brusquement les loges et les corbeilles.

– La sécurité, murmure Martenson. Avec le grand-duc ici, la police est sur les dents.

Par chance, on ne peut les voir depuis l'orchestre. La lumière passe et repasse au-dessus de leurs têtes, s'attarde sur les moulures. Inspection de routine sans doute car la torche s'éteint subitement, on entend battre la porte et le silence retombe dans le théâtre.

– On l'a échappé belle, souffle Magnus quand tout danger semble écarté. Ils auraient pu fouiller ici…

– Dans la loge du grand-duc ? Aucun risque, le rassure Sven Martenson.

– La loge du grand-duc ? s'étrangle Magnus, découvrant au même instant au-dessus de sa tête, sur le dossier de son fauteuil, les armoiries de la famille régnante.

– Tu connais un meilleur endroit pour être tranquilles ? Mais ne perdons pas plus de temps. Qu'avais-tu de si important à me dire ?

Cette fois, Magnus n'hésite plus. Aussi succinctement qu'il le peut, il déballe tout : les mystérieuses bonbonnes livrées au lycée, la prétendue quarantaine du petit Schwob et de ses camarades, le dortoir vide, la rafle à laquelle le grand Vaclav a échappé miraculeusement… Et puis le rêve qu'il a fait, l'apparition de l'homme à la rapière dans le dortoir, la violente odeur de cheval qu'a sentie Magnus à son réveil – pour autant qu'il s'agisse bien d'un rêve.

– Il y avait le brouillard émeraude cette nuit-là, tu en es sûr ?

Au lieu de sourire à son récit, comme Magnus l'a craint d'abord, Sven Martenson l'a écouté avec la plus grande attention, hochant par instants la tête et se concentrant sur le moindre détail.

Comme Magnus acquiesce :

– Tu te souviens de l'accident à la mine dont je t'ai parlé ? D'après les informations que j'ai pu recueillir, il semble que l'explosion ait mis au jour un important gisement de gaz. Une plate-forme de forage est déjà à l'œuvre, mais une grande quantité de ce gaz a eu le temps de s'échapper dans les sous-sols. Ce sont ses émanations qui forment le brouillard émeraude que tu as vu l'autre soir.

– D'accord, mais cela n'explique rien. Quel gaz peut faire sortir un personnage d'un livre, ou un monstre d'une légende ?

– Le professeur Oppenheim et sa fille ne sont pas là par hasard. Comme ce n'est pas par hasard que l'on a livré ces bonbonnes ou retenu des élèves en quarantaine. Ton lycée sert de centre d'expérimentation, Magnus, j'en donnerais ma main à couper.

– Vous voulez dire que Schwob, Wagner et les autres servent de cobayes au professeur Oppenheim ?

– Oh ! le professeur n'est qu'un vieux bonhomme inoffensif. Je le crois incapable de faire du mal à une mouche. Qui le manipule dans l'ombre, là est toute la question.

Un instant, il tapote ses jumelles, comme s'il songeait à Alix Oppenheim avant de l'écarter aussitôt. Se méfie-t-il de la jeune femme, malgré l'attirance qu'il éprouve pour elle ? Sans cela, il n'aurait pas confié à Magnus le soin de surveiller l'entourage du savant.

– En tout cas, tu as eu raison de ne pas te jeter tête baissée dans l'aventure, reprend Sven après un temps de réflexion. Nous avons affaire à forte partie, et tant que nous ne savons pas qui tire véritablement les ficelles…

– Le proviseur. C'est lui le responsable.

– Un simple exécutant, lui aussi. Tu imagines l'importance de maîtriser une telle découverte ?

– Il y avait des documents provenant de la chancellerie dans le bureau du Croque-mort, se rappelle brusquement Magnus. J'ai cru qu'il allait faire une attaque quand je les ai ramassés.

– De la chancellerie, tu es sûr ?

– Comme je vous vois.

– Cragganmore ! Mon vieil ennemi…

– Quel intérêt le chancelier aurait-il à…

– Je n'en sais rien, mais si Cragganmore est dans le coup, l'enjeu doit être considérable.

Sven Martenson s'est levé, incapable de rester en place, et arpente la loge en fourbissant son plan de bataille.

– Il faut agir vite. Le grand-duc n'est pour rien dans cette histoire, j'en suis persuadé : jamais il ne ferait de mal à des enfants. Mais le chancelier a toute sa confiance et, pour le démasquer, nous avons besoin de preuves, de preuves irréfutables. Tu sais ce que tu vas faire ?

– Non, murmure Magnus, soudain accablé.

– T'introduire dès cette nuit dans le bureau du proviseur.

– Ah non !

La violence de sa réaction le surprend lui-même.

– Je ne suis pas cambrioleur, moi ! Et Mimsy ? Je suis sûr qu'elle...

– Cela aurait été parfaitement dans ses cordes, en effet. Mais Mimsy a disparu.

– Disparu ?

– Furieuse que je lui interdise au dernier moment de venir ici avec moi.

– Et pourquoi ça ?

– Tu imagines Son Excellence Mullroy McCaulley accompagné d'une assistante en robe de soirée jaune canari ?

– Quoi ?

– Mimsy n'a pas toujours un goût très sûr quand elle « emprunte » des tenues pour elle-même.

Une robe de soirée jaune canari. Peut-on imaginer plus absurde raison pour l'obliger, lui, à s'introduire de nuit, par effraction, dans le bureau de son proviseur afin de lui dérober des papiers auxquels il tient comme à la prunelle de ses yeux ?

– C'est hors de question, résiste Magnus. Ne comptez pas sur moi pour faire les frais de vos petites disputes. Je ne vous dois rien, après tout.

– Tu le dois à ta mère, Magnus.

– Comment ça ?

– C'est un peu grâce à toi qu'elle s'est engagée dans ce combat. Ta naissance l'a changée. Comment rester insensible aux malheurs des autres quand on vient d'avoir soi-même un enfant ?

– C'est du chantage, tente bien de protester Magnus.

Mais peut-il se dégonfler? Reprendre sa petite vie d'avant après ce qu'il vient d'apprendre de sa mère, de son courage?

Soudain, il déteste Sven Martenson. Être le rejeton de Richard Million n'avait pas que des avantages, loin de là, mais au moins, on lui fichait une paix royale. Et voilà que cet oncle tombé du ciel vient tout saccager. De quel droit ranimer un passé douloureux? Faire de lui l'héritier de cette femme qu'il découvre non sans fierté mais dont les qualités – le courage, l'entêtement, la générosité – lui font cruellement défaut?

Il donnerait cher pour ne jamais l'avoir rencontré et pouvoir poursuivre comme avant sa petite existence protégée d'enfant riche.

Exactement, réalise-t-il, ce qu'a dû éprouver sa mère en décidant de sortir de sa cage dorée.

– L'histoire que vous m'avez racontée l'autre jour, cette apparition… C'est elle, je veux dire, son fantôme que vous avez vu?

– Oui. Tu comprends pourquoi je ne pouvais pas t'en dire davantage.

Pour Magnus, c'est le coup de grâce.

– Vous l'aurez voulu, marmonne-t-il en se levant. S'il m'arrive quoi que ce soit…

Une lueur de satisfaction illumine le visage de Sven Martenson.

– Elle serait fière de toi, observe-t-il chaleureusement. De mon côté, je vais voir quelles informations je peux recueillir par ici.

– Auprès de Mlle Oppenheim ? observe Magnus, sarcastique.

Sans laisser à son interlocuteur le temps de répondre, il est déjà à la porte de la loge.

– Je vous fais signe dès que j'ai quelque chose. Il faut que je rejoigne les autres maintenant, avant qu'on s'aperçoive de mon absence.

24

Mimsy Pocket à votre service

Un peu plus tard ce soir-là…

Magnus rêve : il marche dans une ville inconnue, pleine d'immeubles délabrés aux façades de guingois. C'est le crépuscule, les passants sont rares, le silence seulement troublé par le va-et-vient régulier des chariots de charbon qui circulent en grinçant au-dessus des rues, suspendus à des filins d'acier.

Il s'était promis de ne pas s'endormir, pourtant. Il s'est allongé un moment dans sa carrée, le temps que tout s'éteigne dans le lycée et qu'il puisse sans danger s'acquitter de sa mission. Mais les révélations de Sven Martenson ont eu raison de ses émotions : il a piqué du nez instantanément sur son livre, l'esprit brassant des idées confuses.

Dans son rêve, il y a cette ville étrange et une femme qui trottine devant lui. Qui est-elle ? Il n'en sait rien, sinon qu'elle lui semble familière, comme quelqu'un qu'il aurait connu autrefois. Elle marche à pas pressés, sans se retourner. Il a beau l'appeler – « Madame ! Madame ! » –, impossible d'attirer son attention.

Il court derrière elle maintenant, une poursuite rendue difficile par la neige. Curieusement, il gagne du terrain, mais sans parvenir à la rattraper vraiment. Il a beau tendre les bras, rien n'y fait, son cœur bat à tout rompre, il sait qu'il ne pourra tenir à ce rythme bien longtemps.

Au moment où elle va se retourner, lui découvrant son visage dans la lumière du soir, Magnus se réveille.

Quelque chose s'est infiltré dans son rêve. L'intuition d'une présence, un déclic métallique presque inaudible…

Il bondit sur son séant.

– Hé ! rends-moi ça !

Le grand Vaclav est assis au pied de son lit, plus crasseux et dépenaillé que la veille si la chose est possible. Dans sa grosse pogne, il tient le cellulaire de Mimsy Pocket, jouant à en ouvrir et à en refermer le clapet du pouce, émerveillé par l'éclat bleuté qu'il produit.

– Tu voles mes affaires, maintenant ?

Aussitôt, le grand Vaclav le met en joue avec le petit boîtier.

– Bouge pas d'là où t'es, compris ? Bouge surtout pas !

– Qu'est-ce que tu fais dans ma carrée ? s'étrangle Magnus.

Le grand Vaclav a un ricanement. Il montre le biscuit qu'il tient dans la main gauche.

– Faim.

– Mes provisions, en plus ! Tu vas voir…

– Bouge pas ! Bouge pas où j'te désintèg' la tête !

– *Désintègre,* imbécile. T'es vraiment un crétin.

– Tu veux une rafale d'ondes alpha, dis ? C'est ça que tu veux ? vitupère la brute, soudain grisée par le sentiment de sa propre puissance, en agitant le cellulaire sous le nez de Magnus.

– Touche pas ce bouton ! lui enjoint ce dernier en reculant. Le grand Vaclav est bien capable de l'éborgner avec son nouveau joujou.

– Ah ah ! Tu rigoles plus, hein ? continue l'autre, titillant de l'index la touche centrale du clavier comme s'il s'agissait d'une gâchette. J'vais t'mettre une giclée de protons dans la tronche, tu vas voir !

– Fais pas ça, Vaclav. C'est une bêtise, je t'assure !

Mais la brute n'entend rien, tout à la satisfaction de sa vengeance.

– Mets-toi à g'noux et supplie.

– Touche pas ce bouton !

– Tu finiras quand même dans un cendrier, mais j'veux qu'tu me supplies d'abord, t'entends ?

– C'est pas ce que tu imagines, Vaclav. Crois-moi, dans ton propre intérêt, n'appuie pas sur ce bouton !

– T'oublies qu'c'est moi qui suis du bon côté, cette fois. Tu veux pas supplier ? Tant pis pour toi, alors. Adieu, Magnus-le-minus.

Et Vaclav, un œil fermé pour mieux viser, plaque le cellulaire à bout portant sur le crâne de Magnus avant d'en presser la touche avec un petit : « Bang ! » satisfait.

Rien ne se passe.

Il appuie une seconde fois, fronçant les sourcils. Toujours rien.

– Marche pas, observe-t-il en considérant le cellulaire d'un œil stupide.

Il n'a pas le temps de s'interroger davantage. La fenêtre de la carrée s'est ouverte à la volée et une silhouette sombre a bondi dans la pièce. En deux pas, elle est sur Vaclav. Coup de pied au thorax, immobilisation au sol, étranglement – l'enchaînement est si rapide que Magnus en reste le souffle coupé.

– Tu l'as… tué ? parvient-il à articuler finalement.

– Juste sonné pour le compte, fait Mimsy Pocket en se relevant souplement.

Tout s'est passé dans le plus grand silence, sans que nul ne lève un sourcil dans les carrées voisines.

– Tu es folle, complètement folle ! déglutit Magnus en s'agenouillant pour chercher le pouls du grand Vaclav.

– C'est tout ce que tu trouves à dire alors que je te sauve la vie ?

– Je risquais rien : c'est un crétin, juste un crétin inoffensif qui voulait m'impressionner. Je m'en serais très bien tiré tout seul !

Le cœur de la brute bat toujours, grâce à Dieu. Il en sera quitte pour un bel œuf de pigeon et un gros mal de crâne quand il se réveillera.

– Qu'est-ce qui t'a pris, bon sang ?

– Tu as appelé, oui ou non ? rétorque Mimsy, poings sur les hanches, en plissant la bouche d'impatience.

Elle porte sous sa vareuse une tenue sombre de rat d'hôtel, un bonnet noir aussi, ses cheveux roulés en une natte épaisse. C'est la deuxième fois que Magnus la voit à l'œuvre. Qu'une fille de cette stature puisse provoquer autant de dégâts, voilà qui défie l'entendement.

– J'ai pas appelé. C'est lui. Il croyait que… C'est trop long à expliquer.

– Comment je pouvais savoir ? Tu appelles, j'interviens, c'est ça qui était convenu. Moi, je fais qu'obéir aux ordres.

– En démolissant notre seul allié dans la place ? Bien joué.

– Quoi ?

– Rien. Je parle tout seul. Comment t'as fait, d'ailleurs ?

– Comment j'ai fait quoi ?

– Pour arriver si vite ?

Mimsy le fusille du regard.

– Je suis dans les parages depuis un bon moment, si tu veux savoir. À attendre que tu te décides.

– Dans le lycée ? Mais c'est de la folie !

– Et pourquoi donc ? C'est dangereux ?

– Le concierge, les pions, M. Pribilitz, le proviseur, plus une bonne centaine d'internes. Ça te suffit comme risques de mauvaises rencontres ?

– Les internes ?

– Tu es une fille, je te rappelle. Les gars ici ne sont pas particulièrement des tendres.

Mimsy pouffe de rire. De la pointe de sa bottine, elle montre la masse inerte du grand Vaclav sur le sol de la carrée.

– Houlà ! Merci de me prévenir.

– Ce que j'en dis, c'est pour toi, fait observer Magnus avec un haussement d'épaules. Après tout, je ne suis pas chargé de servir de garde du corps à mon propre garde du corps. J'ai du boulot, et comme je suis tout seul maintenant, grâce à toi...

– Parce que tu comptais demander à cet énergumène de t'aider ?

– Oui, non. Je ne sais pas, s'impatiente Magnus, pris au dépourvu. Tu n'arrêtes pas de bourdonner comme une mouche, comment tu veux que je me concentre ?

– Compris, dit Mimsy.

D'un bond, elle grimpe sur le lit, s'y assied en tailleur sans plus se préoccuper de lui, s'empare du volume des *Trois Mousquetaires* qu'elle tourne et retourne entre ses doigts comme s'il s'agissait d'une brique.

Magnus le réalise soudain : Mimsy Pocket ne sait pas lire.

– Qu'est-ce que tu fais ?

– J'attends les ordres. C'est toi le patron, non ?

Dieu que cette fille a le don de l'énerver ! Avec un soupir de résignation, Magnus s'assied à ses côtés.

– Sven Martenson. Tu savais que c'était...

– Ton oncle, oui.

– Content d'être le dernier à l'apprendre.

– C'était pas très dur à deviner non plus, fait-elle remarquer en refaisant sa tresse.

Bon. Ne pas perdre son calme.

– Voici comment nous allons procéder. Je vais entrer dans le bureau du proviseur. Tu n'es pas forcée de m'accompagner. Si je trouve les papiers que je cherche, tu les apporteras à Sven, d'accord ? Il les attend. Sans ces papiers, on ne pourra jamais prouver qui manigance tout ça. C'est notre seule chance.

Comme elle ne réagit pas :

– Tu comprends ? répète-t-il, cherchant son regard.

– Oui, patron.

– Arrête, Mimsy ! Tu es exaspérante, à la fin !

– Alors arrête, toi, de me parler comme à une demeurée.

Est-ce toujours aussi compliqué de communiquer avec une fille ? Magnus n'est pas loin de se dire qu'il vivait très bien jusqu'alors à l'abri de cette curieuse engeance.

– J'essaie seulement de t'expliquer. Je ne comprends pas tout ce qui se passe ici, loin de là, sinon qu'il faut agir rapidement. Pendant que tu apportes les documents à Sven, moi j'entre dans l'infirmerie et je délivre les gars en quarantaine. Pas question de les laisser une seconde de plus aux mains d'Oppenheim et de sa bande.

Il lui faut quelques minutes pour résumer la situation à Mimsy. Cette dernière l'écoute avec attention, tortillant son bonnet sans se départir de ce pli boudeur sur la bouche qui ne la quitte pas. Ses yeux fendus en amande, ses pommettes hautes et son nez retroussé sont un objet d'inépuisable curiosité pour Magnus, qui la regarde à la dérobée chaque fois qu'il le peut. Elle serait vraiment jolie si elle était plus commode, se dit-il.

Quand il rapporte son dernier contact avec le petit Schwob et le signe qu'il a tracé sur la vitre :

– Un signe ?

– Un nombre, plutôt. Comme ça.

Du doigt, il trace les chiffres 5, 0 et 5 dans la poussière qui recouvre sa tablette, avant de s'assener une grand claque sur le front.

– « SOS » ! Quel idiot ! Ce n'était pas 505 mais SOS ! Mimsy, tu es géniale !

– C'était pas difficile non plus, fait-elle, s'attribuant sans gêne la découverte qu'il vient de faire.

Magnus saute à bas du lit.

– Le professeur Oppenheim est l'invité de Son Altesse ce soir. J'aurai le champ libre pour entrer dans l'infirmerie. Mais d'abord, les documents…

D'un bond léger, Mimsy l'a rejoint, renfonçant son bonnet sur son crâne. Au moment de sortir de la carrée, elle le retient.

– Non, pas par là. Trop risqué. La fenêtre.

– Comme tu voudras, soupire Magnus que jouer les funambules ne réjouit guère.

– Attends.

Mimsy se penche sur le grand Vaclav toujours inconscient, reprend son portable qu'elle tend à Magnus.

– Ça peut toujours te servir.

Ce crétin de Vaclav a tellement joué avec que l'indicateur de charge de batterie est au plus bas.

– Celui que t'as rossé pour protéger le petit Schwob, ajoute Mimsy, c'était lui ?

Magnus acquiesce d'un mouvement du menton en empochant le cellulaire.

– Alors, j'aurais dû lui faire sauter les dents.

– Tu as fait bien assez de casse comme ça, l'assure le garçon en la poussant vers la fenêtre. Mais comment tu connais le petit Schwob ?

– On a eu la même famille d'accueil, fait-elle en se hissant sur l'appui de la fenêtre. Avant que je reprenne définitivement ma liberté. C'était comme un petit frère pour moi dans une autre vie.

25
Comment devenir cambrioleur en une seule leçon

Suivre Mimsy Pocket sur les toits du lycée des sciences n'est pas de tout repos.

La neige et l'obscurité perturbent l'équilibre, mais elle ne semble guère s'en préoccuper, voletant d'une corniche à l'autre avec l'agilité d'un écureuil.

Par instants, elle se retourne vers Magnus, l'encourage de la voix avec un brin d'impatience, lui montre les passages difficiles.

– Accroche-toi à la corniche. Là, ton pied maintenant...

– Une minute, halète Magnus en la retenant par le bras. Tu es sûre que ça mène quelque part ?

Elle le foudroie du regard.

– Je connais toutes les façons d'entrer dans ce lycée, crois-moi.

– Ah oui ! Mieux que moi ?

Mimsy hausse les épaules avant d'énumérer en comptant sur ses doigts :

– 18 portes, 165 fenêtres, 14 lucarnes. Sans parler des accès souterrains.

– Tu plaisantes ?

– Peut-être, élude Mimsy, regrettant brusquement d'en avoir trop dit. C'est pas tes oignons, de toute façon.

– C'est mon lycée, je te ferai remarquer.

Elle a un petit rire méprisant.

– Vous, les gens de la Ville Haute, c'est toujours par la grande porte que vous passez. En plus, y a quelqu'un qui vous la tient.

Ce qui n'est pas loin d'être la vérité, doit bien s'avouer Magnus. Mimsy a raison de vouloir garder ses secrets pour elle : son savoir de voleuse est sa seule richesse.

– Bon, tu viens ?

– Attention.

Mimsy s'est accroupie comme un chat sur le bord du toit. Magnus l'imite sans comprendre, cherchant à deviner ce qu'elle lui montre du doigt.

De là où ils se trouvent, la vue est saisissante : la cour d'honneur, le parc du lycée, plus loin les lumières tremblotantes du complexe industriel.

Un groupe traverse la cour d'honneur. Quatre silhouettes en longues blouses blanches qui se confondent avec la neige.

– Oppenheim et sa bande !

– Je le croyais au palais du grand-duc…

Impossible d'identifier les quatre personnages : leur tête disparaît sous un globe de verre semblable au casque d'un scaphandrier.

De scaphandriers, ils ont aussi la démarche lourde, comme s'ils étaient chaussés de semelles plombées, progressant en file indienne, une bouteille sur le dos. Mais le plus curieux est le halo qui flotte autour d'eux, une traîne gazeuse d'un vert presque fluorescent sans laquelle ils seraient passés inaperçus dans l'obscurité de la cour.

– Qu'est-ce qu'ils font là ?

– Aucune idée. Mais j'aimerais pas tomber sur eux, remarque Magnus avec un frisson.

Ils vont vers l'infirmerie, et leur tenue accrédite la thèse de Sven Martenson : l'endroit sert de lieu d'expérimentation.

Quand ils ont disparu à l'angle du bâtiment :

– On peut pas laisser faire ça, s'insurge Mimsy qui a suivi le même raisonnement. J'y vais !

– Non, d'abord les documents, ordonne Magnus en la retenant.

Elle a beau se débattre, aussi vive qu'une anguille, Magnus tient bon. Sven Martenson a raison : ils ne pourront rien tout seuls.

– Lâche-moi, finit-elle par céder. Mais je te jure que s'ils ont fait du mal au petit Schwob…

– Ils ne perdent rien pour attendre, je te le promets, assure Magnus.

– Allons-y, alors.

Déjà, Mimsy file le long de la corniche, soulève un vasistas vermoulu et se coule à l'intérieur.

Magnus la suit avec plus de difficulté. Il doit faire le double de son poids et se reçoit avec un bruit sourd.

– Tu peux pas être plus discret ? marmonne Mimsy Pocket en l'entraînant dans le noir.

Heureusement qu'elle est avec lui. Le bureau du proviseur est fermé à double tour. Jamais Magnus n'aurait pu en forcer la serrure compliquée dont elle vient à bout en un tournemain.

Elle le précède à l'intérieur, referme derrière eux, tire les rideaux avant d'allumer une lampe. Ses gestes sont rapides, efficaces, comme si elle avait fait cela depuis toujours.

– Pourquoi tu me regardes comme ça ?

– Moi ? Pour rien.

– C'est qu'on a pas toute la nuit. À quoi ils ressemblent, tes documents ?

Magnus se gratte la tête, tâchant de rappeler ses souvenirs.

– Une grosse liasse. Du papier à en-tête, avec « Confidentiel » tamponné en rouge en travers des pages.

– D'accord. Tu t'occupes des étagères, moi je fouille le bureau.

Est-ce la présence de son ancêtre qui le dévisage sévèrement du haut de son cadre ? La légère odeur de moisi qui émane des trophées de chasse pendus aux murs ? Magnus a un moment de vertige. Si on les découvre ici, leur compte est bon.

– T'as entendu ? Dépêche.

Ils ont beau vider tiroirs et étagères – c'est long, parce qu'il faut à chaque fois tout remettre exactement à sa place –, rien. Des livres de comptes, oui, des registres, une collection d'agrafes, de trombones et de tampons encreurs, mais pas de documents top secret.

– Il a dû les mettre en lieu sûr, fulmine Magnus avec découragement.

À cet instant, une puissante explosion se fait entendre au loin.

Les murs sont épais, la porte calfeutrée d'un manteau de cuir clouté, impossible de savoir d'où elle provient mais elle ébranle le bâtiment.

Vive comme l'éclair, Mimsy a éteint la lampe. Ils se tapissent dans un recoin sombre de la pièce, si étroit que Magnus peut sentir les frêles côtes de Mimsy contre son bras, et son cœur dessous qui bat la chamade comme celui d'un oiseau que l'on tient dans la main.

– Fausse alerte, fait-elle finalement en se relevant.

– C'était quoi, ce bruit ?

– Aucune idée. Dépêchons-nous de trouver ces fichus papiers et filons.

Après leur station dans le noir, la lampe qu'elle rallume leur fait cligner des yeux. Où chercher ? Ils ont passé toute la pièce au peigne fin, même le vaste classeur à tirettes où le proviseur range les dossiers disciplinaires des élèves. Magnus ne peut résister à la tentation d'ouvrir le sien et de passer rapidement en revue la somme d'observations, remontrances écrites, retards non justifiés et sanctions accumulés en trois ans de lycée des sciences. Sa condamnation à 1 341 heures de colle y figure en bonne place. Un instant, il est tenté de la soustraire de son dossier et d'en faire des confettis. Mais un reste d'honnêteté le retient : après tout, sous l'influence de Sven Martenson et de Mimsy Pocket, ses nouveaux amis, il est *seulement* en train de cambrioler le bureau de son propre proviseur.

– Il doit y avoir un coffre-fort caché quelque part, observe Mimsy.

Il lui faut vingt-sept secondes pour le trouver. Un petit coffre mural dissimulé sous le portrait réfrigérant de Maximus Million.

– J'aurais dû m'en douter, fait Magnus avec une grimace de dépit.

– De quoi ?

– Que ce vieux croûton cachait un coffre-fort : c'est mon arrière-arrière-grand-père.

– Ah, fait Mimsy, pas le moins du monde impressionnée. Tais-toi maintenant, tu veux bien ?

Le coffre est muni d'une serrure à combinaison. Plaquant l'oreille sur l'épais blindage de la porte, elle fait rouler entre ses doigts la petite molette crantée avec une aisance qui sidère Magnus.

– Tu as déjà fait ça ?

Il n'en revient pas : aurait-il pu seulement imaginer, dans sa vie d'avant, qu'il serait un jour ami avec une cambrioleuse professionnelle ?

– Chut !

Quelques tâtonnements encore, un déclic, puis Mimsy se redresse, actionnant la poignée du coffre qui s'ouvre en grinçant.

– Et voilà…

– Mimsy, tu es… *incroyable !* s'enthousiasme Magnus, pas très sûr d'ailleurs que ce soit l'adjectif adéquat parmi ceux qui lui viennent à l'esprit.

« Renversante » ? « Infréquentable » ? « Délicieuse » ?

Elle a un petit sourire modeste.

– Serrure Graufmeyer & Fils 1928, combinaison à six chiffres seulement. Une rigolade. Les crans sont tellement usés qu'un sourd pourrait l'ouvrir les yeux fermés.

Le dossier est le premier sur la pile. Une douzaine de feuillets agrafés ensemble sous le titre OPÉRATION ÉMERAUDE.

« Ordre est donné au destinataire de la présente… », déchiffre avidement Magnus en approchant les documents de la lampe. « … ne rendre compte qu'à M. le chancelier en personne… », « … confidentialité absolue sur laquelle repose… », « … ne doivent en aucun cas tomber aux mains de l'ennemi… »

Que signifie ce charabia ?

– Alors ?

Les pages suivantes ne sont pas plus instructives : bons de livraison, fiches techniques, rapports de procédure, rien qui dise quoi que ce soit à l'œil peu exercé de Magnus.

– Alors ? s'impatiente Mimsy.

– Une minute, s'il te plaît.

Magnus ne sait pas à quoi il s'attendait, en tout cas pas à ce méli-mélo dont il défie Sven lui-même de tirer quelque chose.

La dernière page du document contient une liste, barrée elle aussi de la mention CONFIDENTIEL à l'encre rouge.

Une liste de noms. Plus précisément – il ne faut pas longtemps à Magnus pour le comprendre – la liste des orphelins placés en pension par l'État au lycée des sciences de Friecke.

– Regarde ! s'écrie-t-il, fourrant triomphalement la liste sous le nez de Mimsy Pocket. Wagner, le petit Schwob… Ils sont tous là !

C'est bien la preuve qu'ils espéraient : le nom de chaque enfant retenu en quarantaine a été coché d'une croix ; et cela, comme en atteste la date sur le visa de la chancellerie, trois jours *avant* que ne se déclare la prétendue épidémie pour laquelle on les a consignés.

– Tu comprends ce que ça veut dire, Mimsy ? On les a sélectionnés. Sélectionnés pour pouvoir faire tranquillement sur eux leurs sales expériences.

Les noms d'Anton et des disparus du dortoir des punitions n'ont pas été cochés, curieusement. Comme il le lui fait remarquer, Mimsy repousse avec humeur les feuillets qu'il lui tend.

– Qu'est-ce que j'en sais, moi ? C'est toi qui vas à l'école, pas moi.

– Le reste doit concerner l'organisation de l'opération, poursuit Magnus sans se démonter en parcourant à nouveau les premiers documents.

Soudain, il a l'impression que son cœur va s'arrêter. L'un des feuillets, probablement un bon de livraison, provient de Million Extraction. L'une des nombreuses sociétés de son père, spécialisée dans le forage. C'est elle qui a fourni les bonbonnes de gaz livrées en cachette au lycée.

Le choc est rude pour Magnus. Son père, impliqué dans cet immonde trafic ? Il n'arrive pas à y croire. La tête lui tourne et Mimsy doit le houspiller pour le ramener à la réalité.

– Hé, je te parle ! Tu as trouvé autre chose ?

– Non non, rien d'important, élude Magnus en lui fourrant le document dans la vareuse. Prends ça et décampons d'ici.

Le temps de refermer le coffre, d'effacer toute trace de leur passage, ils sont dans le couloir.

Mimsy avance en éclaireur, vive et silencieuse comme un elfe. Derrière elle, Magnus a du mal à respirer. Sven Martenson peut être fier de son neveu : il rapporte de sa mission de quoi faire condamner son père à cent ans de travaux forcés au moins !

– Tu viens ?

Il la rejoint au pied de l'escalier montant vers les toits.

– C'est là qu'on se sépare, dit-elle. Tu es sûr que ça va ?

– Très bien… Tu…

Il connaît bien le vertige qui le saisit. Ses oreilles sifflent, un voile tombe sur ses yeux.

– Qu'est-ce que tu as ? Tu es tout pâle.

– Rien…, bredouille-t-il encore. Je vais…

Peine perdue, il le sait. Sa langue a l'épaisseur du plomb, ses jambes ne le soutiennent plus.

– Magnus ! entend-il crier. Magnus !

L'instant d'après, il a sombré dans un trou noir.

26

Le laboratoire secret

Une lumière force ses paupières.

Il les entrouvre péniblement pour les refermer aussitôt avec un sursaut de terreur. À l'aplomb de son visage, comme déformée par un verre grossissant, une mouche l'observe de ses yeux globuleux.

Son mouvement de recul n'a pas dû passer inaperçu.

– Il est réveillé, fait une voix, curieusement étouffée et métallique à la fois.

– Enlevez vos sales pattes de là, sinon, je vous préviens...

D'où Magnus connaît-il cette autre voix ? Un bruit de lutte s'ensuit, des gémissements qui le tirent complètement du sommeil.

– Mimsy, articule-t-il en reprenant péniblement ses esprits.

Il est allongé sur le sol glacé du parloir, à l'endroit précis où il est tombé en narcolepsie.

Seulement, ils ne sont plus seuls : deux hommes (et il en faut bien deux, malgré leur taille imposante) tiennent Mimsy prisonnière, indifférents à ses ruades et à ses contorsions. Un troisième personnage, vêtu de la même blouse blanche et du même casque de scaphandrier que les deux autres, tient Magnus en respect dans le faisceau de sa lampe torche.

– Debout et suivez-nous sans faire d'histoire, crachote-t-il.

Son casque, relié à une bouteille d'oxygène, est équipé d'une membrane acoustique qui donne à sa voix une résonance nasillarde, comme s'il parlait de très loin par le conduit d'un téléphone. Le globe de verre qui déforme son visage lui donne ces yeux de mouche qui ont effrayé Magnus à son réveil.

– Tu t'croyais le plus fort, hein, Minus ? ricane une autre voix derrière lui.

Le grand Vaclav. En les dénonçant, l'imbécile a cru faire d'une pierre deux coups : se venger de Magnus et de Mimsy et obtenir l'impunité pour son évasion.

Saisissant Magnus au collet, il le force à se relever.

– Tu ne perds rien pour attendre, grince ce dernier entre ses dents.

L'un des deux hommes a jeté Mimsy sur ses épaules comme un vulgaire sac de son.

– Avance, fait le grand Vaclav en poussant Magnus d'une bourrade.

Que faire ? Magnus est assez fort pour bousculer la brute comme une quille et s'échapper. Mais pas question de laisser Mimsy, surtout sans savoir si le vol des documents est passé inaperçu. Le seul espoir est de temporiser. D'attendre que se présente l'occasion de s'enfuir ensemble – si elle arrive – et de savoir la saisir.

Il y avait un quatrième personnage en blouse blanche et casque de scaphandre, dans la cour, se rappelle Magnus en se résignant à obéir. Pourquoi n'est-il pas là lui aussi ?

Le cortège prend la direction des salles de classe, ce qui le rassure fugitivement : on périt souvent d'ennui, dans une salle de classe, mais rarement de mort violente.

Pourtant, comme ils passent devant les fenêtres donnant sur la cour, il ne peut retenir un cri de saisissement.

L'infirmerie a disparu. Proprement et simplement disparu, soufflée par l'explosion qu'ils ont entendue tout à l'heure.

À l'endroit où elle se trouvait flotte désormais un mur de brouillard verdâtre, épais à couper au couteau et agité de mouvements convulsifs comme une matière vivante.

– Wagner, le petit Schwob, fait Magnus abasourdi. Est-ce qu'ils sont…

Vaclav a un gloussement mauvais.

– T'occupe, Minus. C'est plus tes oignons, maintenant.

Ils passent sans s'arrêter devant les salles de classe, empruntent des escaliers. Quand ils débouchent à l'air libre, Magnus reconnaît la galerie sur laquelle il a suivi Anton, le soir du médaillon.

Tirant une clef de sa poche, le chef ouvre l'une des portes mystérieuses que dessert la galerie, attendant qu'ils soient à l'intérieur pour allumer les globes jaunâtres qui pendent du plafond.

La pièce ressemble à un labo de chimie, encombré de paillasses et d'instruments au rebut. Une sorte de fauteuil articulé en occupe le centre. Tout autour, dans des bonbonnes de verre transparentes reliées à de grosses bouteilles de métal, glougloute un liquide émeraude. Un écheveau compliqué de tuyaux conduit à des machines qu'on entend crachoter par intermittence comme de vieux poumons fatigués.

– Nous ne risquons plus rien ici, dit le chef en se débarrassant de son casque. Surpris, Million ?

C'est peu dire. Magnus a un mouvement de recul en le reconnaissant.

– Monsieur le proviseur !

Avec son lorgnon couvert de buée, ses traits émaciés et les mèches qui collent à son front, jamais le proviseur n'a mieux mérité son surnom de Croque-mort.

Ses deux acolytes, qui l'ont imité, ont un petit rire qui ressemble à un hennissement. Gladz et Pretzl. Les deux pions à figures de rottweiler.

– C'est ce qui s'appelle se jeter dans la gueule du loup, Million, ironise le proviseur avec satisfaction. Et si vous nous présentiez plutôt la jeune créature qui est avec vous ?

– Elle n'a rien fait, proteste Magnus. Laissez-la partir. Je suis le seul responsable.

Mais Mimsy n'entend pas être écartée de la sorte.

– Qu'est-ce que tu crois ? glapit-elle en échappant à la poigne de son geôlier. Que je suis incapable de me défendre toute seule ?

Une claque magistrale l'envoie rouler sur le plancher, où elle demeure à demi étourdie.

– Salauds ! gronde Magnus. Salauds !

Mais le grand Vaclav le tient étranglé et lui colle son genou au creux des reins pour faire bonne mesure.

– Attachez-le, ordonne le proviseur, ou nous n'aurons jamais la paix.

Il faut le renfort de l'autre pion pour allonger Magnus de force. En deux temps trois mouvements, il se retrouve sanglé par les chevilles et les poignets sur le fauteuil articulé.

– Vous voilà docile, approuve le proviseur. Nous pouvons enfin passer aux choses sérieuses.

– Qu'allez-vous nous faire ?

Le Croque-mort a un haussement d'épaules méprisant.

– Vous avez vu ce qui est arrivé à l'infirmerie. Un regrettable incident de manipulation dû à la négligence de ces deux imbéciles, fait-il en désignant Gladz et Pretzl.

– Un incident ? Vous appelez ça un incident ?

– … Qui nous a fait perdre nos jeunes sujets d'expérimentation, poursuit le Croque-mort avec désinvolture comme s'il parlait d'une poignée de souris blanches sacrifiées par inadvertance. Fort heureusement, nous avions prévu un labo de secours. Un endroit sûr, à l'abri des curieux de votre sorte. Vous savez en quelle estime je vous tiens, Million, mais cette fois, vous tombez à pic : votre fâcheuse maladie du sommeil va nous être précieuse.

– Qu'est-ce que vous racontez ?

– Laissez-moi vous expliquer. Le gaz Émeraude que nous

testons, Million, a de multiples propriétés. Nous sommes loin de les connaître toutes, mais la première de ces propriétés, si nous parvenons à la maîtriser totalement, sera pour notre pays une arme décisive en cas de conflit avec la Transillyrie.

– Je ne comprends rien à vos salades. Quel rapport avec moi ?

Magnus est bien décidé à le faire parler pour gagner du temps. Du coin de l'œil, il guette Mimsy, espérant une réaction. Mais celle-ci semble s'être résignée à son sort, prostrée dans un coin du labo sous la surveillance du grand Vaclav.

– Le gaz Émeraude ouvre la porte des rêves, Million, ni plus ni moins ! poursuit le proviseur.

Il montre les bonbonnes où s'agite l'étrange bouillon verdâtre.

– Le professeur Oppenheim est parvenu à concentrer ce gaz à l'état liquide. Quand nous saurons en maîtriser le dosage, nous pourrons agir sur les rêves des gens. Vous rendez-vous compte de ce que cela signifie ? Le problème, c'est que nous ne savons pas encore refermer cette porte. La malencontreuse explosion de tout à l'heure a rayé l'infirmerie du monde réel. Vous comprenez ? Vos camarades ne sont pas morts, Million, du moins nous le croyons : ils ont seulement basculé dans le monde des rêves. Nous comptons sur vous pour nous en apporter la preuve.

– La preuve ? Mais comment ?

– En les rejoignant là-bas.

C'est délirant. Proprement délirant.

– Mais pourquoi moi ?

– Votre maladie, Million. Votre faculté à passer sans transition de la veille au sommeil. Elle fait de vous… comment dire ? un cobaye parfait.

– Je vous préviens, avertit Magnus, mon père vous le fera payer très cher.

– Au contraire, il sera fier de savoir que vous aurez contribué, même malgré vous, à une découverte capitale pour l'avenir de notre pays.

Capitale aussi pour l'avenir de sa colossale fortune personnelle, ne peut s'empêcher de penser Magnus en se rappelant avec désespoir le dossier que Mimsy dissimule sous sa vareuse.

Le bon de livraison qu'il contient le prouve : Richard Million est au courant de tout, depuis le début.

A-t-il couvert – ou pire : organisé – l'expérimentation du gaz sur les orphelins du lycée ? Si grande que soit sa cupidité, est-il prêt à risquer la vie d'enfants et celle de son propre fils pour la satisfaire ?

Magnus déglutit avec difficulté : il n'a tout bonnement pas de réponses à ces questions.

– L'explosion a dû réveiller du monde. On ne vous laissera pas faire.

– Qui ça ? M. Pribilitz ? Il est sourd comme un pot, s'amuse son interlocuteur. Vous l'ignoriez donc ? C'est son furet qui lui sert d'oreilles, mais à cette heure-ci, la petite bête dort comme un loir, si j'ose dire. Une drogue inoffensive que nous avons glissée dans ses friandises.

– Vous avez donc tout prévu, enrage Magnus.

Le Croque-mort a un rire caverneux.

– N'espérez aucun secours, Million.

– Et... et si je refuse ?

– Vous n'êtes pas en état de le faire. Mais si vous décidiez de nous fausser compagnie, ce sont vos deux camarades qui en pâtiraient, naturellement.

– Moi ? s'insurge le grand Vaclav, réalisant soudain dans quel guêpier il s'est fourré tout seul. Eh, une minute ! J'suis de vot'côté, moi !

– Parce que tu croyais t'en sortir aussi facilement ? ne peut s'empêcher d'ironiser Magnus.

Les deux pions ont pris position autour du grand Vaclav, mais ce dernier n'oppose aucune résistance. Être le garde-chiourme du proviseur lui donnait de l'importance, et le voilà devenu un prisonnier comme un autre. Non, pire qu'un autre : un mouchard qui a trahi pour rien. Pour un peu, il tomberait à genoux pour implorer sa pitié.

– Je dirai rien, j'vous promets !

– Vous en avez trop vu, grince le proviseur avec dégoût. Et puis vous êtes décidément trop stupide, mon pauvre ami. Je déciderai plus tard du sort que je vous réserve.

– D'accord, dit Magnus après un temps. Je ferai ce que vous voudrez. Mais je veux que ce soit le professeur Oppenheim en personne qui conduise l'expérience.

– Comment ? (Le proviseur a un frémissement de rage.) Je crains que ce ne soit impossible, Million : le professeur Oppenheim est en ce moment à la réception que donne le grand-duc.

Magnus n'a qu'un objectif pour l'instant : gagner du temps.

– Je m'en fiche, s'entête-t-il. Ce sera lui ou rien. C'est à prendre ou à laisser.

– Plaît-il ?

– Pas question que vos deux idiots fassent à nouveau sauter le lycée, et moi avec par-dessus le marché.

– Vous n'êtes pas en situation d'exiger quoi que ce soit, Million ! s'étrangle le proviseur. Vous voulez m'obliger à employer la force ?

– Ce ne sera pas nécessaire, lance une voix derrière lui.

Le proviseur sursaute.

– Vous pouvez m'expliquer ce qui se passe ici ? continue le nouvel arrivant que nul n'a vu entrer.

Un fol espoir traverse Magnus, mais il déchante aussitôt. Leur sauveur porte la même blouse blanche que le Croque-mort et ses acolytes, la même bouteille d'oxygène et, sous le bras, le même casque de scaphandrier.

– Mademoiselle Oppenheim, bredouille le proviseur. Soyez la bienvenue.

C'est bien elle, Alix Oppenheim, la fille du professeur. C'est elle le quatrième personnage qu'ils ont vu passer du haut des toits. Le vrai chef de toute l'opération, réalise soudain Magnus avec accablement.

De près, sa prodigieuse beauté a quelque chose de légèrement inquiétant, comme si elle n'était pas tout à fait humaine dans sa perfection. Elle a lâché ses cheveux mais ses traits très dessinés sont durs, et ses yeux brillent de l'éclat froid d'un diamant.

– J'imagine que vous alliez me tenir informée de la situation, n'est-ce pas ?

Sa voix est sèche, cassante, celle d'une femme habituée à être obéie sans discussion. Le Croque-mort bafouille des explications embarrassées :

– Naturellement, mademoiselle, naturellement. Nous les avons surpris dans les couloirs et j'ai pensé que nous pouvions…

– Vous avez *pensé ?* l'interrompt Alix Oppenheim d'une voix cinglante. Vous avez *pensé ?* Ne vous donnez plus cette peine, proviseur. Vous avez suffisamment compromis le succès de l'opération avec vos sottises.

– Moi ? Mais ce sont ces deux idiots qui…

– Votre rôle se bornait à nous fournir des candidats et à surveiller le périmètre. Comment ces jeunes gens ont-il pu échapper à votre vigilance ?

– Cela ne se reproduira pas, je vous l'assure.

– Tant mieux. Le chancelier n'apprécierait guère une nouvelle bourde. Mais le mal est fait. Nous allons devoir…

Elle s'interrompt soudain en découvrant Mimsy. Saisissant son menton de sa main gantée, Alix Oppenheim lui relève la tête.

– Une fille ? Mais que fait-elle ici ?

– Oh, une petite bohémienne, une voleuse de poules qui ne s'est introduite ici que pour…

– Pauvre enfant, murmure la fille du professeur Oppenheim. Ils t'ont frappée, les brutes ?

Délicatement, elle caresse du pouce le bleu qui court le

long de la pommette de Mimsy, dégage les mèches qui lui cachent le visage, cherchant son regard.

– N'aie pas peur, poursuit-elle. Je ne te ferai pas de mal. Comment t'appelles-tu, mon enfant ?

Mais impossible d'en rien tirer : Mimsy Pocket n'a pas plus de réaction qu'un petit animal pétrifié dans le faisceau d'un phare.

– Cela ne fait rien, dit la jeune femme. Nous parlerons plus tard toutes les deux. Je te le promets.

Puis, désignant Magnus :

– Et lui ? Son nom ?

Magnus se tortille sur son fauteuil.

– Magnus Million, mademoiselle, croasse-t-il sottement, comme pour implorer sa protection. Magnus Million, élève de quatrième année au…

Alix Oppenheim l'interrompt sèchement :

– Commençons. Nous avons assez perdu de temps comme ça.

– Attendez ! gémit Magnus. J'exige qu'on prévienne mon père ! Non, le grand-duc en personne ! Vous n'avez pas le droit !

Mais, insensibles à ses hurlements, les deux pions ont roulé jusqu'à lui une potence métallique, à laquelle est suspendu un flacon empli d'une substance d'un vert à faire grincer les dents.

– Rassurez-vous, le gaz Émeraude est totalement indolore, l'informe Alix Oppenheim en y fixant un tuyau relié à un masque de caoutchouc. Du moins, nous le croyons. Personne n'a encore fait l'expérience d'un tel dosage. Mais soyez sans crainte : vous ne pouviez tomber en de meilleures mains. J'ai assisté mon père dans tous ses travaux. À dire vrai, depuis que le cher homme n'a plus toute sa tête, c'est même moi qui dirige désormais son laboratoire et qui rédige les articles publiés sous son nom… Quand vous vous réveillerez, vous ne vous souviendrez de rien.

– À l'aide ! s'époumone Magnus en ruant des quatre fers. Mimsy ! Vaclav ! Au sec…

C'est la dernière syllabe qu'il parvient à articuler. L'un des pions a plaqué sur son visage le masque de caoutchouc, l'ajustant à l'arrière de son crâne par un robuste élastique.

L'impression est atroce, comme si on vous collait par surprise une ventouse sur la figure. Le masque est muni d'un détendeur, hérissé de molettes servant à régler le débit du gaz. Mais Magnus a beau aspirer à pleins poumons, rien ne passe, hormis le filet d'air vicié qui stagne dans le tuyau.

– Une fois là-bas, dans le monde des rêves, poursuit la jeune femme sans s'inquiéter de ses soubresauts, ne vous avisez pas de ne pas revenir, surtout. Vos amis ici présents paieraient cher votre désertion. Vous m'entendez ?

– Oumpf ! Oumpf ! s'étrangle Magnus, au bord de l'asphyxie.

– Et s'il vous arrivait malheur, ce que je ne souhaite pas, bien entendu, cette jeune personne que vous appelez Mimsy serait notre prochaine candidate.

Mimsy… C'est le dernier mot qui traverse la conscience de Magnus.

À l'instant où il croit que sa poitrine va exploser, un courant frais emplit son masque. Impossible de résister : avidement, presque avec gratitude, il emplit ses poumons du terrible gaz des rêves.

– Bon voyage, Magnus Million, fait la voix d'Alix Oppenheim au-dessus de sa tête.

27
Dans le monde des rêves

Au risque de décevoir le lecteur, force est de dire ceci : le monde des rêves ressemble à s'y méprendre à celui dans lequel nous vivons.

À cette différence près – Magnus va vite l'apprendre à ses dépens – que le temps n'y est pas le même. Les scènes s'y succèdent sans suite ni logique, comme ces images accélérées et tremblotantes des premiers films du cinématographe.

– Bon voyage, Magnus Million, a fait la voix d'Alix Oppenheim.

Et rien ne s'est passé. Rien de rien.

À quoi Magnus s'était-il attendu ? À des explosions de toutes les couleurs ? À être aspiré dans un gouffre sans fond ?

Il y a des gaz hilarants qui vous font vous tordre de rire ; d'autres aux pouvoirs hallucinogènes qui donnent à voir d'étranges et effrayants spectacles. Aspirer une bouffée de gaz Émeraude, même en solution hyper concentrée, est une expérience plutôt décevante pour qui recherche les émotions fortes : c'est comme inhaler un fond de bouteille éventé, au goût de vase ou de médicament.

Quand Magnus rouvre les yeux, il est toujours dans le laboratoire. Chose curieuse : il est bien allongé sur le fauteuil articulé, mais la pièce est vide et il peut bouger librement ses jambes et ses bras. Plus de masque de caoutchouc sur son visage, mais les bonbonnes de verre autour de lui semblent s'être multipliées et glougloutent à qui mieux mieux.

Il se redresse sur son séant, frotte ses paupières de ses poings. Le voilà libre. Où sont passés ses bourreaux ?

– Mimsy ? Vaclav ?

Il n'entend pas sa propre voix, et pourtant il est sûr qu'il les appelle.

– Mimsy ? Vaclav ?

D'un pas encore chancelant, il s'approche de la porte. Déverrouillée, par chance. Il l'entrouvre prudemment mais celle-ci – comme cela n'arrive que lorsqu'on dort – n'ouvre plus sur le couloir, mais sur un autre rêve.

La pièce dans laquelle il se glisse maintenant ressemble à un bureau qu'il met du temps à reconnaître. Des meubles sombres à pieds de griffon, des tentures jaunes au mur, un poêle de porcelaine au tuyau compliqué, des tapis qui étouffent les pas.

Il sait qu'il n'a pas le droit d'être là. Qu'il risque gros s'il s'y fait surprendre.

D'ailleurs, il y a déjà quelqu'un dans la pièce. Une silhouette massive penchée sur le bureau et qui en fouille sans vergogne les tiroirs.

Un garçon aux cheveux roux coiffés à la diable et qui souffle trop bruyamment pour son âge.

Il n'y a que dans les rêves que l'on se voit en spectateur, comme si l'on était à l'extérieur de soi. Magnus ne s'en étonne même pas, comme s'il était naturel que ce gros garçon là-bas soit lui-même, occupé à mettre à sac les tiroirs de son père pour y trouver quelque chose.

– Magnus ?

Le Magnus de son rêve a sursauté, pris la main dans le sac par l'inconnue qui est apparue à ses côtés et qui le regarde avec curiosité.

Elle est jeune, svelte, avec des taches de rousseur autour de ses yeux pâles.

– Maman ?

Magnus la reconnaît aussitôt : il a souvent rêvé de cette inconnue, la poursuivant en vain sans parvenir à voir son visage. Les rêves sont si fragiles. Pourvu qu'il ne se réveille pas, cette fois encore !

– Tu as changé ces derniers jours, dit sa mère en contemplant l'autre Magnus avec gravité. Est-ce que tu manges à ta faim, à la pension ?

Sa voix est telle qu'il se l'est toujours imaginée : mélodieuse et flexible, enveloppante comme une caresse. Tout en parlant, elle tortille entre ses doigts un collier de perles un peu démodé.

– Tu as maigri. Ou peut-être mûri, je ne sais pas.

Magnus a l'impression que son double pèse des tonnes au contraire, embarrassé de son grand corps alors qu'elle paraît si jeune, presque une jeune fille, dans sa robe à motifs bleu pâle.

Pourquoi s'adresse-t-elle à l'autre et pas à lui ? Embusqué dans un coin de la pièce, il n'ose intervenir, de peur que le rêve ne se dissipe. Mais comme il aimerait être à sa place, pouvoir enfin la toucher, lui dire combien elle lui manque !

– Est-ce que je rêve souvent de toi ? dit le garçon un peu bêtement.

– Souvent. Surtout les nuits où tu es triste.

– C'est vrai ? Je ne me souviens presque jamais de mes rêves, observe l'autre Magnus avec regret. J'aimerais pourtant. Il me semble que cela m'aiderait.

– C'est que tu n'es pas un dormeur comme les autres.

– Dans ceux dont je me souviens, je t'appelle et toi tu ne m'entends pas. Je te cours après, j'essaie de te toucher mais c'est comme… comme si j'étais devenu transparent. C'est frustrant, à la fin.

Son dépit la fait sourire.

– Tu vois, peut-être vaut-il mieux ne pas se rappeler tous nos rêves, surtout ceux qui nous font souffrir. Mais je suis là maintenant, n'est-ce pas ? Et je t'entends.

L'autre Magnus soupire.

– Oui, mais pour une fois qu'on pourrait passer un moment ensemble, je n'ai pas le temps du tout : père risque d'arriver, et moi de me réveiller.

– Il sait que tu es dans son bureau ?

– Père ? Non. Il… il a fait des choses terribles, tu sais. Mais je ne peux pas te dire lesquelles.

Elle hoche la tête.

– Je sais ce que ton père a fait. Je le vois s'agiter la nuit et geindre dans son sommeil. Je sais aussi que sa conscience ne le laisse pas en paix.

Sa conscience ? s'offusque le vrai Magnus. Son père ne pense qu'à l'argent et à rien d'autre !

– C'est ce que tu crois, observe sa mère comme si elle l'avait entendu. Tu n'es encore qu'un enfant, Magnus. Les adultes sont différents : parfois, il suffit d'un chagrin plus fort qu'un autre pour qu'ils oublient cette petite lumière qui brûle en eux, mais ça ne veut pas dire qu'elle soit complètement éteinte. S'il était l'être sans cœur que tu décris, crois-tu que j'aurais pu aimer ton père ?

L'autre Magnus montre le registre de Million Extraction qu'il vient de dégoter dans un tiroir secret du bureau.

– Mimsy Pocket est en danger, explique-t-il. Il faut que je retrouve les orphelins de l'infirmerie, sinon c'est sur elle qu'ils vont faire leurs horribles expériences. Mais je te jure qu'après…

– Tu feras ce que tu devras faire, Magnus, j'en suis sûre. Je peux t'aider. Après tout, le monde des rêves est un peu mon chez-moi.

– Tu sais où sont le petit Schwob et les autres ? Tu les as vus ?

Elle met un doigt sur sa bouche.

– Nous n'avons pas beaucoup de temps, mon chéri. Alors écoute-moi attentivement. Je ne sais pas où sont tes amis, le monde des rêves est trop vaste, mais voici ce que je peux te dire. Il y a trois portes pour y entrer : la porte de la Peur, celle du Désir et celle du Souvenir. Avec le gaz Émeraude, ces trois portes se sont ouvertes. C'est comme ça que tes amis ont basculé du côté des songes. Mais le contraire est devenu possible aussi : des créatures qui n'appartenaient autrefois qu'aux rêves peuvent maintenant passer librement dans le monde réel.

Le Magnus du rêve ouvre la bouche sans proférer un mot. Puis, comme s'il comprenait soudain la portée de ce qu'elle vient de dire :

– Mais alors, toi aussi tu peux passer dans le monde réel ?

Sa mère secoue la tête.

– Non, il ne faut pas.

– Tu as rendu visite à Sven, proteste le garçon. C'est lui qui me l'a dit.

– C'était tout au début, après l'accident dans la mine. Tout était chamboulé. Je me suis retrouvée malgré moi dans son bureau.

– Mais tu viendras me voir plus tard, n'est-ce pas ?

– Non, mon chéri, non.

Elle a un sourire triste.

– Les portes des rêves doivent se refermer, Magnus. Il le faut. Les rêves sont faits pour libérer les humains de leurs peurs ou de leurs désirs les plus secrets, pas pour envahir leur vie.

– Tout de même, ce serait bien si certains se réalisaient !

– Et les cauchemars ? Comment choisir quelle porte doit rester ouverte ou fermée ? Trop de monstres passent chaque nuit dans votre monde par la porte de la Peur pour s'attaquer aux vivants.

– Comme celui qui a attaqué Totem ? Ou les rats géants de Vaclav ?

– La nuit, chacun a ses propres terreurs. Tu imagines ce qui se passerait si nos pires cauchemars se réalisaient vraiment ?

L'image de l'homme de Meung traverse l'esprit du vrai Magnus. Le cavalier qu'il a vu fouiller le dortoir à sa recherche. Ce soir-là, Magnus s'était endormi de fatigue sur *Les Trois Mousquetaires*. Il n'a pas seulement rêvé de l'homme à la rapière : celui-ci s'est *réellement* infiltré de l'autre côté, et cette idée fait frissonner Magnus des pieds à la tête.

– Si quelqu'un parvient à maîtriser les effets du gaz Émeraude, c'est ce qui arrivera, reprend sa mère d'un ton pressant. Jusqu'alors, toutes ces créatures restaient prisonnières de nos cauchemars, il suffisait de s'éveiller pour s'en libérer. Mais le gaz Émeraude a ouvert la boîte de Pandore. Il faut que tu la refermes, Magnus. Sinon les cauchemars vont s'emparer de votre monde.

– Mais comment ?

– Écoute bien : il faut…

À cet instant, des coups violents secouent la porte.

– Ouvre, Magnus ! rugit une voix. Ouvre-moi immédiatement !

La panique s'empare de Magnus : une panique de mauvais rêve, absolue, incontrôlable. Son double va être découvert, chassé avant qu'il ait pu lui-même dire quelque chose à l'être qui lui manque le plus au monde !

– Maman ! gémit-il, incapable de se retenir plus longtemps. Maman, c'est moi !

Mais qu'arrive-t-il ? Sa mère est devenue transparente, ses traits s'effacent à vue d'œil comme ceux d'un fantôme.

– Maman, répète-il. Ne t'en va pas déjà !

On a tous fait cette expérience : vouloir retenir un rêve auquel on tient et que l'on sent s'échapper. Peine perdue. Au contraire même, nos efforts semblent le faire s'éloigner plus vite.

– Ouvre, Magnus ! tonne la voix de son père derrière la porte. Ouvre immédiatement ! Je sais que tu es là !

L'autre Magnus reste bouche ouverte, les mains sur le bureau, comme incapable d'un mouvement.

– Maman ! S'il te plaît, ne t'en va pas !

Mais elle a disparu au moment où la porte explose, révélant le visage congestionné et hirsute de son père qui hurle :

– Cette fois, mon garçon, tu ne perds rien pour attendre !

Puis tout vire au noir et Magnus bascule dans un autre rêve.

Il est allongé dans ce qui ressemble à une usine à l'abandon. Piliers de fonte à gros boulons, carcasses de machines, verrière crevée par les trous de laquelle une neige fine tombe en rafales. Il fait froid et en lui s'attarde un fond de tristesse inexplicable, l'impression d'être passé tout près de quelque chose de très doux qui lui aurait été ôté au dernier instant.

– Tu crois qu'il est mort ?

– I bouge pas, en tout cas. L'est tout raide. A dû geler.

Ils sont une douzaine autour de lui. Sur leurs maigres pyjamas, ils ont empilé des sacs de toile noircis, des lambeaux de bâche tenus par de la ficelle. Certains ont à la main une barre de métal rouillé.

– Prends-y ses godasses. Elles lui servent plus, de toute façon.

– C'est moi qui les ai vues en premier. Sont à moi.

– Du 47, avec tes pieds de microbe ?

– Grandes ou pas, ça s'ra plus chaud que d'rester pieds nus, tu peux m'croire.

– On pourrait en faire bouillir une ? J'ai trop faim.

– On f'rait quoi avec l'autre toute seule, crétin ?

– Prends toujours les pompes du mort. On verra après qu'est-ce qu'on en fait.

– Eh ! proteste Magnus en se débattant. Lâchez-moi !

Dix visages se penchent, lui soufflant leur haleine au visage. Un murmure d'étonnement court entre eux à mesure qu'ils le reconnaissent.

– Mince alors, il est pas mort ! C'est Magnus Million !

– Ç'ui qui a pété les dents au grand Vaclav ?

Le petit Schwob est là, avec ses yeux écarquillés et son teint pâle. Et puis Wagner et les autres bougres de l'infirmerie.

– Qu'est-ce que tu fais là, Magnus ? interroge Wagner en l'aidant à se relever. D'où que tu tombes ?

– Et vous, c'est comme ça que vous accueillez les copains ? Merci bien.

– Faut comprendre : on t'a pas reconnu d'abord. Et puis on meurt de faim. C'est un drôle d'endroit ici : comme la Ville Basse, mais pas pareil en même temps.

– Heureusement qu'on est tous ensemble, approuve le petit Schwob. Sinon, ça ficherait vraiment la trouille.

– On a l'épidémie, explique Wagner. Ils nous ont dit qu'il fallait qu'on reste à l'infirmerie jusqu'à ce que le gaz il nous guérisse...

– La fée, murmure un deuxième année avec ravissement.

– La fée ?

– Mam'zelle Oppenheim, fait Wagner avec un haussement d'épaules. C'est elle qui nous soigne avec le gaz. Puis y a eu l'explosion et on s'est retrouvés ici. Tu sais où qu'on est, Magnus ?

– Dans le monde des rêves. Il y a eu un accident, une bonbonne qui a explosé.

– Dans le monde des rêves ? Tu rigoles ?

– Vous êtes pas malades du tout, explique Magnus. Alix Oppenheim et le proviseur, ils se servent de vous pour tester un gaz nouveau, le gaz Émeraude.

Ils le regardent avec des yeux ronds, partagés entre l'incrédulité et la déception. Ils n'ont jamais compté pour personne : figurer sur la liste des victimes de l'épidémie est une sorte de privilège dont ils n'acceptent pas qu'on les prive

– T'es sûr de ça ? finit par demander quelqu'un.

Magnus hoche la tête.

– Sûr. Ils m'ont fait la même chose.

– Et comment qu'on va sortir d'ici ?

– T'inquiète. Je vais trouver une solution…

Un bruit soudain le fait taire. Un bruit qu'il a déjà entendu quelque part et qui hérisse immédiatement le duvet sur sa nuque.

– Chut. Écoutez !

Tous dressent l'oreille, se serrant instinctivement les uns contre les autres.

– C'est quoi ?

Clop-cataclop. Le choc sourd de sabots ferrés sur le sol durci de l'usine.

Cling-cling-cling. Le tintement de mors métalliques d'un cheval qu'on tient serré et qui avance au pas.

Magnus sent les jambes lui manquer. Le cavalier de son rêve. L'homme de Meung. Encore lui ? Il n'a pas renoncé à chercher Magnus, tant il est vrai que les mauvais rêves se répètent nuit après nuit. Mais cette fois, dans le royaume des songes, il est dans son domaine. Lui échapper ne sera pas une mince affaire. Sans le vouloir, Magnus a attiré son propre cauchemar vers ceux qu'il est venu sauver.

Déjà, l'ombre immense du cavalier recouvre la verrière de l'usine abandonnée, prête à fondre sur eux.

– Tirons-nous d'ici.

Magnus n'a pas à le dire deux fois. En une fraction de seconde, le petit groupe s'égaille comme une volée de moineaux.

Le paysage entourant l'usine ressemble à s'y méprendre à la Ville Basse. Les autres s'y orientent sans peine, mais Magnus doit s'accrocher pour les suivre dans ce labyrinthe de passages et de cours qui ne débouchent sur rien. S'ils le lâchent, il est perdu.

Comment se retrouve-t-il tapi avec eux au fond d'une cave, il n'en sait rien. Il fait nuit noire, à l'exception de la découpe d'un soupirail au-dessus de leurs têtes.

– Tu crois qu'on l'a semé ?

Ils restent silencieux, l'oreille aux aguets, si serrés les uns contre les autres qu'il semble à Magnus qu'ils ne forment qu'une seule grappe d'os, mêlant leurs souffles et les battements de leur cœur.

– Vous entendez ?

Clop-cataclop.

Le bruit vient de l'ouverture au-dessus d'eux, plus terrifiant encore dans l'obscurité. Le cavalier est toujours à leurs trousses.

Un mouvement de panique gagne le groupe.

– Il faut rester ensemble, ordonne Magnus à mi-voix en serrant un poignet au hasard. Vous entendez ? C'est notre seule chance.

– On est foutus, gémit une petite voix.

Schwob ? Le deuxième année ?

– Non ! Vous ne risquez rien. C'est moi qu'il veut.

Les sabots se rapprochent. On entend maintenant distinctement le cliquetis obsédant de la rapière battant sur l'étrier.

– Pourquoi tu nous laisses pas nous sauver, alors ? fait quelqu'un.

– On reste ensemble. J'ai dit que je vous ramènerais et je vous ramènerai.

Comment, il n'en a aucune idée. Ils sont bel et bien prisonniers du monde des rêves et, déjà, par l'ouverture du soupirail, se profilent deux sabots bottés de neige.

Puis des nasaux luisants apparaissent. Le cheval semble renifler l'intérieur de la cave, projetant sur eux la vapeur de son souffle.

– Pouah ! geint quelqu'un. C'est vraiment dég…

Magnus le fait taire. Le cavalier ne les a peut-être pas repérés encore. On l'entend qui encourage sa monture avec de petits clappements de langue.

À l'instant où il va s'éloigner, quelque chose se met à bourdonner dans la cave.

Un brrr… brrr… brrr… têtu, insistant, trop faible sans doute pour être perçu par une oreille humaine, mais le cheval marque le pas, revient en arrière.

– Quel est l'imbécile… ?

Le bourdonnement provient de la masse indistincte qu'ils forment, résonnant presque dans leurs os.

Brrr… brrr… brrr…

Voilà, se dit Magnus dans une bouffée de rage : ils vont se faire repérer à cause d'un abruti qui…

C'est alors qu'il le découvre avec horreur : c'est de sa propre poche que monte le petit brrr accusateur.

28

Allô ? Allô ?

Mimsy Pocket, de son côté, n'a pas perdu son temps.

Comme on peut l'imaginer, sa résignation n'était qu'une ruse, une façon de se faire oublier. Pendant qu'on attachait Magnus sur son fauteuil, elle a pris la mesure de la situation : porte verrouillée, barreaux aux fenêtres. Elle ne peut rien pour Magnus dont elle voit les jambes tressauter tandis qu'on applique sur son visage l'abominable masque de caoutchouc.

Rien à attendre non plus du grand Vaclav : trahi par ceux pour lesquels il a lui-même trahi, c'en est trop pour sa cervelle épaisse. Hébété, il la regarde sauter sur ses pieds comme un chat, lui intimer le silence d'un index menaçant.

La porte est équipée d'un vasistas d'aération en verre dépoli. Oh ! si étroit et placé si haut que nul ne songerait à s'échapper par là. Au moment précis où Magnus s'évanouit dans le monde des limbes, Mimsy passe à l'action : elle bondit sur les épaules du grand Vaclav, bascule le vasistas et se coule dans l'ouverture, tête la première, avec la rapidité du vif-argent.

Un rétablissement acrobatique, et elle se réceptionne dans le corridor d'un saut parfaitement silencieux.

Dans le laboratoire, la stupeur provoquée par la réussite de l'expérience est totale. Imaginez : à la première bouffée de gaz Émeraude, le corps de Magnus a semblé parcouru d'un frisson électrique. Sa peau devenue translucide s'est soudain illuminée d'une lueur verdâtre, puis il a disparu.

D'un seul coup, comme on claque des doigts.

Le premier à revenir de sa surprise est le Croque-mort.

– Mes félicitations, mademoiselle Oppenheim. Une expérience menée de main de maître !

– La fille, s'inquiète brusquement cette dernière qui a conservé tout son sang-froid. Elle s'est échappée.

– Rattrapez-la ! glapit le proviseur à l'intention des deux assistants.

C'est compter sans le grand Vaclav, que sa courte échelle involontaire a tiré de l'hébétude.

La castagne, voilà son élément. Le premier pion (Gladz ?) qui se rue vers la porte en fait la cruelle expérience : Vaclav le charge, tête en avant, et l'envoie bouler sur le plancher. Le second (Pretzl ?) n'est pas plus chanceux. S'emparant d'un tabouret, le garçon le brise sur la tête du malheureux, pulvérisant le casque de scaphandrier.

– Arrêtez-le ! hurle Alix Oppenheim. Je vous l'ordonne !

Une détonation secoue la pièce : c'est le proviseur qui, extirpant une arme de sa poche, vient de tirer un coup de semonce.

– Rendez-vous, Vaclav ! menace-t-il, le visage congestionné par un mélange de rage et d'effroi. Sinon...

Un cancre reste un cancre, même dans les pires moments. Le grand Vaclav hésite une fraction de seconde avant de commettre la forfaiture qui lui vaudra à jamais les honneurs du petit carnet noir.

– J'peux pas les laisser me prendre, fait-il en reculant. Faut m'comprendre, m'sieur...

– Donnez-moi ça, imbécile ! s'emporte la fille du professeur Oppenheim en s'emparant de l'arme.

Et, sans même viser, pistolet à la hanche, elle fait feu par deux fois sur le grand Vaclav.

La double détonation est assourdissante.

Mais qui a jamais été arrêté par un pistolet de starter, un vieux pétard à amorce, tout juste bon à donner le départ des compositions trimestrielles ?

Roulant des yeux effarés, le grand Vaclav contemple son torse intact, l'arme fumante, à nouveau son torse.

– Vous avez vu, m'sieur ? Vous avez vu de quoi qu'ils sont capables ?

Et, enfonçant la porte d'un coup d'épaule, il disparaît à son tour dans la nuit.

Pour Son Excellence Mullroy McCaulley – pardon, pour Sven Martenson –, la nuit a été longue aussi.

La présence du professeur Oppenheim et de sa fille à la réception donnée par le grand-duc l'a poussé à oublier toute prudence.

À peine Magnus parti, Sven Martenson a rejoint les salons privés où se donne la fête. Impossible cependant d'espérer y entrer sans carton d'invitation. N'oublions pas que, depuis la mort de sa sœur, Sven Martenson est un paria dans son propre pays.

Mais c'est compter sans son culot et sa manière à nulle autre pareille de porter le smoking.

Avisant une invitée d'âge mûr qui patiente dans la file :

– Mullroy McCaulley, ambassadeur de Nouvelle-Galles, se présente-t-il en claquant militairement des talons. Ravi de vous revoir, très chère. Vous permettez ?

Et la prenant par le bras, il passe d'autorité devant tout le monde, présentant lui-même l'invitation personnelle de la dame aux deux imposants gardes suisses chargés de filtrer les entrées.

À l'intérieur, une flûte de champagne et une assiette de petits-fours suffisent à le débarrasser de sa cavalière, un peu estomaquée mais enchantée d'être encore, à son âge, l'objet d'autant d'attentions.

– Tout le plaisir était pour moi, Votre… euh… Excellence !

Impossible pour autant d'approcher le professeur Oppenheim. C'est à peine si, grâce à sa haute taille, Sven a pu apercevoir la crinière hirsute de l'illustre savant au milieu des convives qui se pressent autour de lui.

Le chancelier Cragganmore est là, lui aussi. À un moment,

son regard d'aigle croise celui de Sven Martenson et se fige. Quelque chose d'indéfinissable passe alors dans ce regard, comme si le chancelier avait reconnu, sans l'identifier encore, un ancien adversaire qu'il croyait définitivement hors d'état de nuire.

Sven se détourne aussitôt, se fondant parmi la foule. Mais plus que la crainte d'avoir été repéré, c'est la façon dont le chancelier s'est penché vers Alix Oppenheim pour murmurer quelque chose à son oreille qui le poursuit : elle a hoché la tête et scruté la foule à son tour, trahissant entre eux une forme de complicité qui a eu sur Sven Martenson l'effet d'un coup de poignard.

L'endroit n'étant plus sûr, il s'éclipse sans tarder.

Pas de nouvelles de Magnus. C'est trop tôt encore. Quant à Mimsy Pocket, elle doit bouder quelque part. La remarque de Sven sur la robe qu'elle s'est procurée pour l'occasion l'a vexée, mais quoi ? C'était une remarque de prudence : le moyen de passer inaperçue dans une robe jaune canari ?

Embusqué aux abords du palais où se sont transportés le grand-duc et ses invités pour le dîner officiel, Sven Martenson fume quelques cigarettes dans le froid glacial de la nuit en battant la semelle.

Que faire ? La présence au palais du professeur et du chancelier est chose rassurante. Tant qu'ils seront là, il ne se passera rien. Magnus aura tout loisir de mener ses recherches.

Quant à pénétrer pour les espionner dans le palais devant lequel patrouille un peloton de gardes en costumes d'apparat, inutile d'y songer : le chancelier a doublé les rondes, autant se présenter et demander tout de suite à être eté au cachot.

Personne n'est jamais entré par effraction dans le vieux palais plusieurs fois centenaire. Personne n'y a même songé tant la place est réputée impénétrable.

Mimsy, elle, le pourrait, ne peut-il s'empêcher de penser avec amusement. La petite voleuse trouverait bien un trou de souris par lequel se glisser dans la forteresse si la fantaisie l'en prenait.

C'est ce qui est compliqué avec Mimsy depuis qu'il l'a en quelque sorte adoptée : par jeu ou par simple bravade, elle est capable de tenter n'importe quoi…

Peu avant minuit, la voiture du professeur Oppenheim quitte la résidence du grand-duc.

Elle s'arrête à la grille d'honneur, le temps des contrôles de sécurité nécessaires.

La vitre arrière est alors lentement descendue : Alix Oppenheim, emmitouflée sous son manteau et sa toque de zibeline, apparaît fugacement à la portière, allumant son long fume-cigarette à la flamme d'un briquet.

La vision ne dure pas plus de quelques secondes.

Mais Sven Martenson en a le souffle coupé, tandis que quelque chose se tord dans ses entrailles. Le souvenir de la complicité de la jeune femme avec le chancelier ? Le sentiment dévastateur que, quoi qu'il fasse, cette femme ne sera jamais à lui ?

Impossible de le dire avec certitude. La vitre remonte et la voiture disparaît lentement dans la nuit.

Le professeur Oppenheim n'est pas à bord.

Il est plus de 3 heures du matin, cette même nuit, quand des coups violents ébranlent la porte de la Société philanthropique de Friecke, tirant Sven Martenson du fauteuil dans lequel il s'est assoupi, une couverture sur les genoux.

C'est une de ses rares réussites avec Mimsy Pocket : obtenir d'elle qu'elle frappe avant d'entrer, comme une personne civilisée, au lieu de s'introduire par la fenêtre ou la cheminée à toute heure du jour et de la nuit.

– Magnus ! halète-t-elle. Pris… lycée… vite…

Ses cils et ses sourcils sont blancs de givre, son bonnet et sa vareuse durcis par la neige glacée.

– Calme-toi et entre. Je vais te préparer du thé et tu me raconteras.

– Pas le temps… il faut…

Elle tremble trop pour pouvoir parler, et même le contact de la tasse brûlante contre ses mitaines ne parvient pas à la réchauffer.

Elle a fait tout le chemin depuis le lycée des sciences au pas de course, luttant contre les rafales et s'égarant dans la nuit. Sans un chiffonnier et sa carriole, jamais elle n'aurait regagné la Ville Basse.

– Magnus…, explique-t-elle quand elle peut enfin parler, enveloppée dans la couverture de Sven Martenson. Ils nous ont pris… J'ai réussi à leur échapper, mais lui… ils l'ont attaché sur ce fauteuil et ils… ils l'ont envoyé dans le monde des rêves… Il a disparu… complètement disparu… comme s'il était devenu invisible ou qu'il n'existait plus…

Quand elle a fini de tout raconter, une larme roule entre ses cils. Elle l'écrase rageusement : Sven Martenson ne l'a jamais vue pleurer, et ce n'est pas maintenant que ça va commencer.

S'extirpant du fauteuil, elle fouille dans sa vareuse, en tire une liasse froissée qu'elle lui tend avec une brusquerie exagérée.

– Les documents. Magnus a dit que je vous les apporte.

Sven y jette un coup d'œil rapide avant de siffler entre ses dents.

– Voilà de quoi mettre le chancelier hors d'état de nuire pour longtemps ! Beau travail, Mimsy. Mais que fais-tu ?

La fillette secoue ses bottes pour en faire tomber la neige et s'acharne à les renfiler, malgré le cuir durci qui résiste.

– Je retourne le chercher, cette blague ! Et n'essayez pas de m'en empêcher, surtout.

Il faut toute la persuasion de Sven Martenson pour la retenir.

– C'est une folie. Tu n'es pas en état d'y aller seule. Et quand bien même, que feras-tu, une fois là-bas ?

– Le gaz Émeraude. Moi aussi je peux aller dans le monde des rêves.

– Et comment en reviendras-tu ? Tu y as pensé ? Il ne manquerait plus que tu restes coincée là-bas avec Magnus.

L'argument semble faire son chemin dans l'esprit de Mimsy.

– Je... je ne sais pas, finit-elle par avouer avec accablement.

– Nous n'allons pas le laisser tomber, rassure-toi. Mais nous devons mettre sur pied un vrai plan de bataille.

Sven Martenson arpente le bureau un moment.

– Depuis combien de temps est-il... de l'autre côté ?

Mimsy jette un regard désemparé vers la pendule.

– Deux ou trois heures, peut-être plus.

– D'accord, opine Sven qui a oublié que Mimsy ne sait pas lire l'heure non plus. Un long moment : c'est la preuve qu'ils ont mis au point une formule redoutable. Aller le chercher ne servirait à rien : il nous faut trouver au contraire un moyen de le réveiller.

– Mais comment ?

– C'est tout le problème. Comment entrer en communication avec le monde des rêves ?

Un sourire de triomphe illumine soudain le visage de Mimsy.

– Je crois que je sais.

Aussitôt, elle tire de sa poche un cellulaire identique à celui qu'elle a donné à Magnus.

– Ils ne nous ont pas fouillés. Vous croyez que...

– Qu'on peut appeler le monde des rêves ? Aucune idée, Mimsy. Mais cela vaut la peine d'essayer.

Elle doit s'y reprendre à deux fois pour former le numéro sur le clavier. Ses doigts sont gourds et son cœur bat à tout rompre.

Le petit brrr brrr... de la sonnerie se déclenche après un temps qui lui paraît interminable.

– Décroche, Magnus, supplie-t-elle. Décroche !

Brrr... Brrr... Brrr... Pas de réponse.

– Allez, gémit-elle.

– Insiste encore, l'encourage Sven Martenson.

Brrr… Brrr… Brrr… Toujours rien.

– Qu'est-ce qu'il fabrique ? Pourquoi il ne répond pas ?

Brrr… Brrr… Brrr…

C'est plus que ne peut en supporter Mimsy.

– Il ne doit plus avoir de batterie, lâche-t-elle avec accablement. C'est fichu.

Mais à la seconde où elle va couper l'appel, le petit brrr… s'arrête net.

– A… allô ? fait une voix pâteuse au bout du fil. Allô ?

29
Mutinerie au dortoir

Rappelons-nous l'histoire des douze réveils : c'est un miracle si la simple sonnerie du téléphone parvient à extirper Magnus du profond sommeil où l'a plongé le gaz Émeraude.

Mais parfois, il arrive des miracles, c'est aussi simple que cela. Ce qu'on n'attendait plus arrive, par un coup de pouce du destin ou grâce à la sonnerie particulièrement irritante d'un téléphone portable.

– A… allô ?

– C'est toi ? Mais où es-tu ? hurle la voix de Mimsy Pocket dans l'écouteur.

– Où je suis ?

Il lui faut quelques secondes pour reconnaître la petite salle voûtée, les lits de fer séparés par de simples rideaux, les bouteilles montant la garde près des chevets.

– À … à l'infirmerie… enfin, je crois.

– Et les autres ?

– Les autres ?

– Tu te crois malin à répéter tout ce que je dis ?

Ils sont là : Wagner, le petit Schwob et toute la bande, qui s'éveillent à leur tour, bâillent et se grattent la tête en promenant autour d'eux des regards ahuris.

– Avec moi. Tous. Mais c'est bizarre... Est-ce que l'infirmerie n'était pas...

La dernière image qu'il en a gardée, c'est ce nuage de brume étrange flottant dans la cour et à travers lequel on pouvait voir comme en plein jour.

Elle est bien là, pourtant : aussi invraisemblablement qu'elle a disparu, l'infirmerie semble s'être rematérialisée comme par enchantement.

– N'était pas quoi ? Qu'est-ce que tu racontes ?

Des traces de feu au plafond et les débris tordus d'une bonbonne témoignent seuls de l'explosion qui a eu lieu quelques heures auparavant ; à moins qu'il ne s'agisse de quelques jours : Magnus en a perdu le sens du temps.

Mimsy Pocket a un soupir d'exaspération au téléphone.

– Tu es sûr d'être bien réveillé ?

– Oui... pourquoi ?

– Je sais pas, tu es tout bizarre. C'est le gaz Émeraude qui t'a mis dans cet état ? À propos, c'était comment ?

– Comment quoi ?

– Le monde des rêves, bien sûr ! Ne me dis pas que tu ne te souviens de rien !

Magnus a beau se creuser les méninges, non, il ne se

rappelle pas ce qui s'est passé. Juste ce masque qu'on plaque de force sur son visage dans le laboratoire secret, et après, rideau. Comme s'il avait plongé dans un de ces sommeils agités dont on se réveille avec le sentiment vague d'avoir vécu en rêve quelque chose d'important, mais sans savoir de quoi il s'agit.

– Le gaz Émeraude... Est-ce qu'ils ont eu le temps de me...

Mais la trace des lanières de cuir sur ses poignets et ses chevilles ne lui laisse pas d'illusion.

– Bien sûr qu'ils ont eu le temps ! Hé, tu m'entends toujours ?

Un crachouillis, une sorte de blanc sur la ligne.

– Tu m'entends ?

– Oui, oui.

– Ouf ! j'ai eu peur de t'avoir perdu. Tu n'as presque plus de batterie, alors tais-toi et écoute-moi...

Mais Mimsy n'a pas le temps d'en dire plus. La communication est coupée brutalement.

Magnus referme le cellulaire désormais inutile avec un soupir de soulagement : Mimsy Pocket est saine et sauve et, surtout, elle ne hurle plus contre son oreille, ce qui n'est pas le moyen le plus paisible de se réveiller.

Un à un, les petits consignés de l'infirmerie se sont levés et l'entourent, mi-curieux mi-craintifs.

– Magnus ? Magnus Million ? Qu'est-ce tu fais là ?

– Ça alors ! C'est-y lui qu'a cassé les dents au grand Vaclav ?

– S'il est avec nous alors, c'est qu'il a la pidémie...

– *L'épidémie,* crétin.

Magnus les écarte pour s'asseoir sur le bord du lit.

– Pitié, les gars, fait-il avec l'impression d'avoir déjà vécu cette scène. Commencez pas à me prendre le chou.

Contrairement à eux qui sont en pyjamas, il est tout habillé, chaussé de ses gros godillots qui ont laissé sur les draps des traînées noirâtres. Sa tête est vide, colonisée par un mal de crâne à tout casser. Un effet du gaz Émeraude ?

– C'est moi que j'lui ai envoyé un SOS, explique fièrement le petit Schwob aux autres.

Puis, se tournant vers Magnus :

– T'en as mis du temps, quand même...

– Vous savez quoi ? fait l'un deux. Quand ça a pété, tout à l'heure, j'ai cru qu'on allait tous y passer.

– Bah ! fait un autre. Moi, je m'suis dit : c'est la faute à Gulbenkian, à cause des haricots qu'il a mangés.

– Et ça te fait marrer, crétin ?

Tous s'esclaffent, même Magnus. C'est bon de rigoler bêtement quelquefois, surtout quand on a frôlé la mort de près comme c'est son cas.

– Moi, je r'tourne au pieu, dit un petit. Vous allez tous vous faire piquer à cause de Million, et ça s'ra bien fait pour vous.

– Personne ne retourne au lit, décrète Magnus. Vous n'êtes plus leurs cobayes, mettez-vous ça dans le crâne.

– Leurs quoi ?

– La rougeole et la varicelle, c'était du flan pour vous garder en quarantaine et faire sur vous leurs expériences.

– Il est fou ? Qu'est-ce qu'i raconte ?

– Laissez-le parler, ordonne Wagner avec l'autorité d'un chef de chambrée.

– C'est trop long à expliquer, mais il faut nous tirer de là avant qu'ils ne découvrent que je vous ai ramenés.

– Mais qui ça ?

– Le Croque-mort et la fille du professeur Oppenheim. Ils sont de mèche.

– La fée, moi je dis qu'elle est trop belle ! s'extasie le petit.

– Ça, tu l'as dit, fait un autre. Même que…

– Vos gueules, intervient Wagner. Vous avez entendu qu'est-ce qu'il a dit ? On prend nos affaires et on se tire d'ici.

Qu'est-il advenu du proviseur, d'Alix Oppenheim, du grand Vaclav et des deux pions ? Sont-ils toujours dans le laboratoire ? Magnus n'en a aucune idée mais ils peuvent leur tomber dessus à tout instant. Ce qui compte maintenant, c'est de mettre les autres en lieu sûr.

– Au dortoir, décide-t-il. Suivez-moi.

Le brouillard émeraude qui enveloppait l'infirmerie s'est totalement dissipé. Pas un chat dans la cour où tombe une petite neige fine. Rasant les murs en file indienne, ils se glissent sous les arcades pour gagner l'escalier d'incendie.

– Moi, j'vais pas au dortoir des punitions ! fait un petit en refusant d'aller plus loin. J'ai trop les foies.

– Et Pribilitz ? I va nous mettre une sacrée danse s'il nous trouve ! renchérit un autre.

– Vous préférez rester à vous cailler dans la cour ?

Même les plus trouillards doivent se rendre à l'évidence :

aucun d'entre eux n'a de lieu où aller. Pas de maison, pas de famille.

– Après, on trouvera un autre endroit. On reste juste là pour cette nuit.

Magnus a sa petite idée en tête. Il y a plus de quarante chambres inoccupées dans la demeure des Million. Tant pis pour la tête que fera Mme Carlsen quand elle verra débarquer la petite bande pouilleuse et affamée ! Mais tenter de gagner la Ville Haute par cette nuit glaciale, en pyjama qui plus est, serait une vraie folie.

– C'est toi le chef, approuve Wagner.

– Attendez-moi là, dit-il en se risquant sur la corniche.

Par chance, la fenêtre de sa carrée est restée entrouverte. Personne ne semble s'être aperçu de son absence. Aucun bruit dans le dortoir, sinon par instants le grincement des châlits ou une toux ensommeillée. L'explosion de l'infirmerie a dû faire du raffut jusqu'ici, malgré l'épaisseur des murs ; mais les adolescents, surtout quand ils sont livrés à eux-mêmes, ont une capacité à écraser qui défie l'entendement.

– Pssst ! La voie est libre.

Il faut quelques minutes aux plus grands pour aider les petits à passer en sûreté la corniche.

– On fait quoi maintenant ? interroge Wagner.

La loge des pions est vide. Pas de Pribilitz non plus dans les parages.

– Schwob, tu gardes les plus jeunes avec toi. Nous, on réveille les autres et on les fait venir ici. Et en silence.

– T'es sérieux ?

– Plus on sera nombreux, mieux on pourra se défendre si les pions reviennent.

Il faut encore plusieurs minutes pour vider les carrées. Les dormeurs sont tirés du lit de force, bâillonnés s'il le faut pour éviter qu'ils n'ameutent les environs.

– Au sec…

– La ferme, fayot ! Tu vois pas que c'est nous ? Habille-toi et on se retrouve dans la carrée de Magnus.

– Com… compris…

– Et apporte des trucs chauds à s'mettre pour les gars.

Quand ils sont tous réunis, Magnus donne les consignes. Rester ensemble. Faire passer le mot aux autres dortoirs. Bloquer les issues de l'internat. Tenir le siège si nécessaire en attendant qu'il ramène des renforts.

– La police ?

– Non. Elle est à la solde du chancelier.

– Qui alors ?

– Le Crachat.

À l'évocation d'Anton Spit, un murmure inquiet parcourt l'assemblée.

– Le Crachat ? T'es malade !

– Pas question de laisser tomber les Ultras. Je ne sais pas où ils les ont emmenés, mais je les ramènerai, eux aussi.

Brièvement, il les met au courant de la disparition d'Anton et de sa bande.

– Je crois pas qu'ils aient servi comme vous de cobayes. Pas les Ultras.

– Et pourquoi qu'ils les ont enlevés, alors ?

– Comment veux-tu que je sache ? Peut-être pour écarter des témoins gênants.

Mais qui irait accorder du crédit au témoignage d'une bande de têtes brûlées, la lie notoire du lycée des sciences de Friecke ?

– Comment que tu vas les retrouver, alors ?

– J'ai ma petite idée là-dessus.

Elle vaut ce qu'elle vaut, mais pour l'instant, Magnus n'en a pas d'autres.

– Je t'accompagne, décide Wagner.

– Non. J'ai besoin de toi ici. Vous autres, à partir de maintenant, c'est lui qui commande. Celui qui n'obéit pas aura affaire à moi à mon retour, pigé ?

C'est commode quelquefois de faire une tête de plus que tout le monde. Même si l'on est d'un naturel paisible et plutôt trouillard, comme c'est le cas de Magnus, il suffit d'élever la voix pour que les autres filent doux et vous obéissent aveuglément.

– Vous quittez pas le dortoir, surtout, et vous ouvrez à personne. Il n'y a qu'ici que vous êtes en sécurité.

– Comment qu'on va faire pour manger, alors ? proteste un fayot.

– Il a raison, dit un autre. J'ai déjà la dalle, moi.

– Vous pensez donc qu'à bouffer ? s'emporte Wagner.

Mais le grincement de la porte du dortoir interrompt brusquement le brouhaha.

– QUI PARLE DE MANGER ICI ? rugit une voix.

– Pribilitz, murmure quelqu'un. On est faits !

Ce n'est pas le maître d'internat, mais plus redoutables encore, le grand Vaclav et un imposant personnage dont la silhouette obstrue toute l'entrée.

– Gros-Lard !

Un frisson de terreur secoue le dortoir.

Le chef cuisinier du lycée des sciences de Friecke est visiblement tombé du lit. La barbe en bataille, un tablier sanglant noué sur l'estomac, il balance au bout du bras un tranchoir à l'acier bleui.

– Qu'est-ce que vous voulez ? Je vous préviens, on est nombreux.

Le grand Vaclav secoue la tête.

– C'est pas ce que tu crois, Magnus. Le Croque-mort et la dame ont filé, mais les deux pions sont au labo, ficelés comme des saucissons.

Gros-Lard est secoué d'un rire silencieux qui fait trembler sa grosse bedaine.

– Comme t'avais disparu, poursuit Vaclav, j'ai cherché de l'aide.

– Dans mes cuisines, l'animal, précise le chef cuistot.

Et d'ajouter, brandissant son tranchoir :

– Je sais pas ce qui se passe ici, mais on touche pas à mes petiots.

30
La poursuite

L'aube point déjà à l'horizon quand Magnus quitte le dortoir, le grand Vaclav sur les talons.

Le proviseur n'a plus donné signe de vie, ni Alix Oppenheim. Rien non plus du côté de M. Pribilitz : le maître d'internat a-t-il été drogué lui aussi comme son mouchard, le diabolique Jed ? Ou pire encore, empoisonné ? Impossible de le savoir. Mais dans deux heures à peine, les lumières vont s'allumer aux fenêtres des professeurs, la vie reprendra dans le lycée des sciences de Friecke. Le chancelier ne pourra plus rien.

– C'est quoi ton plan ? Hé, c'est quoi ton plan ?

– Ta gueule, Vaclav. Tu m'accompagnes si tu veux, mais sans ouvrir la bouche. Compris ?

– Compris. Mais t'as un plan, dis ? T'es sûr que t'as un plan ?

Magnus pousse un soupir d'exaspération.

– Quand je pense que tu n'as rien trouvé de mieux à faire qu'aller faucher dans les cuisines !

– Moi ?

– Et te faire piquer par Gros-Lard, en plus.

– Je t'assure, j'allais juste chercher de l'aide.

– Tu parles. T'es vraiment pire qu'un crétin.

Toutefois, grâce au renfort inattendu de Gros-Lard, le petit Schwob et les pensionnaires sont en sécurité. Tous rassemblés dans le dortoir des punitions et prêts à tenir un siège s'il le faut.

« Personne ne bouge, sinon je désosse », a promis le chef cuistot sans que l'on sache très bien à qui il s'adressait. La menace a plané en l'air un instant avant qu'il ne repousse derrière Magnus et le grand Vaclav la porte du dortoir. Mais qui, interne ou homme de main du chancelier, serait assez inconscient pour vouloir contrarier le cuisinier et son tranchoir à découper un bœuf ?

Ils font le chemin qui mène à la bibliothèque sans rencontrer un chat.

– Tu m'attends là, ordonne Magnus.

– Qu'est-ce tu vas faire ?

– T'occupe et surveille le couloir.

Son plan vaut ce qu'il vaut mais, comme on l'apprend quand on joue aux échecs, mieux vaut un mauvais plan que pas de plan du tout.

Cependant, quand il ressort de la bibliothèque quelques minutes plus tard, encombré de son pesant fardeau, il ne parierait plus un slopji sur leurs chances de succès.

– Tu veux toujours venir avec moi ? s'emporte-t-il devant l'air ahuri du grand Vaclav. Alors, au trot !

C'est souvent comme ça quand on n'est plus très sûr de soi : rudoyer les autres vous donne l'illusion d'avoir raison.

Une petite porte se dissimule dans l'enceinte nord du parc. Tous les internes la connaissent. L'humidité et le gel en ont disloqué le bois : c'est par là qu'ils font le mur, en forçant les planches disjointes que le jardinier recloue régulièrement, mais en pure perte.

Elle cède facilement sous le poids de Magnus.

À peine s'est-il faufilé par l'ouverture qu'un craquement l'avertit du danger.

Il n'a que le temps de protéger son précieux paquet : une petite créature poudrée de neige lui a sauté au cou et s'agrippe à lui avec tant de force qu'elle manque le renverser.

– Mimsy !

– Magnus ! Tu ne croyais tout de même pas que j'allais te laisser tomber ! Tu n'es pas content de me voir ?

– Si, très ! assure Magnus, le cœur battant à cent à l'heure et ne sachant trop quoi faire de son bras libre.

Répondre à son étreinte ? Lui prendre la taille ? Par chance – ou par malchance, comme on voudra – l'apparition du grand Vaclav met un terme à cette démonstration d'affection un peu embarrassante.

– Qu'est-ce qu'il fait là, celui-là ? feule la jeune fille en sautant sur ses pieds.

Magnus doit la retenir par un pan de sa vareuse.

– Attends, il est avec nous.

– Ce traître ? Laisse-moi lui arracher les yeux.

Vaclav a fait un bond en arrière et il faut l'intervention de Sven Martenson pour empêcher qu'elle ne se jette sur lui et le mette en pièces.

– Suffit, Mimsy, ordonne-t-il. Vous vous expliquerez plus tard.

Il porte une veste épaisse en mouton retourné, un bonnet enfoncé jusqu'aux oreilles, et un début de barbe givrée sur son menton lui donne dans la pénombre un air farouche d'homme des bois.

– Il perd rien pour attendre, siffle Mimsy Pocket en repoussant Magnus avec humeur, comme si s'être associé à leur ancien ennemi faisait aussi de lui un traître.

– Le moment n'est pas aux règlements de compte, dit Sven Martenson. Nous nous apprêtions à entrer te chercher, Magnus. Heureux de te revoir sain et sauf.

– Je vais bien, le rassure ce dernier. Ceux de l'infirmerie aussi. Mais il faut retrouver les autres.

– Pas question de t'exposer à nouveau, tranche Sven Martenson. Je t'ai déjà fait prendre trop de risques. Le reste est l'affaire du grand-duc et des autorités.

– Pourquoi le grand-duc vous croirait-il, vous, plutôt que son chancelier ? Vous n'avez même plus de papiers d'identité. Jamais on ne vous laissera l'approcher.

Collé contre sa poitrine, le ballot que porte Magnus commence à peser lourd – et à perdre patience, lui aussi.

– Je trouverai un moyen. Avec les documents que je lui

apporte, Son Altesse sera bien obligée de me recevoir. Je te ramène chez toi.

– En attendant, le chancelier aura tout le temps de se livrer à ses horribles expériences sur Anton et sa bande. Vous voulez quoi ? Que je laisse tomber mes amis, c'est ça ? Que je rentre tranquillement me coucher, alors qu'eux, peut-être…

Sa véhémence finit par fléchir Sven Martenson.

– Il a raison. Faut retrouver le Crachat. C'est mon pote, vous comprenez ? renchérit le grand Vaclav avant d'ajouter, tapant de la semelle sur la neige gelée : En plus, on s'les caille à causer sans rien faire.

– Mimsy ?

La gamine se contente de hausser les épaules et de renfoncer sa tête dans le col de sa vareuse.

Sven a un soupir résigné.

– Bon. Je vois que tu es à peu près aussi têtu que l'était ta mère, Magnus. Serait-il totalement présomptueux de te demander tout de même comment tu comptes t'y prendre ?

– J'ai un plan, dit Magnus.

Et il dévoile avec précaution le précieux paquet qu'il cache sous son blouson.

Totem s'est laissé prendre sans trop de peine dans sa mansarde et envelopper sous une capuche de drap improvisée.

Mais, aussitôt libéré, le vieux hibou s'ébroue, regonfle son plumage et défroisse ses ailes, ronchonnant contre le crime de lèse-majesté qu'on vient de lui faire subir.

Lorsqu'il découvre autour de lui ces quatre humains qui l'observent, ses aigrettes blanches se redressent. Il cligne des paupières et se balance sur le bras de Magnus, le labourant copieusement de ses serres.

– Là, mon vieux, tout beau, le rassure ce dernier en lui tendant quelques miettes de biscuit.

Pas trop cependant, juste de quoi le mettre en confiance.

Les oiseaux de nuit ont-ils du flair, comme les chiens de chasse ? Sont-ils capables, l'estomac creux, de suivre une piste vieille de plusieurs jours pour retrouver la main qui les a nourris ?

– C'est ça, ton plan ? s'étrangle Mimsy. Ce vieux machin à moitié empaillé ?

– Je ne sais pas si ça va marcher, avoue Magnus en tirant de sa poche le lambeau de serviette oublié par Anton Spit.

Totem observe cette curieuse offrande d'un œil rond, puis la mordille à petits coups de bec.

– Tu sens son odeur ? Où il est, Totem ? l'encourage Magnus. Où est Anton ?

Le hibou détourne la tête avec indifférence.

– Il t'a sauvé la vie, mon vieux. Fais un effort ! insiste Magnus en lui fourrant à nouveau la serviette sous le bec. Conduis-nous où ils l'ont emmené.

Totem se gratte le crâne et maugrée, l'air de se désintéresser complètement de la situation.

Puis, sans crier gare, il prend son envol dans un bruit de papier froissé.

C'est ainsi que commence l'étrange poursuite.

A-t-il jamais existé (sinon peut-être celle des Rois mages derrière l'étoile du berger) une entreprise aussi extravagante que celle dans laquelle se lancent Magnus Million et ses compagnons ?

Totem s'est envolé si brusquement qu'ils n'ont eu que le temps de sauter dans le traîneau qui a conduit Sven et Mimsy depuis la Ville Basse : un rustique attelage en bois de frêne noué de cordes comme en utilisent les braconniers qui viennent à la capitale vendre leur gibier.

C'est un traîneau léger à trois chiens qui file bon train en grinçant sur le sol gelé. Sven a pris les commandes, debout sur un patin, Vaclav sur l'autre pour équilibrer le poids. Magnus, lui, est assis au fond du traîneau, Mimsy coincée contre son épaule, son petit nez dépassant de la pelisse puante qui les recouvre.

– Surtout n'essaie pas d'en profiter, a-t-elle prévenu.

Mais il a bien autre chose en tête que de répondre à la mauvaise humeur de la gamine. Son rôle de pisteur l'accapare trop, et aussi cette pensée qui ne cesse de tourner autour de lui comme une chauve-souris dans le noir : « Et si je m'étais trompé ? Et si Totem ne suivait pas la trace d'Anton ? »

Sven Martenson n'a hésité qu'un instant en comprenant le plan de Magnus.

– Après tout, a-t-il observé avec un haussement d'épaules, cet oiseau est un chasseur. Et puis nous ne sommes plus à une sottise près dans cette histoire.

Le hibou, comme s'il n'osait encore se fier à ses propres forces, a d'abord voleté en tous sens sous les branches basses du parc. Lourdement, avec maladresse, à la façon d'un vieillard trop perclus désormais pour ce genre d'exercice.

Subitement, s'enfonçant dans un trou de nuit, il a disparu.

– Vite, a crié Magnus, par là !

Par chance, quand le traîneau sort du couvert des arbres, ils l'aperçoivent à nouveau. Il ne vole pas très haut, petite ombre chinoise qui tourne dans la clarté laiteuse de l'aube et semble les attendre.

Puis, à grands coups d'ailes, il prend la direction du nord.

– Les marais, lance Sven Martenson. Accrochez-vous, ça va secouer.

Déportant tout son poids sur le côté, il force l'attelage à quitter la route. Raclant et grinçant, le traîneau s'engage sur un étroit pont de neige, bascule puis se rétablit sur le sentier qui dégringole au milieu d'une végétation rase et noire.

– Bravo, les chiens ! glousse le grand Vaclav.

Il forme un bon tandem avec Sven Martenson. Même s'il alourdit le traîneau, sa présence se révèle précieuse : plusieurs fois, sa force herculéenne leur permet de sortir sans trop de mal d'une ornière ou d'éviter l'accident.

Difficile de se diriger avec sûreté dans la pénombre du petit jour. À cet endroit s'étend la vaste zone marécageuse qui cerne le lit de l'Acheros, le fleuve aux sept tours. Durant l'année, on y circule dans des barques à fond plat poussées par de longues perches ; l'hiver, on y fait du patin et les marais gelés sont durs comme de la pierre.

Mais la neige tombée durant la nuit rend difficile la progression des chiens, enfoncés dans la poudreuse jusqu'au poitrail.

Le bois du traîneau craque et gémit à fendre l'âme, menaçant de céder à tout instant. À plusieurs reprises, il manque verser, projetant violemment ses occupants l'un sur l'autre.

– Aïe ! tu m'écrases ! proteste Mimsy qui en profite pour bourrer généreusement Magnus de coups de coude.

Il faut descendre, remettre le traîneau d'aplomb, démêler les courroies d'attelage.

– Tu pourrais au moins nous aider, râle Magnus. Si on perd Totem à cause de toi…

– C'est *ton* idée. Tu parles d'un plan à la noix.

– Silence ! ordonne soudain Sven Martenson. Vous n'entendez rien ?

Les chiens, impatients de repartir, geignent et se chamaillent. S'agenouillant dans la neige, le grand Vaclav les fait taire.

– Écoutez.

À mesure qu'ils se sont enfoncés dans les marais, le ciel au-dessus d'eux a pris une inquiétante teinte verdâtre qui n'annonce rien de bon.

D'abord, ils n'entendent que le sifflement du vent glacé. Puis… mais qu'est-ce donc ?

Les chiens aussi ont dressé l'oreille. Ils grognent, montrent les dents et leur poil se hérisse. Même Totem, là-haut, a suspendu son vol, tournant en cercles concentriques comme pour guetter le péril qui vient.

C'est derrière eux. Pas loin. Un froissement de branches brisées. Le halètement rauque d'une créature lancée à leur poursuite à travers les bouquets d'ajoncs.

– Vite ! crie Sven. Filons d'ici !

Magnus s'extirpe comme il peut de la neige qui lui monte jusqu'aux mollets et se jette dans le traîneau. « Allez, les chiens ! » hurle Sven Martenson en faisant claquer son fouet. Mais sur ce sol accidenté, la poursuite est trop inégale. Il faut se frayer un passage à travers des buissons gelés, pousser pour soulager l'attelage et, malgré leurs efforts désespérés, la créature derrière eux, toujours invisible, se rapproche inéluctablement.

– Le fleuve, décide Sven Martenson. Nous serons plus en sécurité à découvert.

Le regard inquiet qu'il jette sur le ciel verdâtre en dit long. La brume émeraude est à l'œuvre et, quelle qu'elle soit, la bête lancée sur leurs talons n'appartient pas au monde ordinaire.

Une créature échappée des cauchemars les a pris en chasse.

– C'est quoi, tu crois ? interroge Mimsy d'une voix blanche en se pelotonnant plus étroitement contre Magnus.

– N'aie pas peur, on va s'en sortir.

Son ton ferme n'abuse pas la fillette, il le sait. Serrés l'un contre l'autre dans la cage de frêne du traîneau, ils forment pour leur poursuivant une proie aussi facile que deux poissons prisonniers au fond d'une nasse.

Tout est de sa faute. En décidant de suivre Totem à travers les marais, Magnus a attiré sur eux le cauchemar du rapace : le monstre des manuels de version latine et des précis de mythologie qui encombrent sa tanière sous les toits.

Cerbère, le chien à trois têtes des Enfers.

31
La créature des marécages

Brusquement, le traîneau bascule tête la première.

Sauvés ! Devant eux s'étend un large espace dégagé : le fleuve, luisant comme un miroir trouble dans le petit jour. Aussitôt, les patins mordent sur la neige gelée, le traîneau prend de la vitesse.

Mais, surpris par la brusque absence de résistance, le chien de tête trébuche, entraînant le deuxième dans sa chute et renversant l'attelage.

– Debout, les chiens ! hurle Sven Martenson. Debout !

Mais ses cris restent vains. Les chiens, tremblants de terreur et de rage, n'ont plus d'yeux que pour le monstre apparu sur la berge.

Il a la taille d'un mastiff, un pelage noir et lustré de fauve dans lequel luisent des yeux rougeoyants et enfoncés. Mais le plus horrible est la triple gueule qu'il agite : trois faces plates et carrées comme celles de murènes, armées de dents pointues où écume une bave furieuse.

À l'instant de surgir à découvert, il marque une hésitation, cherchant la première proie sur laquelle se jeter.

C'est plus qu'il n'en faut à Sven Martenson. Rattrapant le fouet qu'il a perdu dans la neige, il en cingle l'air devant lui pour tenir le monstre à distance.

– Les chiens, vite ! Libérez-les !

Ce sont de solides sibériens, mâtinés de loup et capables de se jeter à la gorge de l'ours le plus féroce.

Mais Cerbère n'est pas un rival ordinaire : c'est le chien des Enfers, un monstre conçu pour semer la terreur et plier la nature à sa loi. Entravé par les courroies de l'attelage, même le chef de meute, un gaillard de plus de soixante kilos, ne peut que montrer les crocs, pliant l'échine et jappant de frustration.

Vaclav doit reculer : approcher les chiens dans cet état, ce serait se faire mettre en pièces à coup sûr.

– Regroupons-nous, ordonne Sven Martenson. Et surtout, pas de gestes brusques. Il sautera sur le premier qui tentera de s'enfuir.

Avertissement inutile en ce qui concerne Mimsy. Comme pétrifiée, elle tremble de tous ses membres et semble incapable d'un mouvement. Debout sur la glace, les cheveux défaits, c'est une friandise toute désignée pour le monstre. Magnus doit presque lui faire violence pour la fourrer sous le traîneau renversé.

– Ne bouge pas de là, quoi qu'il arrive. Et ferme les yeux, ajoute-t-il en la dissimulant du mieux qu'il peut sous la pelisse.

Le bois frêle ne pèsera pas bien lourd contre le monstre; mais qui sait, la peau de bête puante pourra peut-être déjouer son flair?

Lui, Magnus le trouillard, où trouve-t-il le courage de faire face au monstre avec les autres? Il ne sait pas, mais il n'y a rien de plus important en cet instant que de protéger Mimsy, même s'il faut pour cela affronter la pire créature que la mythologie ait pu inventer.

Le monstre, bavant et grondant, tourne autour d'eux, répondant d'un triple rugissement à chaque claquement de fouet. Sa fureur et sa faim remontent à la nuit des temps et rien ne pourra les apaiser. Magnus, Sven Martenson, le grand Vaclav – que pèsent-ils contre le monstre qui a déchiré de ses crocs tant de héros? Il faut se rendre à l'évidence, ils ne tiendront pas longtemps hors de portée de ses mâchoires béantes.

Même Totem au-dessus d'eux, Totem le miraculé, semble attendre un dénouement inéluctable. Car si l'on peut se réveiller d'un rêve fait dans le sommeil, rien ne peut vous libérer d'un cauchemar éveillé.

Absolument rien – sinon peut-être un *autre* cauchemar.

Quelque chose, soudain, détourne l'attention du monstre. Une vibration sur la glace du fleuve, légère d'abord comme des doigts courant sur la peau d'un tambour, plus sourde ensuite à mesure que la chose se rapproche.

Les chiens aussi l'ont senti. Ils baissent les oreilles et hurlent à la mort.

– C'est quoi? Un tremblement de terre?

– La glace, elle va craquer !

– Ne fuyez pas ou nous sommes perdus, leur enjoint Sven. Plaçons-nous dos à dos pour garder nos arrières.

Avant d'apercevoir la silhouette du cavalier, ils entendent distinctement cette fois le tintement du harnais et des éperons.

Il débouche au grand galop derrière eux, comme au ralenti. Une silhouette toute de noir vêtue, la cape poudroyant de cristaux de glace.

À leur hauteur, l'homme de Meung (car c'est lui) fait volter son cheval.

Cerbère s'est figé en posture d'attaque. Un râle rauque monte simultanément de ses trois gorges.

– Serviteur, messieurs, lance le cavalier en se découvrant pour les saluer.

Il a le nez fort et busqué, une balafre rougeâtre qui court de la joue droite jusqu'au menton. Tirant de sa manche un mouchoir de dentelle, il s'en tamponne les narines avant d'ajouter tranquillement :

– Ce mâtin est-il de votre équipage ? Non, mordieu, je m'en doutais : il sent le soufre et l'enfer à dix lieues ! Permettez que je vous en débarrasse. La bonne journée, messieurs !

Et tirant sa rapière du long fourreau qui lui bat la cuisse, il joue des éperons et charge le monstre sans plus tarder.

Surpris par la brusquerie de l'attaque, le chien des Enfers va bouler sur la glace. Le cavalier en profite pour le coincer contre la rive. Cabrant sa monture, il domine la bête de toute sa hauteur, prêt à lui plonger le fer de son épée dans le cœur.

Mais le monstre se relève d'un bond. S'arc-boutant sur ses puissantes pattes arrière, il pousse un rugissement à faire se dresser les cheveux sur la tête, ses mâchoires formidables claquant comme autant de pièges à loup.

Glacés de terreur, Magnus et ses compagnons ne perdent rien du terrible combat. L'homme de Meung semble n'avoir qu'un but : détourner sur lui la fureur du chien infernal. Ce dernier a trouvé un adversaire à sa taille. Un cavalier ordinaire ne ferait pas long feu contre lui ; mais le spadassin, faisant virevolter son cheval d'une main de fer, évite avec habileté ses attaques et charge à contretemps, le repoussant toujours plus loin du petit groupe.

Soudain, sur une dernière attaque, l'homme de Meung cabre son cheval puis pique des deux à travers les marécages.

Cerbère, avec un rugissement de victoire, se jette à sa poursuite et ils disparaissent tous les deux dans un fracas de roseaux brisés, faisant longtemps trembler le sol derrière eux et retentir l'air glacé de leurs cris.

Sven Martenson n'en attend pas davantage.

En quelques ordres brefs, il donne le signal de la fuite, ne se retournant qu'après avoir passé le deuxième anneau du fleuve pour s'assurer qu'ils sont hors de danger.

32

La boîte de Pandore

– Dites, Sven, c'est quoi, la boîte de Pandore ?

– Pourquoi tu me poses cette question ?

– Je ne sais pas. Ça me trotte dans la tête depuis tout à l'heure.

Ils se sont arrêtés un instant, le temps de faire souffler les chiens et de se partager quelques provisions. Avec le jour qui point, la brume verdâtre s'est dissipée et, avec elle, le risque de voir surgir une autre créature de cauchemar.

Pas question de s'attarder, mais ils ont besoin de reprendre des forces. Épuisée par la nuit qu'ils viennent de vivre, Mimsy Pocket s'est assoupie aussitôt sur l'épaule de Magnus qui grignote un quignon sans oser trop bouger, cette petite bouillotte vivante collée tout contre lui.

– La boîte à Pandore ? C'est qui, celle-là ? rigole le grand Vaclav à qui on n'a rien demandé.

La peur s'est éloignée et le sentiment d'être vivants les rend presque joyeux. Que seraient-ils devenus sans l'intervention providentielle de l'homme de Meung, nul n'ose l'imaginer.

C'est la troisième fois que le cavalier né du livre de Magnus s'est manifesté et, quelle que soit la terreur qu'il a chaque fois suscitée, le garçon ne peut que se répéter cette étrange vérité : ils viennent d'être sauvés par son propre cauchemar.

Le cavalier s'en est-il tiré ? A-t-il définitivement péri, dévoré par un cauchemar plus terrible que lui ?

– Anton aussi l'a vu.

– Qui ça ?

– Cerbère. Il me l'a dit. Il l'a vu une nuit dans le parc du lycée. Vous croyez que c'est pour ça qu'on l'a enlevé ? Pour ne pas qu'il raconte ?

– Je ne sais pas, dit Sven Martenson.

– Mais les autres, les classes industrielles ? Pourquoi les avoir pris aussi ?

– Je ne sais pas, répète Sven Martenson en cherchant des yeux Totem. Franchement, je ne sais pas. Mais nous serons fixés bientôt. Du moins, je l'espère.

Ils ont renoncé à couper par les marais. Trop dangereux. Des créatures tout aussi redoutables que le chien à trois têtes peuvent encore rôder par là. Les sept tours du fleuve sont un chemin plus long mais aussi plus sûr. À condition que le vieil oiseau de nuit, comme le jour se lève, ne décide pas qu'il est temps pour lui de rentrer dans sa tanière.

– Allons, dit Sven Martenson, en s'affairant auprès des chiens. Nous avons encore du chemin.

– Vous n'avez pas répondu à ma question.

– Ah ! oui, la boîte de Pandore… (Il réfléchit un instant, mâchonnant son bout de pain.) Si ma mémoire est bonne, c'est le nom que les Grecs donnaient à une jarre où Zeus avait enfermé tous les maux de la création : les catastrophes, la maladie, la mort…

– Les cauchemars ?

– Peut-être, mon garçon. Les cauchemars aussi.

Magnus ne peut réprimer un frisson. Qui lui a parlé de cette légende ? Impossible de s'en souvenir, mais c'est comme si elle annonçait les dangers qui les attendent encore. Ce serait bien, pourtant, de rester là un moment, le petit corps chaud de Mimsy abandonné contre lui, sans plus se soucier de rien.

Sven reprend, sa diction ralentie par le froid comme si les mots gelaient aussitôt sur les lèvres :

– Pandore, à qui l'on avait donné cette jarre en cadeau, avec interdiction formelle de l'ouvrir, fut bien sûr trop curieuse. Elle l'ouvrit et tous les fléaux se répandirent à jamais dans l'univers.

– Sale histoire, finit par dire le grand Vaclav en sifflant entre ses dents. Comme quoi, faut jamais faire confiance aux filles.

Mimsy ouvre un œil, cligne des paupières sans parvenir à reconnaître où elle est.

– Quoi ?

– Rien, élude prudemment le garçon.

Mais on ne peut pas lui donner tout à fait tort : à peine installée dans le traîneau, Mimsy se glisse sous la pelisse puante et se rendort instantanément en prenant toute la place.

Sven secoue le givre qui s'accroche à son bonnet et détache les chiens, déjà pressés de repartir et qui jappent à qui mieux mieux.

– Nous avons assez tardé, fait-il en regardant sa montre. Le jour sera bientôt complètement levé.

– Eh ! s'écrie soudain Vaclav. Le hibou, il est plus là !

Au-dessus du fleuve en effet, le ciel est vide. D'épais nuages chargés de nuit courent encore sur l'horizon mais Totem a disparu.

– On a fait tout ça pour rien, alors ? gémit Magnus avec découragement.

La nouvelle ne paraît pas perturber Sven Martenson. Au contraire, il ordonne le départ avec un regain d'énergie.

– Aucune importance, assure-t-il. Je sais maintenant où il nous a conduits.

– Vous savez où sont Anton et les autres ?

Sven Martenson montre les cheminées qui se dressent devant eux.

– Je crois, oui. Mais nous ne sommes pas au bout de nos peines.

Un silence puis il ajoute :

– Alix Oppenheim et le chancelier Cragganmore : ils ont joué à Pandore et ouvert la boîte aux fléaux… Mais selon la légende, quelque chose est resté au fond de la jarre quand tous les maux en sont sortis. Une arme redoutable, plus forte que les pires malheurs qui accablent les hommes.

– Et c'était quoi ?

Sven Martenson relève le frein du traîneau qui bondit sur la glace avec un crissement d'acier.

– L'espérance, mes enfants.

33

Pris au piège !

Il ne leur faut guère plus d'un quart d'heure pour arriver à destination.

Ils terminent à pied, après avoir dissimulé le traîneau sous un repli de la berge. Ils seront moins repérables ainsi, a décidé Sven Martenson. Le moindre aboiement et ils deviendraient une cible facile pour les occupants des miradors qui flanquent le grillage d'enceinte.

– Vous êtes sûr que c'est là que Totem…

– Je ne suis sûr de rien, Magnus. Seulement qu'il ne va pas être facile d'entrer.

Devant eux, écrasé par un couvercle de fumée, se dresse le complexe industriel : un ensemble de baraquements noirâtres de la taille d'une petite ville, entourant la mine et les usines dont les cheminées crachent des jets de flammes ininterrompus dans un ronflement assourdissant de soufflerie. Il y a même une gare, et des filins d'acier sur lesquels circulent en chuintant des wagonnets de charbon.

MILLION INDUSTRIES, avertit l'enseigne lumineuse qui domine les bâtiments. ACCÈS INTERDIT SOUS PEINE DE MORT.

– C'est à toi tout ça, alors ? s'étonne le grand Vaclav en sifflant entre ses dents.

– Non, à mon père. Seulement à mon père.

Ce qui n'est pas tout à fait exact vu que Magnus est l'unique héritier de la famille et que tout lui reviendra un jour. Mais le garçon n'a aucune envie d'entrer dans ce genre de précisions, surtout maintenant. Il n'a fait que de rares visites officielles chez Million Industries, habillé pour l'occasion d'un ridicule costume et d'un haut-de-forme imité de celui de son père, et chaque fois avec l'envie de fuir au plus vite.

On supporte assez facilement d'être riche ; moins, quelquefois, de découvrir d'où vient cette richesse et ce qu'elle coûte aux autres.

En cet instant, devant ses nouveaux amis, Magnus voudrait bien changer de peau – être n'importe qui sauf le fils de Richard Million.

– Moi, si mon paternel il en avait autant que le tien, insiste le grand Vaclav, tu parles que j'irais au lycée ! Ça sert à quoi d'étudier quand t'es plein aux as ?

Mimsy lui décoche un regard noir. Elle s'est réveillée d'une humeur massacrante de sa courte sieste dans le traîneau.

– T'en as pas de paternel, alors pourquoi tu nous bassines ?

– Je bassine pas, je dis juste que les riches, pourquoi ils auraient besoin d'apprendre à l'école puisque d'autres y bossent pour eux?

L'air autour du site est presque chaud et tremble, chargé d'une fine suie en suspension qui pique les yeux. C'est que le travail ne s'y arrête jamais : vingt-quatre heures sur vingt-quatre, on extrait des tonnes de charbon, on coule de l'acier, on produit des canons, tout cela pour le compte de la famille Million. Déjà les équipes du matin se pressent à l'entrée, sans un regard pour la file de miséreux qui piétinent dans la boue gelée, espérant une embauche à la journée.

Sales et croûtés de neige comme ils sont, Magnus et ses compagnons n'ont aucun mal à se fondre parmi les mineurs qui vont prendre leur service. C'est à peine si l'on fait attention à eux. Mais passer en douce devant les gardes qui contrôlent l'entrée du site promet d'être une tout autre histoire.

Surtout pour le grand Vaclav, dont le nez en patate ne passe pas inaperçu, et qui se met soudain à tirailler Magnus par la manche.

– Les uniformes! Je les r'connais : c'est pas des soldats qui sont v'nus chercher Anton et les autres : c'est eux!

– T'es sûr?

– J'te dis que je les r'connais.

Avec leurs vareuses à épaulettes couleur taupe, leurs bottes et leur fusil, les vigiles de Million Industries tromperaient en effet un œil plus averti. Leur ressemblance avec l'armée régulière de Sillyrie est troublante.

La nouvelle en tout cas donne raison à Totem – et à Sven par la même occasion : Anton et ses compagnons sont bien là, aux mains du service d'ordre des usines Million.

– Laissez-moi y aller seule, s'impatiente Mimsy. Je saurai bien entrer.

Sven secoue la tête.

– On ne se sépare plus. Trop dangereux.

– Dangereux ? Vous rigolez ? Parce ce qu'on a plus de chance à quatre ?

Ils sont tout proches de l'entrée maintenant, poussés par la colonne de mineurs qui avance inexorablement. Il leur faut un plan d'action au plus vite s'ils ne veulent pas être refoulés ou, pire, arrêtés par les gardes.

Sven Martenson fait crisser furieusement son menton en quête d'inspiration.

– Quand vous lui avez échappé, Magnus et toi, Alix Oppenheim a dû donner l'alerte. Si nous attendons jusqu'à ce soir, il risque d'être trop tard.

– À moins que…

Leur conciliabule commence à provoquer quelques remous dans la file. Derrière eux, on pousse et on proteste : est-ce qu'ils vont se décider à avancer ? Heureusement, la carrure et le visage tuméfié de Vaclav découragent les plus hargneux. Mais impossible de résister au flot, même en traînant des pieds au maximum.

– À moins que quoi ?

– À moins que je dise qui je suis.

– Pas question. Beaucoup trop risqué.

– Et pourquoi pas, Sven ? Je me fais reconnaître, je demande à voir mon père et je lui raconte tout ce que le chancelier fricote dans son dos. À condition bien sûr…

« À condition que mon père ne soit pas le complice du chancelier », s'apprête à ajouter Magnus. Mais il n'a pas le temps de terminer sa phrase.

– Anton ! beugle soudain ce crétin de Vaclav en moulinant des bras. Anton ! C'est nous ! On vient t'chercher !

À l'intérieur de l'enceinte, une équipe de nuit vient de sortir du puits de mine et regagne les baraquements, encadrée par deux hommes en armes. Les pas sont lourds, les visages noirs et épuisés. Aux cris de Vaclav, l'un des mineurs s'est retourné et, malgré le charbon qui macule ses traits, aucun doute n'est possible : ce faciès en lame de couteau, cette silhouette frêle, c'est bien le Crachat.

– Anton, Anton, c'est nous !

Sven et Magnus n'ont pas le temps de réagir. Il y a des coups de sifflet stridents, une bousculade, des cris. La foule s'écarte brusquement, découvrant le détachement qui les tient en joue.

– Restez où vous êtes, ordonne l'un des gardes.

Sven Martenson lève les bras en signe de reddition. Tenter de résister ou de s'enfuir serait une pure folie face à ces fusils chargés.

Les deux garçons se hâtent de l'imiter.

– Crétin, gronde tout de même Magnus à l'intention de Vaclav. Tu n'en rates jamais une, hein ?

– Silence ! aboie le chef du détachement. Mains sur la tête et suivez-nous sans résistance.

– Je m'appelle Magnus Million, tente bien de crâner Magnus en se campant avec dignité. Je suis le fils de Richard Million, et j'exige que mes amis et moi-même soyons conduits immédiatement à mon père.

Son air offensé laisse les gardes de marbre.

– Qui que vous prétendiez être, le chancelier Cragganmore saura quoi faire de vous. Avancez.

– Cragganmore ? s'offusque Magnus. Mais puisque je vous dis que cette usine appartient à mon père !

– Vous avez tenté de pénétrer illégalement dans une zone militarisée, réplique le chef sans s'en laisser conter. Le chancelier Cragganmore est le seul responsable de la sécurité. Alors, pas d'histoires et avancez, commande-t-il, poussant le garçon de la pointe de son fusil.

– Eh ! mollo ! gronde le grand Vaclav en avançant d'un pas.

Un coup de crosse bien appliqué lui rabat son caquet.

– Faites ce qu'il dit, intervient Sven Martenson, avant d'ajouter entre ses dents : Nous n'avons pas encore dit notre dernier mot…

Cette fois, pourtant, leur équipée s'arrête là.

Aucun secours à attendre de la foule, qui les regarde s'éloigner sous bonne escorte avec un mélange de crainte résignée et de satisfaction, comme si l'on arrêtait des étrangers venus leur voler leur travail. Ils ne lèveront pas le petit doigt, c'est certain, pour ces trois inconnus.

Trois seulement ?

Oui, car, profitant de la confusion, Mimsy Pocket s'est bel et bien volatilisée.

Passé l'enceinte, on les conduit mains sur la tête à travers des rangées de baraquements dans une indifférence hostile.

Malgré l'heure matinale, l'activité bat son plein. Des wagonnets circulent en cahotant sur le réseau de voies ferrées qui quadrillent le camp, des colonnes d'hommes en noir montent et descendent vers les puits, coiffés de casques munis d'une lampe, comme d'étranges insectes des profondeurs.

Plus trace d'Anton. Une ou deux fois, Magnus pense le reconnaître dans un visage émacié qui les fixe avec curiosité derrière une vitre poussiéreuse. Mais ce pourrait être aussi bien quelqu'un d'autre tant la fatigue et la suie qui recouvre tout uniformisent les hommes.

Combien sont-ils à vivre ici ? Plusieurs centaines sans doute, logés sur place pour être plus tôt au travail et pouvoir dépenser leur maigre paye à l'épicerie-café du camp. Chaque jour les rejoignent un bon millier d'ouvriers, gueules noires ou employés des aciéries venus de la Ville Basse, qui font les trois-huit pour que les fourneaux ne s'arrêtent jamais. Derrière les logements de bois, on aperçoit de minuscules jardins enclos de planches. Mais avec l'hiver et la neige, on dirait moins des potagers que des rangées de pierres tombales comme on en trouve dans les cimetières

Soudain apparaît devant eux un prétentieux bâtiment en brique rose, décoré de tourelles et de pignons incongrus comme des friandises. Construit sur une petite hauteur d'où l'on peut embrasser la mine et les toits des aciéries, c'est le siège de Million Industries.

En découvrant où on les emmène, Magnus retrouve espoir un bref instant : son père saura bien les tirer de ce mauvais pas. C'est lui le patron, après tout, et jamais il ne laissera son propre fils…

Mais il doit vite déchanter. La limousine de M. Carlsen n'est pas rangée devant le perron : fidèle à ses habitudes, Richard Million a dû se faire déposer par son chauffeur au Richman Club, où il savoure tranquillement ses scones bourratifs et son premier cigare.

Seul réconfort, cet étrange accent circonflexe planant au-dessus d'une cheminée de l'usine que Magnus croit apercevoir à l'instant où ils entrent dans le bâtiment.

Totem, le vieux hibou du lycée des sciences, ne les a pas abandonnés.

34

Cragganmore abat ses cartes

– Sven Martenson ! Quelle mauvaise surprise !

– Chancelier.

– Il me semblait bien vous avoir reconnu au théâtre, hier soir. Ainsi donc, vous êtes revenu.

– Mettre un terme à vos sinistres manigances, Cragganmore.

Le chancelier a un rire qui ressemble au crissement d'un diamant sur une vitre.

– Je dirais plutôt : vous jeter dans la gueule du loup, Martenson. Qu'en pensez-vous, ma chère Alix ? N'est-ce pas très imprudent de la part de notre ami ?

Ils ont trouvé le chancelier en compagnie d'Alix Oppenheim dans le bureau de Richard Million, occupés à brûler sans vergogne des liasses de documents dans la cheminée monumentale. Les flammes qui crépitent soulignent son profil acéré, jetant des reflets moirés sur sa redingote de cérémonie.

De près, l'homme est impressionnant : immense, les orbites profondément enfoncées sous les épais sourcils blanc et noir, sa chevelure argentée retombant de chaque côté sur ses tempes comme deux ailes menaçantes.

Il renvoie les gardes d'un geste de la main, signifiant à ses prisonniers qu'ils sont entièrement à sa merci, et considère Sven Martenson d'un œil glacé.

– Je croyais vous avoir interdit l'entrée dans ce pays une fois pour toutes. Mais vous et votre sœur avez toujours été des esprits rebelles, n'est-ce pas ?

Sven lui rend son regard sans ciller.

– La Sillyrie est mon pays autant que le vôtre, Cragganmore, que cela vous plaise ou non. Ne comptez pas sur moi pour vous laisser le conduire à la guerre. Je sais tout sur vos misérables agissements. Les masques sont tombés. Votre seule chance est de libérer ces garçons et de vous livrer sans tarder.

Le calme dont il fait preuve épate Magnus. De son côté, il n'en mène pas bien large. Se retrouver face à Alix Oppenheim, après l'épisode du laboratoire secret, fait bourdonner dangereusement ses tempes. Légèrement en retrait, elle ne dit rien, ses longs cils braqués sur Sven Martenson et se mordillant imperceptiblement la lèvre.

Le chancelier hausse son sourcil couleur de neige avec amusement.

– Vous déraisonnez, Martenson. Vous osez me demander de me rendre, vous, un banni, un hors-la-loi ? Risible, vraiment risible ! Un peu tard aussi : malgré votre misérable tentative de sabotage, nous aurons bientôt la maîtrise du gaz Émeraude, et plus rien ni personne ne pourra empêcher cette guerre.

– Vous oubliez le grand-duc…

– Bah ! Le grand-duc est un enfant, une marionnette entre mes mains.

Sven a une grimace d'incompréhension.

– Quelque chose m'échappe, Cragganmore. Vous le savez aussi bien que moi, toute guerre est synonyme de ruine et de malheurs. Pourquoi tenez-vous tant à pousser notre pays dans cette tragédie ? Qu'espérez-vous en tirer ?

Cette fois, Cragganmore éclate de rire.

– Mais le pouvoir, mon ami, le pouvoir !

– Vous l'avez déjà.

– Celui de l'ombre, oui, le pouvoir du tireur de ficelles, du conseiller occulte. Mais j'aspire à bien plus que cela, et depuis trop longtemps pour accepter qu'on se dresse sur ma route.

– Vous ne comptez tout de même pas…

– Assassiner le grand-duc ?

Le chancelier paraît s'amuser un instant de cette suggestion.

– Décidément, vous manquez d'imagination, Martenson. Le peuple de Sillyrie ne me le pardonnerait pas. Et puis je vous avoue que je me suis un peu attaché à ce petit crapaud…

– Alors ?

Toute trace d'ironie disparaît des traits du chancelier. Une ride profonde creuse son front en son milieu. Au fond de ses orbites, ses prunelles luisent d'une lueur malsaine et il martèle chaque syllabe comme s'il voulait la faire entrer de force dans un crâne trop dur.

– Vous êtes décidément un esprit borné, Martenson. Réfléchissez : connaissez-vous un seul peuple qui accepterait d'être conduit au combat par un enfant ? À la première canonnade, nos poltrons de concitoyens se détourneront du grand-duc. Ils réclameront un vrai chef capable de protéger leurs intérêts dérisoires. On m'accordera les pleins pouvoirs et le tour sera joué : je deviendrai le maître absolu de la Sillyrie.

– Vous oubliez un détail. La Transillyrie est un voisin puissant, rien ne dit que vous gagnerez cette guerre.

– Avec l'atout que je possède ? Allons, vous plaisantez. Je n'aurai même pas besoin d'armée : une seule attaque de gaz Émeraude et nos ennemis seront exterminés par leurs propres cauchemars.

Un silence consterné accueille cette déclaration. Sven Martenson, jusqu'alors si flegmatique, semble avoir reçu un coup au foie. Son visage a viré au gris et sa voix tremble un peu quand il reprend la parole.

– C'est donc ça : vous êtes prêt à conduire toute la région à la ruine pour assouvir vos désirs insensés de puissance ? Je vous en conjure, Cragganmore, il est encore temps de tout arrêter !

Mais autant tenter de fléchir une barre d'acier.

– Tout arrêter ? Alors que nous touchons au but ? Qu'en dites-vous, ma chère ?

À son tour, Sven se tourne vers la jeune femme, cherchant un soutien.

– Que faites-vous avec cet homme, Alix? Nous avons travaillé de longues années ensemble, je connais vos qualités de cœur, votre intelligence. Vous êtes une scientifique. Comment pouvez-vous vous associer à d'aussi ignobles desseins?

Alix Oppenheim a une moue dédaigneuse.

– C'est vrai, je suis une scientifique mais je n'ai pas votre idéalisme, Sven : le gaz Émeraude sera mon grand œuvre, une découverte comme il ne s'en présente qu'une fois dans la vie d'un savant. Je ne veux pas la manquer, quoi qu'il y ait pu avoir entre nous autrefois.

– Même s'il vous faut trahir votre père?

– Je me suis assez sacrifiée pour lui. Mon temps est venu.

– Même s'il faut pour cela faire des expériences sur des enfants? Provoquer une guerre? Causer des milliers de morts?

– Le prix à payer me regarde, fait Alix Oppenheim d'une voix sèche.

Son visage parfait ne trahit pas plus d'émotion que si elle parlait d'une espèce particulièrement répugnante de larves qu'on peut écraser du talon sans remords.

– Comment pouvez-vous dire cela? murmure Sven en la considérant avec stupéfaction. Vous avez donc un cœur de pierre?

Alix Oppenheim ne répond pas. Les bûches qui flambent dans la cheminée font se mouvoir des langues d'ombre sur le mince velours de sa robe et, malgré le feu qui crépite, elle entoure ses épaules de ses bras comme si elle avait froid.

– Et moi qui ai pensé vous aimer…

Elle a un petit rire de gorge.

– Parce que ce n'était pas vrai ? Dites-le alors. Dites que je vous fais horreur.

Durant quelques secondes, ils se mesurent du regard, comme si elle le sommait de la condamner tout à fait, l'un et l'autre refusant de baisser les yeux

C'est Sven qui cède le premier et se détourne.

– Vous voyez ? dit le chancelier en baisant la main de la jeune femme avec un sourire de triomphe. Vous n'êtes pas de taille, Martenson. Plus rien ni personne ne pourra nous empêcher de triompher.

– Si ! explose Magnus, incapable d'en entendre davantage. Mon père. Cette usine lui appartient. Un seul mot de moi et il…

La fureur l'emporte, l'empêchant de trouver ses mots. Est-il seulement sûr de ce qu'il avance ? Jusqu'à preuve du contraire, son père, son propre père est complice du chancelier et recrute contre leur gré les orphelins des classes industrielles, emmenés par la force pour travailler dans ses mines.

– Parce que vous êtes le fils de Richard Million ? opine Cragganmore en le considérant avec curiosité. Bien sûr, c'est vous que j'ai vu au lycée des sciences. Intéressant. Très intéressant !

Et comme pour mieux réfléchir aux nouvelles perspectives que lui offre cette révélation, il ouvre le coffret en bois ouvragé qui orne le bureau, en tire un cigare et le roule pensivement entre ses doigts.

– Vous n'avez pas le droit, proteste Magnus. Ça aussi, c'est à mon père.

– Oh ! très provisoirement. Million Industries est devenu un centre névralgique pour notre effort de guerre. Les usines, la mine, tout devrait être nationalisé très bientôt.

– Et retomber ainsi dans votre escarcelle, complète Sven Martenson d'une voix éteinte. C'est bien cela ?

– Vous avez tout compris, approuve le chancelier avec une satisfaction amusée. Je serai bientôt l'homme le plus puissant et le plus riche de Sillyrie.

– C'est du vol pur et simple ! s'emporte Magnus. Vous ne l'emporterez pas au paradis !

– Mes ambitions ne vont pas jusque-là, jeune homme, croyez-moi, ironise le chancelier. L'enfer me semble une destination plus raisonnable.

Il tambourine de sa main gantée sur le bois précieux du bureau.

– Mais trêve de balivernes. Alix, ma chérie, où en étions-nous ? Je déciderai plus tard de ce que je ferai de ces pitoyables créatures.

Ils s'apprêtent à reprendre leur besogne quand le bruit d'une violente altercation se fait entendre derrière la porte.

Celle-ci s'ouvre avec fracas, livrant passage à un personnage portant chapka et manteau de fourrure, le visage si cramoisi qu'il semble prêt à exploser.

– Comment ? On prétend m'interdire l'entrée de mon

propre bureau ? Ça ne se passera pas comme ça ! Vous êtes renvoyés, tous autant que vous êtes, entendez-vous, et sans indemnités !

Repoussant les malheureux gardes qui tentent de le retenir, le visiteur leur boucle la porte au nez et marche d'un pas furieux vers le chancelier, le menaçant de son index tendu.

– Harald, j'exige des explications ! Des explications, vous m'entendez ? Depuis quand suis-je un intrus dans ma propre entreprise ?

L'épais manteau d'astrakan ouvert sur son estomac lui donne l'air d'un grizzli ; mais, reconnaissables entre tous, ce sont bien les manières aimables et la bienveillance ordinaire du maître des lieux et père de Magnus, l'ineffable Richard Million.

– Vous tombez à pic, l'accueille le chancelier sans se démonter. Le dernier acte vient de commencer, autant que la fête soit tout à fait complète. Puis-je vous présenter mes invités ?

– Le dernier acte ? répète Richard Million. Que me chantez-vous là ?

Un rictus sarcastique se peint sur le visage du chancelier.

– Vous connaissez Alix, naturellement. Pour ce qui est de ces individus, fait-il en montrant les prisonniers, ils ont été surpris rôdant autour des installations. Vous reconnaissez votre fils, bien sûr…

– Père, s'écrie Magnus, faites attention !

Mais le regard de Richard Million passe sur lui comme s'il était transparent pour se fixer avec stupeur sur son voisin.

– Quant à ce gentleman, qui semble être l'âme de cette grotesque tentative de sabotage, continue Cragganmore, inutile de vous le présenter : c'est le frère de votre délicieuse et regrettée épouse Elisabeth.

– Martenson ? fait Richard Million comme s'il voyait le diable. Sven Martenson, chez moi ? Après ce que vous avez fait ?

Le grand Vaclav, qu'on a oublié, a beau dire en touchant sa casquette : « Moi c'est Vaclav, m'sieur, un pote à vot'fils », personne ne l'écoute.

– Richard, dit Sven, je vous en prie : vous vous trompez d'ennemi.

D'écarlate, le visage du magnat est passé à un blanc crayeux, tandis que la fureur fait palpiter dangereusement de grosses veines sur ses tempes.

– Je vous avais INTERDIT, m'entendez-vous, INTERDIT de remettre les pieds chez moi. Vous et vos sales petites idées modernes, vous avez perdu ma femme. Jamais je ne vous le pardonnerai !

– Père, non !

Mais déjà Richard Million marche sur Sven, les poings serrés.

– Ça suffit !

Un revolver a surgi dans la main d'Alix Oppenheim, une vraie arme cette fois, qu'elle a sortie d'un tiroir du secrétaire et qu'elle braque sur le magnat.

– Trêve de simagrées, ordonne-t-elle. Reprenez votre place.

L'industriel contemple avec ahurissement le canon dirigé vers sa poitrine et bredouille d'une voix incrédule :

– Harald, intervenez ! Cette jeune femme a l'audace de me menacer, moi, Richard Million, et avec une arme produite dans ma propre usine !

– Rien ne me ferait plus plaisir que de vous voir étrangler votre beau-frère, Richard, mais nous n'avons plus le temps pour ces enfantillages. Vous permettez, Alix ?

S'emparant du revolver de la jeune femme, Cragganmore en vérifie le barillet et le glisse à sa ceinture. Puis, décrochant la courbe de bénéfices qui fait office de toile de maître au-dessus du bureau, il dévoile un coffre-fort monumental encastré dans le mur.

– Vous n'êtes plus en position de discuter, Richard. La partie est finie et vous l'avez perdue. La combinaison, je vous prie.

Les yeux de Richard Million s'agrandissent comme des soucoupes.

– La combinaison ? Je n'y comprends plus rien, Harald. Est-ce que nous ne sommes pas dans le même camp, vous et moi ?

– Pour vous aider à accroître votre indécente fortune ? Vous permettre d'acquérir chaque jour un peu plus de morgue et d'arrogance ? Oui, Richard, nous *avons été* dans le même camp mais la farce est finie. Je vous ai utilisé, mon cher, vous et votre prodigieuse, votre incurable cupidité, pour pousser mes propres pions – et j'ai gagné. Demain tout sera à moi et vous n'y pourrez rien.

Le menton de Richard Million en tombe de stupéfaction.
– Il a fait des expériences sur des enfants ! lance Magnus. Ils m'ont même…
En trois enjambées, le chancelier est sur lui. D'un coup de crosse, il lui zèbre la pommette.
– Silence, méprisable cafard !
Le sang de Richard Million ne fait qu'un tour.
– Vous osez vous en prendre à mon fils ? Mais quelle sorte de monstre êtes-vous ?
– La combinaison, Richard, ou c'est lui qui paiera le premier.
– Vous ne le ferez pas.
– Vous en êtes si sûr ?
Cragganmore, d'une main de fer, a saisi Magnus par le col et appliqué sur sa tempe le canon glacé du revolver.
– Rien ne m'a jamais arrêté, Richard. Même pas votre chère Elisabeth, paix à ses cendres, quand elle menaçait mes intérêts. Alors si vous croyez que…
– Elisabeth ? rugit Richard Million. Vous avez tué Elisabeth ?
À demi étranglé par la poigne du chancelier, Magnus n'a rien raté du terrible aveu. Il a l'impression que ses jambes se dérobent sous lui. Ainsi, l'accident d'avion dans lequel a péri sa mère n'était pas un accident mais un crime ? Un crime commis délibérément pour se débarrasser d'une personnalité devenue trop encombrante ? Les oreilles lui sifflent et il peine à déglutir.
Cragganmore se mord la lèvre. Emporté par la haine, il en

a trop dit mais sa soif de revanche est la plus forte. Le magnat, hier si puissant, est désormais à sa merci.

Le chancelier continue, comme pour le mettre définitivement à genoux :

– Elle avait l'oreille du vieux prince Athanase. Il allait consentir aux réformes qu'elle demandait et rendre ce pays au peuple. Nous aurions sombré dans la démocratie et la hideuse philanthropie. Inadmissible ! Heureusement, un simple boulon dévissé peut résoudre bien des problèmes. Vous connaissez comme moi les aéroplanes, Richard : ces joujoux volants sont si capricieux !

– Vous êtes vraiment un misérable, gronde Richard Million.

– Un misérable ? Parlez pour vous, mon cher : votre fortune, vos titres de propriété, tout est réquisitionné. Vous voilà presque indigent, mon vieux ! N'est-ce pas un amusant retournement de situation ?

Trop occupé à humilier son ancien maître, le chancelier ne voit pas ce qui se trame de l'autre côté de la pièce.

Un mur de verre monumental en occupe le fond. Derrière les carreaux sertis de plomb, une corde vient de faire son apparition, jetée depuis le toit, bientôt suivie d'une autre puis d'une autre encore.

Le long de ces grappins improvisés dévalent silencieusement d'étranges silhouettes couleur de suie. Visages noirs, yeux sombres, ils sont bientôt une dizaine suspendus entre ciel et terre, écrasant leur nez noir sur la vitre pour voir à l'intérieur.

Plus svelte et menue que les autres, se déplaçant sur la paroi avec la légèreté bondissante d'un chat, une fille mène cette petite armée de ramoneurs.

Mimsy Pocket. Elle a rameuté Anton Spit et sa bande et vole à leur rescousse, préparant l'abordage depuis le toit du bâtiment.

35
Le puits de l'enfer

Un premier coup de barre à mine étoile la vitre sur toute sa longueur.

Bang!

Au second coup, elle éclate en mille morceaux, projetant une pluie de verre dans toute la pièce.

Voyant Magnus menacé, la bande de Mimsy et Anton Spit a déclenché l'assaut.

Accrochés à leurs grappins, ils dégringolent dans le vide, pieds en avant, faisant voler en éclats les derniers débris de verre à coups de godillot. Déjà les premiers sautent à l'intérieur, Mimsy en tête, se rétablissant d'un roulé-boulé sur le sol.

– Tiens bon, Magnus, on arrive!

Une fraction de seconde, la stupéfaction se lit sur le visage du chancelier. Mais il reprend le contrôle de lui-même à une vitesse prodigieuse.

– Les rats s'emparent du navire, hein ?

Il a resserré sa prise autour du cou de Magnus et recule vers la cheminée, revolver au poing, bientôt rejoint par Alix Oppenheim.

– N'avancez pas ou je tire ! prévient-il.

– C'est fini, Cragganmore, tente Sven Martenson. Vous n'avez plus aucune chance. Rendez-vous sans violence et il ne vous sera fait aucun mal.

La petite bande s'est regroupée autour de lui, faisant farouchement front.

– Me rendre, moi ?

Le chancelier jauge la situation : elle s'est retournée à son désavantage. Attirés par le fracas du verre brisé, des groupes de mineurs cernent désormais le bâtiment. Rien non plus à attendre des vigiles qui ont courageusement pris la fuite à la première échauffourée.

– Qu'en dites-vous, Alix ? Hésiterai-je un instant avant d'abattre froidement ce garçon ?

La fille du professeur Oppenheim ne répond pas, mais la pâleur et la dureté de ses traits en disent long sur sa détermination.

– Non, Harald. Je ne vous laisserai pas faire. Donnez-moi cette arme.

C'est Richard Million qui vient de parler.

Paume ouverte, il s'avance résolument vers le chancelier, ses chaussures vernies couinant curieusement sur le parquet.

– C'est mon fils, Harald, comprenez-vous ? Je ne vous laisserai pas lui faire de mal.

La détonation le projette en arrière. Un instant, il contemple le revers de son veston avec étonnement, comme s'il venait d'y découvrir une décoration inconnue, avant de s'affaisser sur lui-même.

– Père ! hurle Magnus en tentant d'échapper à la poigne de fer du chancelier.

Mais celui-ci prend tout le monde de vitesse.

– En arrière ! aboie-t-il. En arrière !

Puis, désignant à Alix la cheminée monumentale à laquelle ils sont acculés :

– Le passage, mon cœur.

Des moulures rococo ornent le manteau de la cheminée. Sans hésiter un seul instant, Alix Oppenheim enfonce une figure qui ressemble à un masque et l'incroyable se produit : la cheminée pivote en raclant sur son axe, révélant l'entrée d'un boyau obscur.

– Ramasse-le, ordonne le chancelier en poussant Magnus vers le corps sans vie. Vite !

Il faut plus de force qu'il n'en reste à Magnus pour hisser sur ses épaules ce quintal et demi qui a été son père.

L'homme repose sur le ventre, énorme dans son manteau d'astrakan. Magnus a beau le retourner, le secouer, coller l'oreille à sa poitrine – rien, ni filet de souffle ni battement de cœur. « Père, l'exhorte-t-il en vain. Père ! » Et c'est la vue brouillée de larmes qu'il parvient enfin à se redresser, titubant, la dépouille de son père en travers des épaules.

– Ils viennent avec moi, avertit le chancelier en le poussant dans le passage où Alix Oppenheim s'est déjà engagée, un brandon à la main en guise de torche. Ne tentez pas de nous suivre ni de faire quoi que ce soit. Sinon tant pis pour eux.

La foudre semble avoir frappé ses adversaires avec le coup de feu. S'engouffrant sans plus attendre dans l'étroit passage, il tire sur lui la cheminée dont le mécanisme grince en se refermant.

– Adieu, gentlemen ! lance-t-il en manière d'ultime provocation.

– Magnus ! entend le garçon alors que l'obscurité se replie sur eux. Magnus !

C'est Mimsy Pocket qui crie son désespoir et son impuissance.

– Avance. Et pas d'entourloupes.

Magnus s'exécute, courbé en deux sous le poids qui lui coupe le souffle. Le boyau est étroit, bas de plafond, et même Alix Oppenheim doit baisser la tête pour ne pas heurter la muraille tandis qu'elle ouvre la marche.

Où sont-ils ? Dans un conduit de dérivation, sans doute, sommairement creusé dans la roche, et dont on devine le sol noir et glissant aux lueurs dansantes de la torche. Derrière eux, des coups sourds retentissent, de plus en plus lointains à mesure qu'ils s'enfoncent dans l'obscurité. Le mécanisme verrouillant la cheminée tient bon.

– Tes ancêtres étaient des gens soupçonneux, ricane le chancelier en poussant le canon du revolver dans les reins de son otage. Ce petit souterrain leur permettait de contrôler discrètement le travail de leurs équipes. S'ils avaient pensé qu'il me servirait à fuir...

– Vous ne vous en tirerez pas comme ça, sanglote Magnus.

– Mais qui parle de s'en tirer ? réplique le chancelier presque avec gaieté.

Le boyau débouche soudain dans un passage plus large. Une galerie de mine, aux plafonds étayés de madriers, où l'on peut marcher à quatre de front. Des rails courent sur le sol inégal, éclairés de loin en loin par de minuscules veilleuses bleutées.

Alix Oppenheim semble hésiter sur la direction à prendre.

– Il lui faut du secours, supplie Magnus. Je vous en prie, il va mourir !

Il est à bout de forces. Les larmes coulent sur ses joues et il trébuche à chaque pas, le corps massif de son père pesant sur ses épaules comme un gros animal mort, un cerf ou un sanglier dont la tête ballotte de droite et de gauche, inerte.

Le chancelier, s'emparant de la torche, indique une direction.

– Avançons, ordonne-t-il, sourd aux supplications de Magnus.

Et ils repartent.

Les galeries forment sous terre un écheveau de plusieurs kilomètres. Bien malin qui saurait se repérer dans ce dédale, mais le chancelier a eu tout le loisir d'en étudier la carte. Ils vont rejoindre un puits, suppose Magnus, ressortir à l'air libre là où on ne les attend pas, par quelque passage désaffecté.

Mais au lieu de cela, il lui semble qu'ils ne cessent de descendre toujours plus bas dans les profondeurs de la terre.

L'air, comme raréfié, est devenu suffocant, chargé d'une odeur de soufre qui prend à la gorge et fait grésiller la torche.

– Vous les entendez, Alix ? demande le chancelier d'une façon énigmatique. Ils nous attendent.

Ils nous attendent ? Mais de qui parle-t-il ?

Malgré le sang qui bourdonne à ses tempes, Magnus perçoit soudain quelque chose. Une sorte de rumeur, lointaine d'abord, puis de plus en plus forte à mesure qu'ils progressent le long de la galerie.

Une rumeur ? Non. Quelque chose de bien plus terrifiant qui semble remonter des entrailles de la terre. Un mélange de murmures étouffés, de sifflements et de cris à vous glacer la moelle des os.

Même Alix Oppenheim paraît flancher. Un frisson la secoue de la tête aux pieds et ses jambes ne semblent plus la porter.

– Allons, l'encourage Cragganmore. Nous touchons au but.

La rumeur maintenant est assourdissante, amplifiée par les voûtes au point de sembler venir de toutes les directions à la fois.

On dirait des plaintes et des hurlements de rage s'échappant de cachots oubliés sous la terre, et qui montent en un concert déchirant et horrible à la fois.

– Courage ! crie le chancelier qui a gardé tout son sang-froid. Cette fois, nous y sommes.

La galerie a laissé place à une sorte de grotte encombrée d'éboulis dont les parois réverbèrent une étrange couleur verdâtre.

Comme ceux du Dragon, de sinistre mémoire, les rails de

la mine s'arrêtent net. À la place s'ouvre un puits dont le fond disparaît dans les profondeurs.

Magnus sent ses jambes se dérober sous lui. Le vertige a raison de ses dernières forces. Faisant glisser au sol la dépouille de son père, il se laisse tomber d'épuisement, provoquant le rire sardonique du chancelier.

– Tu as voulu contrecarrer mes plans, Magnus Million ? Alors regarde : voici ta punition.

Et saisissant la nuque de Magnus, il lui plonge la tête dans le vide du puits.

Magnus a l'impression que ses tympans se déchirent. C'est de là que monte la clameur de cris, de plaintes et de grincements de dents, amplifiée jusqu'à l'insupportable par la caisse de résonance du puits.

Elle est produite par des milliers de bouches difformes, goules, furies, bêtes féroces qui tournoient dans l'obscurité fluorescente, luttant les unes contre les autres et se frôlant à la manière de noyés dont le visage apparaîtrait par instants sous la surface de l'eau, cherchant l'air, avant d'être engloutis à nouveau dans les profondeurs.

– La source du gaz Émeraude ! hurle Cragganmore, comme hypnotisé, à l'oreille de Magnus. La porte des cauchemars !

Mais on ne peut contempler longtemps l'irregardable. Magnus va s'évanouir d'horreur quand la poigne du chancelier le tire en arrière.

– Tu en as vu assez. Sans toi, j'aurais pu maîtriser cet enfer et régner sur les rêves les plus secrets et les plus inavouables des hommes.

Il se relève d'un bond, secoue la poussière de son pantalon.

– Puisque c'est ainsi, reprend-il en saisissant Magnus par le col, tu disparaîtras avec moi.

Magnus n'a plus la force de lutter.

– Je vous en supplie, je ne peux pas laisser mon père, implore-t-il. Fuyez et laissez-nous là…

– Fuir ? Mais tu ne comprends rien, jeune homme. Cragganmore ne fuit pas, jamais. J'ai échoué ? Eh bien, que diable… (il montre le puits où s'agitent les cauchemars)… je vais simplement retrouver mes semblables. Et tu m'accompagnes, ajoute-t-il en soulevant Magnus aussi facilement qu'un sac de linge.

– Non, Harald.

Alix Oppenheim s'est dressée devant lui. Échevelée, les yeux fardés de charbon par la course dans la galerie, elle semble avoir vieilli de dix ans.

– Non ?

La stupeur déforme un instant les traits du chancelier. Son alliée, son âme damnée, se permet de lui résister ?

– Je vous en conjure, Harald, dit Alix d'une voix ferme malgré son menton qui tremble. Laissez cet enfant.

– Et pourquoi, je vous prie ? siffle le chancelier, une lueur mauvaise dardant de sous son unique sourcil blanc.

– Parce qu'il ne le mérite pas.

– Il a tout fait échouer et il ne mérite pas de mourir ?

– Non. Il ne mérite pas de partager cela avec vous. Votre triomphe, Harald. Le monde des cauchemars n'appartient qu'à vous désormais.

L'argument paraît toucher Cragganmore.

– À moi… Vous ne voulez pas dire plutôt « à nous » ?

– Alors, à nous, puisque vous le voulez.

– Parce que vous m'accompagnez, n'est-ce pas ?

Elle a un frisson, s'efforçant de détourner le regard du puits d'où s'échappe l'horrible mélopée.

– Vous le savez bien, dit-elle. Je vous suivrai jusqu'en enfer.

– Ce jeune homme a de la chance, décide Cragganmore après un instant.

Il repousse Magnus et fait le geste de s'en laver les mains.

– Qu'il reste où il est, son misérable sort ne m'intéresse plus. Quant à nous, ma chère, ne tardons plus. Vous permettez ?

Et la prenant par la taille, il la guide à travers les éboulis vers le fond de l'excavation.

Là, dans l'ombre, se dresse une lourde poulie servant à manœuvrer un ascenseur de mine. Une « cage », comme l'on dit dans le jargon des gueules noires, simple plate-forme de bois munie d'une rambarde grillagée.

Ils prennent place dans la cage qui fléchit sous leur poids et le chancelier s'empare de la commande électrique.

– Qu'avez-vous, ma chère ? s'amuse-t-il comme s'il faisait découvrir à sa compagne une nouvelle voiture de sport ou un jouet de garçon. Serrez-vous donc contre moi, on dirait que vous tremblez.

Alix Oppenheim s'est accoudée au bastingage, les yeux fixés devant elle. S'est-elle sacrifiée pour le sauver ? se demande Magnus. Il n'en saura jamais rien. En tout cas, c'est à elle qu'il doit la vie, si seulement on le retrouve... Mais il a confiance en Mimsy et Anton : en cet instant, ils doivent être en train de fouiller la mine à leur recherche, galerie par galerie. Du moins faut-il l'espérer. Jamais il ne pourra sortir de là tout seul avec son père.

Une sorte de frénésie saisit le puits quand l'ascenseur actionné par le chancelier entame sa descente en grinçant.

La brume émeraude bouillonne et frémit, agitée par toutes les gueules invisibles qui se battent déjà dans l'attente du festin. On dirait l'horrible frémissement qui secoue un trou d'eau peuplé de poissons carnassiers quand une malheureuse proie s'y aventure.

– Sache que c'était un beau dessein, Magnus Million ! hurle le chancelier pour dominer le tumulte.

Il tire de sa poche le cigare qu'il a pris dans le coffret du magnat.

– À cause de toi, tout va finir comme ce havane...

L'allumant à la torche qu'il tient devant lui, il en tire une longue bouffée, faisant rougeoyer la cendre.

– ... en fumée.

Puis, esquissant une grimace de dégoût :

– Décidément, conclut-il, ton père aura eu mauvais goût jusque dans le choix de son tabac.

Et à l'instant exact où la cage va disparaître dans le puits des cauchemars, il jette par-dessus bord le cigare allumé.

36

Il suffit de fermer les yeux

On dit que l'explosion a été entendue jusque dans la Ville Haute.

Dernière pirouette du chancelier ou manière élégante de tirer sa révérence ? Ne pouvant achever son œuvre, peut-être avait-il décidé de tout détruire afin que nul ne puisse s'en attribuer le mérite à sa place.

On n'a rien retrouvé de lui ni d'Alix Oppenheim dans les décombres de la galerie. La déflagration produite par le mauvais cigare dérobé à Richard Million a soufflé la poche de gaz tout entière, refermant pour toujours la porte des cauchemars derrière eux.

Pour toujours ? Je l'espère. On n'entendit plus parler à Friecke de monstres tirés des rêves ou d'autres fariboles de ce genre. Mais si d'aventure il vous arrive un soir de vous sentir poursuivi sur quelque sentier perdu de campagne, ou d'entendre craquer bizarrement le parquet derrière la porte de votre chambre, c'est que je me serai trompé.

Qui peut réellement dire que nous sommes à l'abri du royaume ténébreux de la nuit ?

Mais il reste bien des questions auxquelles répondre avant de mettre un point final à cette histoire.

Magnus, pour ce qui le concerne, en est resté sourd pour deux semaines.

Ce qui n'est pas très cher payé compte tenu de la violence de l'explosion et du temps qu'il a fallu à Mimsy Pocket et aux mineurs rameutés par Anton et le grand Vaclav pour dégager son corps de sous les éboulis. Mais il existe sans doute une bonne étoile qui veille sur les héros de son espèce.

D'ailleurs, il n'y pas que des inconvénients à la surdité, surtout quand elle est temporaire : sans les boules de coton obstruant ses oreilles, Magnus n'aurait sans doute pas survécu aux ronflements montant dans la chambre du blessé qu'il a veillé jour et nuit avec un dévouement sans bornes.

Déviée par un bouton de cuivre de sa veste, la balle du chancelier, par miracle, a manqué le cœur de Richard Million. Le magnat est de complexion robuste : plongé dans le coma par le choc, il s'en est réveillé trois semaines plus tard, délesté d'un éclat de côte, d'un bouton à ses initiales et, grâce aux bouillons maigres de Mme Carlsen, de quelques kilos superflus.

Au fond, le projectile mortel n'avait pas dû passer si loin

que ça de son cœur car ses premiers mots, en ouvrant les yeux dans la pénombre de la chambre, ont été pour son fils.

– Magnus, c'est toi, mon garçon ?

– Oui, père.

– Est-ce que tu vas bien ? Tu n'es pas blessé ?

– Non, père, rassurez-vous.

– Parce que je n'aurais pas supporté de te perdre une deuxième fois, tu comprends ?

À quelle première fois faisait-il allusion ? Aux années qui avaient suivi la mort de sa femme, durant lesquelles il n'avait plus regardé son fils que comme un étranger ? Magnus n'aurait su le dire, presque gêné, faute d'habitude, par cette soudaine démonstration d'affection.

– Ne parlez plus, père. Reposez-vous maintenant.

– Donne-moi ta main.

– Oui, père.

Le magnat l'a gardée dans la sienne un moment sans rien dire, se contentant de couver son fils d'un regard humide comme s'il le voyait pour la première fois après une longue séparation.

Avant d'ajouter, tant il est vrai qu'une balle de revolver ne suffit pas à vous changer du tout au tout en un instant :

– Tu me feras penser à retenir sur ton argent de poche le cigare que tu as laissé cet infâme Cragganmore me voler, mon garçon.

– Bien, père.

– Tu n'oublieras pas, c'est promis ?

– Non, père, je n'oublierai pas. Dormez maintenant.

Une chose est sûre – et Magnus, depuis qu'il a retrouvé son père, s'en veut d'en avoir douté : dans l'affaire du gaz Émeraude, le magnat ne savait rien des ignobles expériences menées par Alix et ses acolytes. Persuadé que les recherches étaient conduites sous l'autorité de l'illustre professeur Oppenheim, il assurait seulement, par l'entremise de sa société, l'extraction et le stockage de la précieuse substance en attendant de pouvoir l'exploiter.

L'enquête, rondement menée par la police du grand-duc, a établi son innocence. Mais il n'en a pas fallu tant à Magnus : la réaction de son père, en apprenant à quoi il avait été soumis dans le laboratoire secret du lycée, en disait plus long qu'un rapport de police.

Et l'autre affaire, me direz-vous, celle des orphelins enrôlés de force dans la mine et les usines Million ?

Bien que la responsabilité du père de Magnus soit entière cette fois, je dois à la vérité de rapporter qu'il n'y eut pas d'affaire. Du moins rien d'officiel, aucun scandale dont la presse aurait pu s'emparer.

La raison en est simple : pour les habitants aisés de Friecke, le pays a donné un toit, une pitance et une formation à ces laissés-pour-compte. Quoi de plus naturel si, en retour, ils le rendent au centuple ? Quand on vous fait l'aumône d'un travail, quelle ingratitude que d'aller en plus réclamer un salaire, des horaires décents et je ne sais quoi encore !

– Mais, père, c'est de l'esclavage ! Vous n'avez pas honte ?

– Ne dis pas de sottises, Magnus. De mémoire de Million, on a toujours procédé ainsi. Tu verras lorsque ce sera ton tour.

– Jamais, père ! Jamais je ne pourrai faire comme vous.

– Ta sensiblerie te jouera des tours, mon garçon. Ces petits orphelins, tes « amis » comme tu les appelles, qu'ont-ils à espérer d'autre sinon d'aller grossir la cohorte des sans-travail ? Au lieu de cela, je leur donne la fierté d'œuvrer pour ma fortune.

– Gratuitement !

– Non : bénévolement. Ce qui est tout autre chose, Magnus, n'en déplaise aux dangereux agitateurs dont tu sembles subir depuis quelque temps l'influence nuisible.

Rassurez-vous, Richard Million ne s'en est pas tiré à si bon compte. En apprenant qu'on employait de force des enfants de son âge dans les mines du pays, le grand-duc l'a convoqué séance tenante au palais et lui a mis le marché en main. Désormais, le magnat consacrera une part de son immense fortune au bien-être de ceux dont il a jusque-là outrageusement profité ; faute de quoi il perdra immédiatement et définitivement son plus gros client, le grand-duché de Sillyrie.

Échaudé par la trahison du chancelier Cragganmore, le jeune souverain mettra sans doute du temps à faire totalement confiance à son nouveau conseiller. Sven Martenson, pour l'instant, n'a pas de titre officiel mais on raconte que l'idée du marché est venue de lui. Le grand-duc l'a chargé en outre de coordonner les chantiers – hôpitaux, écoles, bibliothèques, centres d'accueil, etc. – que Richard Million, aussi brusquement que généreusement, a décidé de financer dans la Ville Basse.

– Félicitations, père, s'est réjoui Magnus en apprenant la nouvelle qui, bien entendu, a fait les gros titres de la presse Million. J'ai toujours su que vous cachiez un cœur d'or.

– D'or ? Tu ne crois pas si bien dire, a rétorqué son père en se frottant les mains. As-tu seulement une idée des économies d'impôts astronomiques que vont me faire gagner mes nouvelles œuvres de charité ?

Chez les notables de la Ville Haute, on prend pour un caprice d'enfant ce subit intérêt pour les déshérités d'en bas. Assécher les marais ? Construire des logements salubres ? Déjà, en coulisses, des groupes de pression s'activent et complotent pour regagner l'oreille du grand-duc. Mais celui-ci tient bon, bien décidé à faire profiter la population de Sillyrie tout entière de la prospérité du pays.

Sven Martenson ne se fait guère d'illusions : le soulagement provoqué par la disparition de Harald Cragganmore et par la fin des menaces de guerre durera ce qu'il durera, puis les appétits s'aiguiseront à nouveau. Les riches ont beau avoir trop d'argent pour une seule vie, ils n'acceptent jamais longtemps de partager ou de cesser de s'enrichir. Écarter pour y parvenir un jeune prince au cœur trop tendre ou faire disparaître son conseiller dans un prétendu accident ne leur fait pas peur.

Mais Sven Martenson n'est pas du genre à renoncer pour si peu. Savoir que les hommes sont ce qu'ils sont ne doit pas nous empêcher de vouloir les changer. La tâche est grande, et Sven s'y adonne corps et âme, le jour comme la nuit.

Certains esprits malintentionnés prétendent que la fin tragique d'Alix Oppenheim n'est pas pour rien dans cette frénésie d'activité. Que Sven Martenson s'étourdit dans le travail pour l'oublier. Ont-ils raison ? Même Magnus ne peut le dire, son oncle ne s'étant jamais confié à personne sur cet amour déçu.

Un dimanche matin pourtant, à la fin de l'hiver, Magnus est tombé sur lui dans le petit cimetière de Friecke où l'a déposé M. Carlsen.

C'est la première fois qu'ils se retrouvent vraiment, je veux dire juste tous les deux, depuis le dénouement de leur aventure. Il manque à Magnus bien sûr, mais moins qu'il ne l'aurait imaginé, inexplicablement.

Sven Martenson porte un manteau coûteux, une écharpe de cachemire et, entre ses doigts gantés, un petit bouquet de violettes précoces qu'il dépose sur la tombe sertie de neige.

– Je suis content de te voir, Magnus.

– Moi aussi, Sven.

– Même si j'aurais préféré que ce soit dans un autre endroit. Ton père n'est pas venu ?

– Vous le connaissez. Il a beaucoup de travail. Et puis, c'est un jour qu'il n'aime pas.

– Je comprends.

– Elle vous manque, à vous aussi ? a demandé Magnus en disposant son propre bouquet à côté de celui de Sven.

– Sept ans aujourd'hui qu'elle a disparu. Oui, ma sœur me manque.

Ils restent côte à côte sans rien dire. Puis :

– Sven, vous croyez qu'un jour je pourrais l'oublier complètement ? Je veux dire, ne plus me rappeler son odeur ou quelle voix elle avait ?

– Non, répond Sven après un temps de réflexion. On n'oublie jamais les gens que l'on a aimés. Et puis quand ils nous manquent trop, il suffit de fermer les yeux pour les retrouver.

– Dans nos rêves ?

– Ou dans nos cauchemars, a murmuré Sven Martenson en rougissant légèrement.

A-t-il pensé à Alix Oppenheim en disant cela ? Magnus s'est bien gardé de le demander.

– Et Mimsy ? Vous avez de ses nouvelles ? s'enquiert-il plutôt tandis qu'ils remontent lentement l'allée du petit cimetière, les mains dans le dos tous les deux et calquant leurs pas l'un sur l'autre.

– Aucune. L'oiseau s'est envolé. Mais tu connais Mimsy : jamais elle n'aurait pu supporter de vivre au palais avec moi. Et toi, tu sais quelque chose ?

– Non, fait Magnus sombrement.

Rien depuis quelques semaines. Pas plus que le palais grand-ducal, Mimsy n'aura pas supporté l'immense demeure austère des Million.

L'idée était venue de Magnus : il y avait bien assez de chambres chez lui, Mimsy pouvait y séjourner le temps qu'elle voudrait. Ce qu'elle avait fait à sa façon d'après Mme

Carlsen, entrant et sortant par les fenêtres, dormant une nuit ici, une autre là, boudant les petits plats mitonnés par la brave gouvernante mais grignotant en cachette à la cuisine quand tout le monde était couché.

Comme avait conclu avec bon sens Mme Carlsen : « Que veux-tu, Magnus, on ne demande pas à un chat errant qui a élu domicile chez vous de faire son lit là où on met un panier. » Avant d'ajouter tout de même que, si elle parvenait à l'attraper par la peau du cou, elle donnerait d'autorité un bain et un bon coup de brosse à cette petite sauvageonne mal léchée.

Depuis, Mimsy n'avait plus donné signe de vie.

Sven souffle dans ses paumes gantées pour les réchauffer.

– Viens me voir quand tu veux, Magnus. Mon bureau sera toujours ouvert pour toi.

– Bien sûr, dit Magnus, je viendrai. Mais vous aussi, vous avez beaucoup de travail…

Il est passé, le temps où il aurait eu désespérément besoin d'un adulte à ses côtés. Quelque chose l'a fait grandir brusquement, réalise-t-il. C'est la première fois par exemple qu'il se rend seul au cimetière en ce triste jour d'anniversaire. Il a même demandé pour cela une autorisation de sortie spéciale à la direction du lycée.

D'où – ou de qui – lui vient cette autorité, cette force nouvelles ?

Durant les longues minutes où il était resté enseveli dans les décombres de la grotte, protégeant le corps de son père sous le sien, il lui avait semblé que quelqu'un le veillait, une présence douce et familière qui lui tenait la main et l'exhortait à tenir bon. Il était évanoui bien sûr, et ce sont des impressions que procure sans doute l'inconscience. Quand on l'avait sorti de là, ses premiers mots avaient été pour demander :

– Elle est toujours là ?

– Qui ça ?

– La dame…

Mais il n'y avait personne, et il avait tourné de l'œil à nouveau.

Ce jour-là, dans le petit cimetière, tripotant le médaillon sous son écharpe, il sait qu'elle était là et qu'elle ne le quittera jamais plus.

– Tu connais la nouvelle ? La Société philanthropique va renaître et elle portera le nom de ta mère. Tu viendras à l'inauguration ?

– Bien sûr, Sven. Vous ne vous débarrasserez pas de moi comme ça.

– Essaie d'y amener ton père. Après tout, les fonds viennent de lui désormais.

– Oh, vous savez, père est à nouveau très occupé…

Les voitures les attendent à la sortie du petit cimetière ; la limousine de M. Carlsen pour Magnus, la berline du palais pour Sven.

– Je suis sûr qu'Elisabeth aurait été fière de tout ce que tu as fait, Magnus, observe ce dernier à l'instant de se quitter. Grâce à toi, son œuvre peut reprendre.

– Grâce à vous, surtout.

- Grâce à nous deux, alors…

– Et à Mimsy.

Sven lui tape affectueusement sur l'épaule.

– Et à Mimsy, répète-t-il joyeusement avant de s'engouffrer dans la voiture officielle. Sois sans crainte, mon garçon : Mimsy a toujours volé de ses propres ailes. Elle reviendra, tu veux parier ?

37

Et maintenant, écoutez...

Sven Martenson ne pensait sans doute pas gagner aussi vite son pari.

Cette nuit-là, alors qu'il se lève pour boire un verre d'eau, Magnus découvre une forme recroquevillée dans le fauteuil de sa chambre.

– Mimsy ! Qu'est-ce que tu fais là ?

– Je me réchauffe, qu'est-ce que tu crois ! Tu as une idée du temps qu'il fait dehors ?

Elle a gardé sa vareuse, ses bottes crottées de boue, un béret enfoncé jusqu'aux oreilles et, malgré cela, elle tremble des pieds à la tête.

Vite, Magnus se dépêche d'ajouter une bûche dans le poêle presque froid, ôte de son lit l'épais édredon rapiécé et lui en couvre les épaules.

– Ça va, proteste-t-elle pour la forme, je suis pas en sucre.

– Où étais-tu passée ? la gronde-t-il quand elle s'est un peu réchauffée.

Elle esquisse un vague geste de la main.

– Par-ci, par-là…

– J'étais mort d'inquiétude, qu'est-ce que tu crois ! On ne disparaît pas comme ça !

Mimsy ramène ses genoux sous son menton, les yeux plissés, concentrée sur quelque marque invisible dans le tapis.

– Tu entends ce que je te dis ?

Elle hausse les épaules.

– De toute façon, marmonne-t-elle en fuyant son regard, qu'est-ce que ça peut te faire, où j'étais passée, puisqu'on ne se reverra plus.

Magnus blêmit et se jette à genoux devant elle.

– Qu'est-ce que tu racontes ? Pourquoi on ne se reverrait plus ?

Nouveau haussement d'épaules.

– Parce que je suis une voleuse, tiens…

– Et moi, je m'endors n'importe quand, riposte Magnus du tac au tac. Tu crois que c'est mieux ?

– Je sais ni lire ni écrire…

– Et moi, je ne sais pas marcher sur les toits.

– Je suis toute petite…

– Et moi, je suis bien trop grand pour mon âge.

– J'ai pas trois slopjis en poche…

– Et moi je suis honteusement riche.

– Je ne connais même pas mon vrai nom…

– Et moi, j'adore Mimsy Pocket. Je ne pourrais plus t'appeler autrement.

Elle hausse les sourcils d'un air exaspéré.

– Tu ne comprends donc rien ? Je mens comme je respire…

– Et moi, je suis le pire trouillard que la terre ait jamais porté.

– J'ai un caractère de cochon…

– Et moi, j'ai la langue trop bien pendue.

– Je suis un terrible garde du corps…

– Et moi, je n'ai plus besoin qu'on me protège.

Elle veut continuer mais Magnus colle son index sur sa bouche.

– Tu vois bien, fait-il observer avec enthousiasme. On a vraiment tout pour s'entendre.

– Tu crois ? fait-elle en écarquillant ses grands yeux. On peut se revoir, alors ?

– Et même devenir amis, assure Magnus. Aussi sûr que deux et deux font quatre.

« Amis » ? À en juger par la façon dont Mlle Mimsy Pocket se jette dans ses bras, le mot est sans doute un peu faible. Mais c'est bien connu : en ce domaine comme en bien d'autres, les filles ont souvent une longueur d'avance sur les garçons. Non ?

De leur côté, Anton Spit, le grand Vaclav et leurs camarades ont regagné le lycée des sciences, les poches lestées d'une solide bourse d'études offerte par Richard Million à titre de dédommagement.

Au reste, rien n'a véritablement changé pour les occupants du dortoir des punitions. Les Ultras sont toujours les Ultras, auréolés d'un surcroît de mystère par leur expérience dans la mine. Dans l'attente d'une nouvelle nomination, c'est M. Pribilitz qui assure la fonction de proviseur, assisté dans cette tâche par le vilain Jed qui n'a jamais mieux mérité son surnom de Mouchard.

Gladz et Pretzl, les pions à figures de rottweiler, ont été remplacés eux aussi. Par deux pions à figures de bulldog, ce qui n'est pas gagner au change.

Une institution comme le lycée des sciences de Friecke a la peau dure et résiste au changement autant qu'elle peut. Le professeur Raggnard et ses collègues continuent impertur bablement de raser leurs classes, Gros-Lard et ses mitrons de servir à la cantine leur exécrable pitance. Chez les élèves, les fayots restent des fayots, comme il se doit, et les crétins continuent d'être des crétins.

Magnus, aussitôt rétabli, a retrouvé l'internat. Il a encore 631 heures de colle à tirer, ce dont la direction unanime a décidé de le dispenser en remerciement de ses exploits.

Mais on ne peut se réjouir de voir son père rattraper ses fautes et ne pas payer pour les siennes, a plaidé Magnus dans un moment d'égarement – avant de se mordre la langue un peu tard devant sa propre stupidité. Il purgera donc sa peine jusqu'au bout.

– Fais gaffe, l'a prévenu d'entrée le Crachat. Crois pas qu'tu vas rester le chef, même après qu'est-ce que t'as fait pour nous.

– Je veux pas être le chef, Anton. Je te dis seulement de réveiller les autres.

– Et pour quoi faire ?

– T'occupe. Fais juste ce que je te dis.

Anton cligne de l'œil furieusement, sa bouche agitée de tics. Depuis son séjour à la mine, un fin duvet a poussé sur son crâne, mais la queue de rat sur sa nuque est toujours aussi maigre.

– Quoi ? il s'étrangle. C'est à moi qu'tu donnes des ordres ?

– Si t'étais pas le chef, explique Magnus patiemment, tu crois que je te demanderais de réveiller les gars ? Réfléchis : c'est moi qui irais directement leur botter le train.

Anton se gratte le menton.

– T'as raison, finit-il par convenir. Y a que moi qu'a le droit de leur botter le derrière.

– Tu vois ? Alors, magne-toi.

Ils sont très vite rassemblés devant la carrée de Magnus (l'ancienne, qu'il a retrouvée au retour du Crachat), maugréant et bâillant à s'en décrocher la mâchoire. Le petit Schwob tient à peine debout et pourtant il ne laisserait sa place pour rien au monde. Il est plus de minuit et les pions à figures de bulldog dorment à poings fermés dans la loge centrale.

– T'as intérêt à avoir de bonnes raisons de m'tirer du pieu, râle le grand Vaclav, le visage bouffi de sommeil. Où qu'on va, d'abord ?

Depuis qu'Anton a repris sa place, la cervelle de Vaclav est comme écartelée entre la crainte que suscite son ancien chef et sa soumission à Magnus.

– Pourquoi tu me demandes à moi ? s'amuse ce dernier.

Une taloche d'Anton achève de réveiller l'imbécile.

– T'as entendu qu'est-ce qu'il a dit? Tu suis Magnus et tu poses plus d'questions, pigé?

Ils traversent le lycée en file indienne, une lampe abritée dans la paume comme dans leurs équipées d'autrefois, prenant garde au fracas de leurs godillots sur les carreaux disjoints.

– Où qu'on va? chuchote un petit.

– Voir des danseuses nues.

– Ah bon? Et si qu'on s'fait prendre?

– Silence! gronde Magnus qui mène le train.

– Z'avez entendu qu'est-ce qu'il a dit? renchérit le Crachat. Vos gueules et avancez!

Ils n'ont pas vu l'ombre silencieuse qui les a pris en chasse.

Rasant les murs, ses petits yeux rouges luisant d'excitation, Jed, le furet de M. Pribilitz, les suit à distance prudente.

Il n'a pas son pareil pour flairer les mauvais coups, et cette petite troupe de durs à cuire cheminant en pyjamas dans le lycée désert lui met déjà l'eau à la bouche.

Le groupe s'est arrêté devant une porte, le temps que le meneur (un grand rouquin un peu trop gros dont Jed rêve de se venger depuis qu'il a failli périr asphyxié en reniflant du poivre) la crochète en deux coups de cuillère à pot. Puis, un à un, ils s'introduisent subrepticement à l'intérieur.

Jed veut les suivre. Trop tard, la porte se referme si vite qu'elle manque de le couper en deux. Couinant de frustration, il se jette contre elle en vain. Ses proies lui ont échappé, du moins pour l'instant…

– Où qu'on est?

– Mince, alors! C'est quoi, ici?

Ils poussent des oh ! et des ah ! en regardant autour d'eux, impressionnés par les rayonnages de livres vertigineux qui se perdent dans l'obscurité des plafonds. Une lueur laiteuse tombe de la coupole, éclairant les meubles recouverts de housses comme de grands fantômes blancs.

– Ben quoi, vous avez jamais vu de bibiothek ? ricane le Crachat qui plastronne en habitué des lieux.

– *Bibliothèque,* Anton, corrige Magnus.

– C'est ce que j'dis. Parce que c'est pas moi qui l'a découverte en premier, peut-être ?

– Si, soupire Magnus. Bien sûr que c'est toi.

– Pourquoi que c'est toujours fermé ? s'étonne quelqu'un. J'savais même pas que ça existait, moi, une bibi... enfin, comme t'as dit.

– Elle va rouvrir bientôt, Pribilitz l'a promis. En attendant, ça sera notre endroit à nous. Mais le premier qui pose ses pattes sales sur un livre aura affaire à moi.

– Vous avez entendu qu'est-ce qu'a dit Magnus ? renchérit Anton. Pas touche aux livres ou ça va chier.

Ils ne sont pas longs à trouver un coin où sortir les provisions. Il ne fait pas bien chaud dans la vieille bibliothèque désaffectée, mais en enlevant les draps des tables de lecture et en s'entortillant dedans, on peut s'asseoir en cercle, épaule contre épaule, et se tenir presque chaud.

– C'est maintenant, les femmes nues ?

Une claque retentit dans le noir.

– Silence, crétin.

– Eh, derrière la tête, ça fait vachement mal !

– T'en veux une autre ?

– La ferme, tout le monde, ou on remonte direct au dortoir, avertit Magnus.

C'est vraiment se donner beaucoup de mal pour une bande d'ignares, tout juste capables de s'arroser de miettes de biscuits en se bourrant de taloches. Même le Crachat semble en convenir.

– Z'avez capté, les gars ? Le premier qui l'ouvre, il le regrettera cher.

La menace porte parce que, durant quelques instants, on entendrait une mouche voler dans la bibliothèque.

– J'avais apporté cette histoire, explique Magnus en tirant le volume des *Trois Mousquetaires* de sa poche revolver. Mais c'est beaucoup trop dur pour des ânes comme vous. J'ai une autre idée…

– Comment qu'i nous a appelés ? proteste quelqu'un.

Une baffe claque dans la pénombre.

– Ouille !

– La ferme, qu'il a dit.

– Et mangez pas tout sans moi, hein ?

– T'inquiète, le rassure Anton. J'les tiens à l'œil.

Un silence religieux s'installe tandis que Magnus, grimpé sur la petite échelle qui court le long des étagères, repère ce qu'il cherche, coupe le fin treillage avec une pince et déloge le livre de son emplacement.

C'est un vieux bouquin à couverture en carton bouilli jaune, sur laquelle la poussière s'est accumulée en une fine couche poudreuse qu'un souffle suffit à disperser.

– Vous êtes prêts ? demande Magnus en s'asseyant au milieu du cercle.

– Tu parles ! font les autres avec un frisson d'excitation.

Auxquels de ces enfants sans parents a-t-on jamais raconté une histoire ? Anton, Vaclav, le petit Schwob, tous ont poussé sans jamais ouvrir un livre, et la plupart d'entre eux savent à peine déchiffrer. Les yeux se sont arrondis, les bouches tombent et chacun s'arrête de respirer quand le livre s'ouvre en craquant.

Nul n'a vu la mince silhouette furtive qui se fraie un chemin au-dessus de leurs têtes, cavalant de toute la vitesse de ses petites pattes sur le toit de plomb glissant.

Jed le Mouchard ne s'avoue jamais battu. Il connaît le lycée mieux que personne. La coupole de verre qui chapeaute la bibliothèque offre une vue plongeante sur l'intérieur, et rien n'échappe à ses petits yeux perçants.

Il a tôt fait de repérer de là-haut le petit groupe massé autour de la lampe de Magnus, tous entortillés dans des draps, comme des Indiens au campement.

Cette fois, il les tient. Laissant échapper un couinement de plaisir, il repart en sens inverse aussi vite qu'il le peut pour aller réveiller son maître.

Au même instant, dans la bibliothèque :

– Alors, j'y vais, déclare Magnus en se raclant la gorge.

– C'est quoi que tu vas lire ?

– Ça fait peur ?

– Y a pas d'mots compliqués, j'espère !

– Je vous préviens, si vous m'interrompez, j'arrête tout et ce sera bien fait pour vos pommes.

– D'accord, font-ils en chœur. Cette fois, on dit plus rien.

Et, ignorant tout de la menace de Jed, tandis que la nuit paraît se refermer autour d'eux, Magnus commence sa lecture :

– Et maintenant, écoutez...

« Dans un trou de la terre vivait un Hobbit... »

Une heure sonne au clocher du lycée des sciences de Friecke. Un seul coup, mais qui s'attarde un long instant autour des tours et des clochetons, comme en suspension dans un courant glacé.

Totem, la mascotte du lycée des sciences de Friecke, grommelle de dépit. Une fois encore, il rentre bredouille de la chasse. Rien, pas le plus petit mulot, la plus minuscule grenouille à se mettre sous le bec.

Peut-être a-t-il seulement perdu la main, nourri trop longtemps comme un coq en pâte dans sa tanière sous les combles. Peut-être même est-il trop vieux, qui sait ? Voilà plusieurs nuits qu'il jeûne et, sans les friandises que continue de lui apporter Anton Spit une fois par semaine, il serait en grand danger de mourir de faim.

Alors qu'il retourne à petits coups d'ailes grognons vers son logis, un détail inhabituel attire son attention : une lampe luit faiblement sous la coupole de la bibliothèque au-dessus de laquelle il a sa tanière.

Glissant en vol plané à travers les branches, il fait un premier passage.

C'est l'instant que choisit imprudemment Jed le furet pour détaler le long du toit afin d'accomplir sa basse besogne de mouchard.

Totem l'a repéré aussitôt : les prunelles de la bestiole rougeoient d'excitation dans la nuit comme deux escarbilles chassées par le vent.

Il ne reste au furet qu'une petite longueur de toit à découvert avant de se glisser, hors d'atteinte, dans la conduite qui mène tout droit à la chambre de son maître.

A-t-il pressenti le danger ou est-ce seulement l'impatience de la vengeance qui le fait tricoter si prestement ?

Qu'importe. Totem ne rate pas sa chance.

Tout se passe en un éclair. Avant même que l'unique coup ait fini de trembler au clocher du lycée des sciences de Friecke.

Un bref couinement de jouet en caoutchouc et tout est terminé.

– Vous avez entendu ? s'interrompt Magnus en levant la tête de son livre.

– Entendu quoi ? protestent les autres.

– Une sorte de cri…

– Mais non, c'était dans ton histoire ! Continue, Magnus ! Qu'est-ce qui se passe, après ?

Les pensionnaires du lycée des sciences de Friecke peuvent être tranquilles : Jed le Mouchard ne dénoncera plus personne. Totem, le vieux hibou chenu et grognon, veille sur eux désormais.

C'est peut-être pour ça qu'ils en ont fait la mascotte de l'établissement, allez savoir...

Table des matières

L'auteur

Jean-Philippe Arrou-Vignod est né à Bordeaux. Il a vécu successivement à Cherbourg, Toulon et Antibes, avant de se fixer en région parisienne. Après des études à l'École normale supérieure et une agrégation de lettres, il a été professeur de français. Boulimique de lecture durant toute son enfance, il s'essaie très tôt à l'écriture et publie son premier roman à l'âge de vingt-six ans.

Chez Gallimard Jeunesse, il a publié, entre autres, *Une famille aux petits oignons* et la série *Enquête au collège.*

Découvrez d'autres livres de Jean-Philippe Arrou-Vignod

chez Gallimard Jeunesse

Une famille aux petits oignons

Histoires des Jean-Quelque-Chose

Quand on est une famille de six garçons, impossible de s'ennuyer un seul instant. Surtout avec Jean-A. qui veut toujours être le chef, le club d'agents secrets de Jean-B., Jean-C. qui ne comprend jamais rien, Jean-D., alias Jean-Dégâts, les poissons rouges de Jean-E. et le bébé Jean-F. qui n'arrête pas de pleurer… Sans parler du déménagement, des bagarres avec la bande des castors et des cousins Fougasse aux oreilles décollées… Heureusement que papa est un as du bricolage et que maman est très organisée !

L'omelette au sucre, Le camembert volant, La soupe de poissons rouges et *Des vacances en chocolat* : quatre histoires des Jean-Quelque-Chose à savourer en un seul recueil.

La série Enquête au collège
dans la collection folio junior

1. Le professeur a disparu (n° 558)

2. Enquête au collège (n° 633)

3. P. P. Cul-Vert détective privé (n° 701)

4. Sur la piste de la salamandre (n° 753)

5. P. P. et le mystère du Loch Ness (n° 870)

6. Le club des inventeurs (n° 1083)

Le papier de cet ouvrage est composé de fibres naturelles, renouvelables, recyclables
et fabriquées à partir de bois provenant de forêts plantées
et cultivées expressément pour la fabrication de la pâte à papier.

Mise en pages : Maryline Gatepaille

Loi n° 49-956 du 16 juillet 1949
sur les publications destinées à la jeunesse
ISBN : 978-2-07-063890-1
Numéro d'édition : 185352
Numéro d'impression : 105531
Premier dépôt légal : mars 2011
Dépôt légal : mai 2011

Imprimé en France par CPI Firmin-Didot